NF文庫
ノンフィクション

新装解説版

ペリリュー島玉砕戦

南海の小島　七十日の血戦

船坂 弘

潮書房光人新社

本書は太平洋戦争激戦のひとつ、ペリリュー島攻防戦を綴ったノンフィクションです。

日本軍が建設した飛行場奪取のため、米海兵隊の精鋭部隊が海空の支援を受けつつ上陸作戦を開始、当初は四日間での占領を想定していました。

対する日本は絶対国防圏の一環として陸軍の精鋭を送るとともに同島地下に洞窟陣地を築き上げ最後の一兵となるまで戦い、米海兵隊員を窮地に陥れたのでした。

ペリリュー島玉砕戦——目次

第六章　史上最大の洞窟戦闘

第七章　闘魂は尽きず

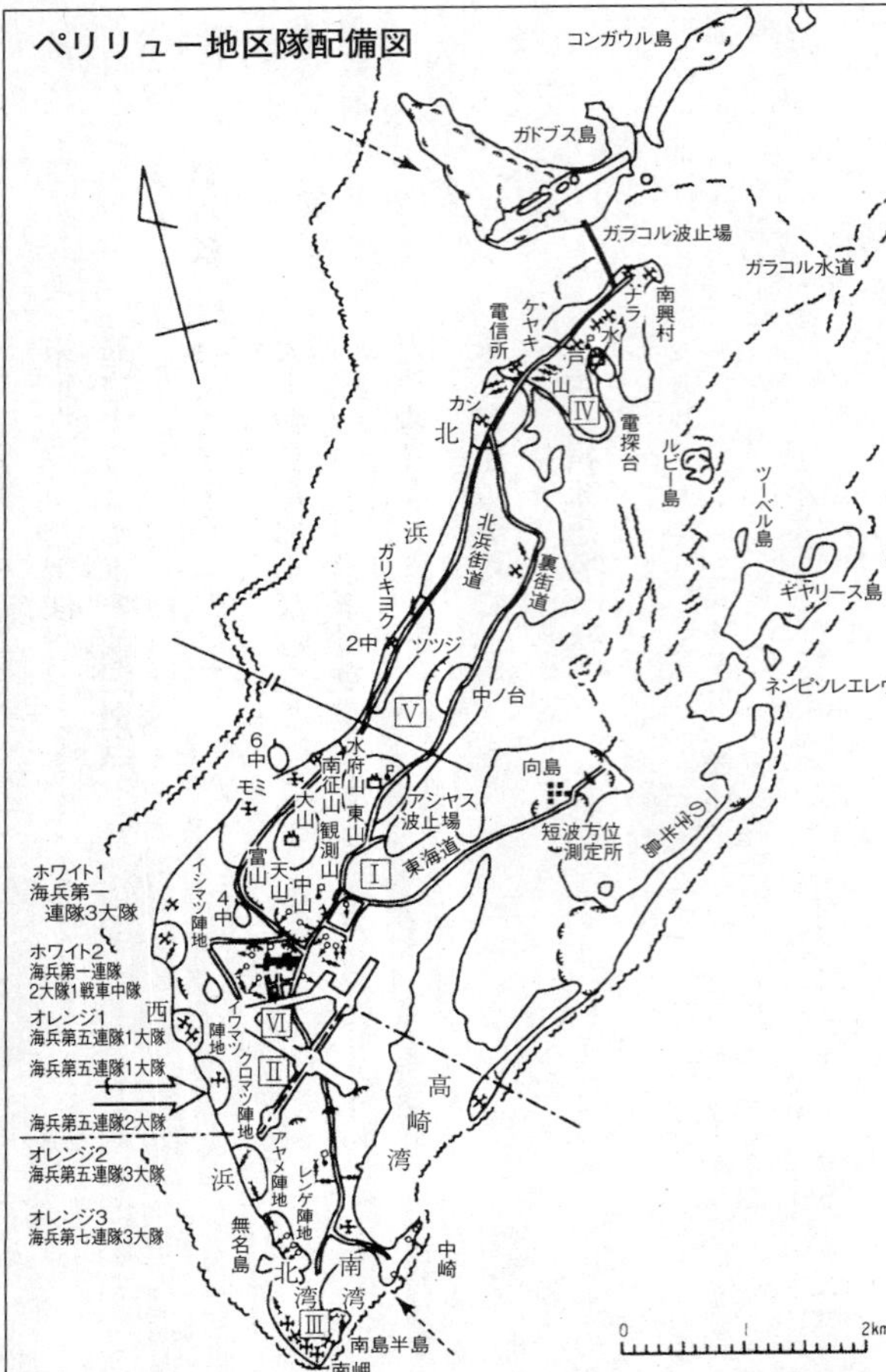
ペリリュー地区隊配備図
コンガウル島
ガドブス島
ガラコル波止場
ガラコル水道
ガラカシュール島
ナラ
南興村
ケヤキ
電信所
水戸山
電探台
カシ
ルビー島
ツーベル島
北浜
北浜街道
裏街道
ガリキヨク
ギャリース島
2中
ツツジ
中ノ台
ネンピソルエレウ島
6中
水府山
南征山
東山
モミ
大山
観測山
アシヤス波止場
向島
短波方位測定所
富山
天山
中山
東海道
イの字半島
ホワイト1
海兵第一連隊3大隊
イシマツ陣地
4中
ホワイト2
海兵第一連隊
2大隊1戦車中隊
西浜
オレンジ1
海兵第五連隊1大隊
イワマツ陣地
クロマツ陣地
海兵第五連隊1大隊
高崎湾
海兵第五連隊2大隊
オレンジ2
海兵第五連隊3大隊
アヤメ陣地
レンゲ陣地
オレンジ3
海兵第七連隊3大隊
無名島
北湾
南湾
中崎
南島半島
南岬
0
1
2km

ペリリュー島玉砕戦

南海の小島　七十日の血戦

プロローグ

戦後二十一年たった昭和四十年の八月。私（著者）は生き残りの一人として、南太平洋戦没者慰霊団に参加してペリリュー島を訪れた。

パラオの南四十キロ、海から見るペリリュー島は高さ八十メートルの中央高地をかかえ、南北九キロ、〝カニのハサミ〟に似た形をしている。パラオ群島のまろやかな他の島々と異なり、ごつごつとした無気味な感じの島である。だが、そこから南へ十一キロくだったアンガウル島で、同じ敵を迎えて戦い、同じように凄絶な戦いをつづけて九死に一生を得た私には、なつかしくもまた痛恨せまる島であった。

「死んだら骨を頼みます」

と言いおいて死んでいった戦友たちの声が聞こえてくる。心ならずも彼らをなきがらのままに置き、苛責の念にかられてきた二十年間であった。その約束をいまこそ果たすことができる。感無量の心を抱いた私は、かつて米軍が最初に上陸を開始した西海岸に再会の第一歩を踏んだ。

米軍上陸当時、猛烈な艦砲射撃とナパーム弾で木という木は吹っとび、白い岩石の塊と化していた島は、戦後二十一年の年月を経て、いま緑は息を吹きかえし、全島は深いジャングルにおおわれている。この島には五百人くらいの島民が住み、漁業を主体とした平和な生活を営んでいた。だが、島内にはなお激戦のあとが生々しく残っていて、美しい入江には米軍の上陸用舟艇、戦車が赤錆《さ》びた残骸を無数にさらしている。

「アメリカさん、何度もここ上陸しようとした。そのたび日本軍、追い返した。ここから上陸やめて、すこし南側のオレンジ海岸からやっと上陸した。そのときの日本軍守備隊の奮戦、思い出しても恐ろしい」

と案内の島民が、たどたどしい日本語を使って身をふるわせる。オレンジ海岸はその長さが約一キロ、干満の差が激しい海岸である。引き潮のあとは真っ白な砂と、ゴツゴツした熔岩のような珊瑚礁があらわになり、真昼の強烈な太陽の光を反射して目もあけていられない。私の半袖服からむき出した腕は、たちまち火傷《やけど》のように真っ赤にはれあがって痛みはじめた。思えば、この強烈な太陽のもとに絶えまなく弾丸がとびかい、ロケット砲弾が数条の束をなし、火焔放射器が火を噴いて、このあたりの砂浜を血で染めたのである。

「そのころ、日米両軍の流したおびただしい血で、海水までオレンジ色に変わった。その生地獄と死臭は、米軍兵士の脳裏から消えず、日本軍が命名した西海岸は、オレンジ・ビーチと改名されたのです」

という。これを耳にすると、折からの熱風は血のにおいを運んでくるかに思え、近くで砕ける潮騒は、思わず炸裂する砲弾のとどろきを連想させた。米軍海兵と日本軍守備隊員の死体が折り重なってたおれていたという深い戦車壕はすでに埋められ、平坦にかきならされている。私は、その土の上に立ったとき、胸がつまって涙をとめることができなかった。二十一年前、ペリリュー島、アンガ

ウル島を包囲した無数の敵艦の大群が、いまにも沖合から攻撃を開始してきそうな思いにかられる。

私は暗い幻影をふりきるように島の中央部に向かい、守備隊の主力がたてこもって激しい抵抗を続けた中央台地を目ざした。すでに半ばまで進むと、ジープも進めないジャングル地帯である。そのなかに、米軍のシャーマン戦車や水陸両用車の残骸がころがり、しだいに熔岩の壁が私たちの進行をさまたげて、そそり立つ。岩角はカミソリのように鋭い。この台地を中心に、日本軍守備隊は圧倒的優勢な米軍を相手にがんばり通した。米軍はここを遠まきにしてナパーム弾と火焔放射器で攻撃をくり返し、日本軍の全滅をはかった。生い繁る樹木でおおわれた台地のあちこちに、いまなお黒くすすけた岩角が散在している。当時の火焔放射器攻撃のすさまじさを物語るものである。

守備隊長・中川州男《くにお》大佐らが死守した高地は、海抜わずかに六、七十メートル。その頂上にのぼった。頂上の平坦な部分はほんの三メートル平方くらいしかない。その一角に自然石をはめこんだコンクリートの記念碑が立っていた。

「戦死者を追憶して。アメリカ陸軍第三二三連隊。一九四四年」

とある。第三二三連隊とは私の戦ったアンガウル島攻略ののち、第一海兵師団に配属された第八一歩兵師団の兵士たちである。記念碑のいう戦死者は、日本の兵士たちも含まれているというが、果たして彼らはこの慰霊碑のもとに安らかに眠っているだろうか。台地周辺には、守備隊員たちがたてこもった大小合わせて五百にもおよぶ洞窟陣地が無数に散らばっている。そこで、血潮にまみれて倒れていった戦友たちはどうなったのであろうか。

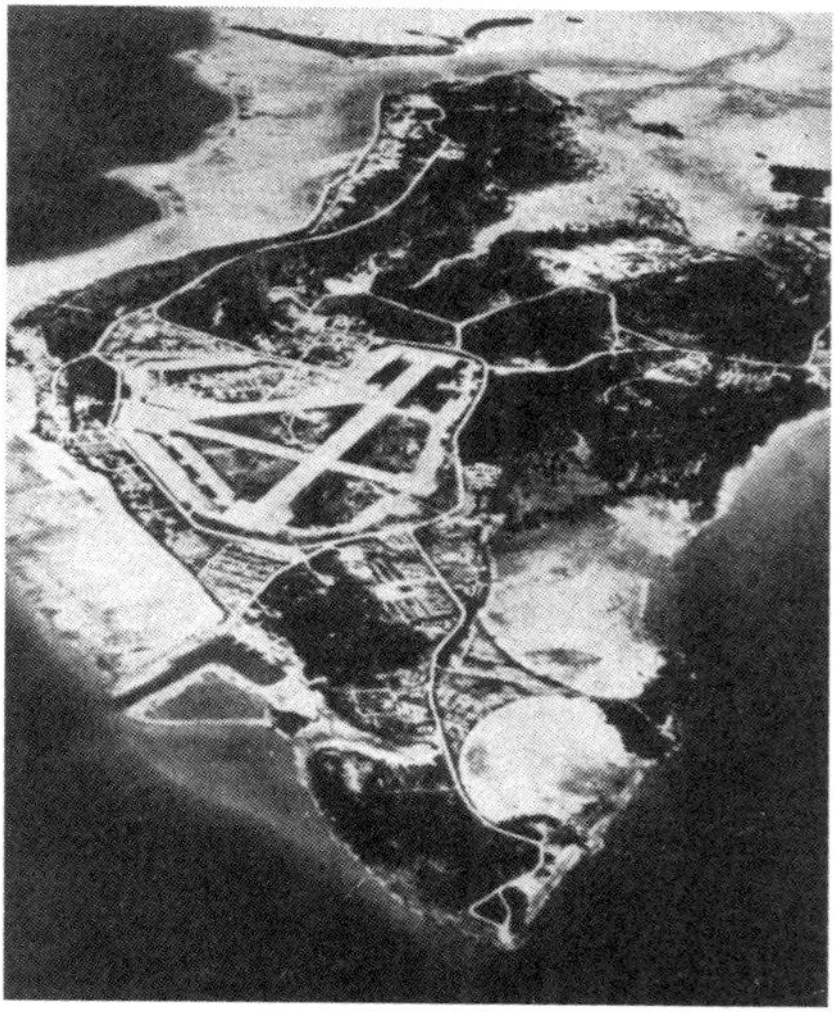
フィリピン東方パラオ諸島のペリリュー島。北にはガドブス島（左）とコンガウル島が見える。米軍占領後に撮影されたもので、整備拡張された飛行場が見える。

二十年の歳月は洞窟陣地を樹木でおおい、捜すのは容易でない。だが、私は根気よく捜していった。台地の北部にやっとひとつを見つけるまでには相当の時間がかかった。鍾乳洞を利用したその洞窟陣地の入口は、六十センチから七十センチで、人間が一人はいれるほどだが、内部は広い。真っ暗な洞内を懐中電灯をたよりに進むこと約十メートル、電灯の光に照らし出された洞奥の光景を目にしたとき、私は思わず「ウム」と声をつまらせた。ライトを受けて浮かびあがったものは、守備隊員たちの鉄カブトや防毒マスク、軍靴、あきびんの破片など。あたり一面にぶちまけたように散乱していた。遺骨も二十一年前のまま泥土のなかに半ば埋もれて足の踏み場もない。長い骨は大腿骨か。細長く湾曲したあばら骨もあり、数ヵ所に大きい穴のあいた頭蓋骨もあった。奥に入れば入るほど遺骨は重なり合い、この世のものとは思えない惨状である。天井からは石灰岩の洞穴に特有の冷たいしずくがポタポタとしたたり落ち、骨を濡らす。日本軍の洞窟戦に手を焼いた米軍は火焰放射器でも始末におえない、とわかると、洞内にガソリンを注ぎこみ、火を放った。狭い洞窟内は文字どおり火の海と化し、アリ一匹にいたるまで焼きつくされたのである。

それらの惨状と凄絶な戦いぶりは、いまなお島の住民たちの間に怪談となって残っている。住民の一人は言った。

「戦後、米軍に雇われて洞窟陣地に米兵とともにはいって行ったことがある。なかは日本兵の遺骨でいっぱいだった。ところが、その骸骨のひとつが手をあげて二人をさし招いた。米兵と私はきもをつぶして逃げたが、洞窟内には幽霊が必ずいる」

こういう単純な怪談もペリリュー島においては迫真性がある。

組織的な戦闘が終わったのち、三十四人の生き残り日本兵が島の洞窟を転々として暮らしていたが、ある日、食糧をさがすためにある洞へ入ると、奥に進むうちにひとつのミイラを発見した。カンテラをかざすと、髪の毛は一本もない。抱きあげればバラバラと音をたてて壊れてしまいそうな形骸である、と思ったが、実はそれはミイラではなかった。突然、目を動かし、

「陸軍一等兵カワムラです。連れていってください」

と蚊の鳴くような声を出してあえいだのである。この姿には、惨状になれていた生き残り日本兵も思わずぞっとしたという。戦いが終わったときから、このような凄惨なさまを忘れるためにも、米兵や住民は、すべてを怪談として残そうとしたのだろうか。

「真夜中になると軍靴の音が聞こえてくる。ヘビが鳴く。夜、漁に出かけると海に青白い光があらわれることがある。その光は漁船を執拗に追いかけてくる。住民のＡなどは、この光に追跡され、船は暗礁に激突し、重傷を負った。日本兵の執念だ、と住民たちは幽霊の存在をかたく信じている」

ともいう。

さもあろう。ペリリュー島は無念のおもいを抱いて散華《さんげ》した日本将兵一万余の墓場だといってもよい。遺体から燃え立つ燐は、どこへ行ってもめらめらと青白く光っているに違いない。同時に、その無念さをもっともよく知っているのが、住民たちなのである。これらの幽霊話は、そのままペリリュー島の戦闘の悲惨さを物語るものであろう。

私は手当たり次第、戦友の骨を集め、だびに付しながら、とめどなく流れてくる涙をふせぎようもなかった。戦後の三十一年間、祖国の私たちは彼らのために何をしてきたのか。平和になれて、その礎《いしずえ》となった彼らを地獄さながら洞窟内に放置してきたではないか……。

この小さな島でくりひろげられた戦闘は、グアム島、サイパン島にまさる激しいものでで太平洋戦史上に特筆すべき戦歴を残している。事実、私の戦ったアンガウル島とならんで、その壮絶さは世界戦史上、はじめての例であるともいう。その恐怖は米軍戦史にも明らかであり、頑強な抵抗がようやく終わったのち、米軍は「これほど高価な代償を払ってまで、占領しなければならなかったのか」と述懐しているくらいである。

「天山死守」を命じられた富田大隊と、海軍の生存者計三十四名が最後に投降したのは、終戦のときから二年たった昭和二十二年四月であった。彼らは守備隊の遺志を引きつぎ、持久に徹して、ゲリラとなって米軍を悩まし続けたのである。私にはわかる。「祖国の防壁となれ」という合言葉のもとに、ペリリュー島、アンガウル島を守った兵たちは、故国の家族に敵を近づけるなという純真一途な気持で、一命をなげうったのであった。

洞窟の上に立って沖合をながめると、洋上にうかぶ白雲は、たちまち黒雲に変わるかにみえ、それは米軍の船団と変じて動き出す。私は二十一年間の歳月を忘れて、そこに立ちつくした。あのとき、死を覚悟して敵を迎えた私たちは、海と空をうずめた攻撃群を目のあたりにして、あらためて〝絶望の戦い〟を勝とうとしたのである。

「通信断絶ノ顧慮大トナレルヲ以テ最後ノ電報ハ左ノ如ク致シ度承知相成度。
一、軍旗ヲ完全ニ処置シ奉レリ。
二、機密書類ハ異状ナク処理セリ。
右ノ場合「サクラ」ヲ連送スルニ付報告相成度（原文のまま）」

守備隊長中川大佐が、パラオ本島の第十四師団通信部に送った電文がこれである。

死闘をつづけること約二ヵ月余、最終の電文を送るために使用するため残り少ない乾電池を保存して、決死の斬り込みをつづけた。だが、ついに衆寡敵せず、昭和十九年十一月二十四日午後四時、軍旗を焼却し、守備隊長以下は自決。パラオ本島通信部には、痛恨こめたペリリュー島玉砕を伝える電文が届いた。

「サクラ　サクラ」

その電文を見たもの、ひとしく泣かずにはおれなかったという。

第一章　狙われた天皇の島

米軍大船団接近

昭和十九年九月十五日早朝。ペリリュー島沖合の海は暗く静かであった。このあたりの海上は、アンガウル海峡に近く、常に怒濤さかまく荒海だが、この日ばかりは不思議に静まりかえっていた。

やがて陽の光があかあかと周囲を照らし始めたとき、私は暗い水平線上に黒雲の如くわいた艦影を見た。島の約十三キロの海上を十重、二十重に包囲した米太平洋艦隊総司令官ニミッツ大将指揮下の大機動部隊である。輸送船団にくわえて空母十一、戦艦三、巡洋艦約二十五、駆逐艦約三十、水雷艇約百、掃海艇数十隻からなる大攻撃群だ。そのさまは、鉄壁に似て威風堂々たるもので壕の中で待ち受ける私たちを威嚇していた。

これに対して、守るは中川州男大佐の率いる約一万名の将兵。関東軍（満州に配備の軍）のなかでも精鋭の歩兵第二連隊、歩兵第十五連隊の主力を基幹とする陸海軍の兵たちだった。南北に走る標高約八十メートルの高地帯を、水戸歩兵部隊にちなんで水府山と名づけ、ここに複郭陣地（最後の拠点）を築いている。その南に大山があり、中腹に点在する無数の洞窟のひとつに連隊本部があった。

「敵、輸送船団の大群見えたり」「米軍上陸近し」

の伝令が中川大佐のもとに走ったのは、日の出前の午前五時十分。つづいて、監視兵の報告には、星条旗のひるがえる敵旗艦のマストに、するすると別の旗があがったことを知らせてきた。いうまでもなく「作戦準備開始、速度零」の停止命令をあらわす旗であった。このとき中川大佐は、あらためてパラオ本島にある師団長井上貞衛中将の決勝訓練命令を脳裏に思い浮かべた。

「決勝は眼前に迫りつつあり。この決戦において吾人が決勝を獲得し戦勢を挽回、戦局の大転換を実現しなければ、如何にして君恩に報い皇国の危難を救うことができようか。快勝を獲得する要道は将兵一心、挙軍一体、もって千年錬武の総成果をこの決戦に結集発揮するとともに、最近の戦訓、なかんずくサイパン戦における尊きわが経験をあますところなく、この決戦の一夜に活用するにある。熾烈なる敵の艦砲、空爆下において、敵の上陸前、過早にわが戦力を損耗させないこと、及び敵の上陸当夜その配備薄弱に乗じ、一挙に海岸堡を覆滅し、翌払暁までに上陸した敵をことごとく鏖《おう》殺し尽くさんがため、あらゆる戦技の完全精到を期し、奇襲強襲に徹底し、かつ全員強烈なる闘魂にもとづく最高度の精神威力を発揮するにある。勝敗の岐路は眼前に横たわる。全集団の運命はもとより、御国の盛衰、民族の死活を決するは、明らかにこの一戦にあり」と。

剛雄として名の高い中川大佐は意を決し、ただちに大山の頂上から擲弾筒の信号を打ちあげさせた。夜明け前の静寂な空気を引き裂くように、突如、信号弾の炸裂と赤吊星の煙が上空にひらめく。

「『米軍は長槍《ちょうそう》、われらは短剣なり』なにをもって必殺の戦法となすべきか。断もって敵の手元に突き入り『皮肉を斬らせて敵の骨髄を打ち砕くこと』を全将兵は部隊の信条とせよ」

と教えられてきたことを、いよいよ実現するぞという信号でもあった。日ごろ、中川大佐が師団命令で兵士たちに教育した訓練は、「ペリリュー島地区の戦いにおいては、快勝か全滅か、いずれかの道しかない」ということであり、「われらの玉砕は易く、要域確保の責こそ重大である」という悲壮なものであった。擲弾筒の信号をみた兵隊たちは、一糸乱れずいさぎよく散って護国の鬼となることを純真に信じた者ばかりだ。武者ぶるいこそあれ、恐怖や未練を感じる兵は一人もなかった。

そのころ、米軍攻撃群はどうしていたか？

ペリリュー島を上陸攻撃する米軍の指揮官は西部上陸直接支援部隊長フォート少将、第三上陸軍団長ゲイガー少将麾下《きか》の第一海兵師団長ルパータス少将である。彼らはペリリュー島沖合にあって、上陸作戦を練っていた。

「上陸部隊の各連隊長、集合せよ」

の緊急命令が出されたのは、その朝まだ暗いときであった。

「今朝、第一海兵師団はペリリュー島西岸に上陸せよ」

というのが連隊長にくだされた指示である。海岸に向かって北から南に第一、第五、第七連隊の攻撃体制が示されていた。第一連隊の暗号名は「スピットファイヤー」、第五連隊は「ローンウルフ」、第七連隊は「ムスタング」と決定された。なお。命令書のなかには、

「日本軍の抵抗はタラワ島なみの激しさであろう」

という文字もみえた。だが、それを見た連隊長たちも次のことばには同感であった。

そこには、

「しかし、攻略占領までには四日間もあれば十分であろう」

と。それから何ヵ月も苦戦が続こうとは連隊長たちも思わなかった。いつものとおり、やや楽観的な見通しをもって命令書を受けとったのである。

南国の夜明けは早い。日の出は、午前五時五十二分の予定。その直前に上陸援助の攻撃が火ぶたを切るはずなのである。

敵の企図を知る由《よし》もなく、壕にこもる日本兵守備隊の意気は天をつくものがあった。まだ米軍の物量を想像した者もなかった。上陸直前に米軍がペリリュー島に撃ちこんだ砲弾は一日に五万七千六百発、十二日から三日間の連続で十七万発をこえる。サイパン島、テニアン島と同じくすさまじい物量投入であったが、その想像を絶する近代戦の様相をだれが知っていただろうか。ときの師団が必死になって研究し、必勝を期して最新にして合理的な戦法と考えたペリリュー島防御計画の方針とは、

「配備の重点をペリリュー島の南半分と北部ガドブス島を含む水際および要点に、堅固なる術工物を根幹とする陣地を構築し、かつ陣地は極力、縦横ある支撐点《しとうてん》式に編成し、至近距離において短切熾烈なる火力を発揮し、かつ果敢なる反撃により敵を水際に撃滅する」

というものであった。つまり、上陸寸前の海岸線で敵を迎え撃ち、至近距離からや

っつけようというのである。敵が目標としている西海岸（西浜）は、かねてわが軍の予想していた敵の上陸地点でもあった。

このころ、第一線の水際陣地に待機していた田中上等兵は、首にかけた認識票をそっとにぎっていた。

〈靖国神社の鑑札がここにあるのだから、安心して死ねる。オレの死ぬ前にすることは、やつらを思う存分に撃ち殺し、突き殺してやることだ。一人でも多く殺して、靖国神社へ行きたい〉

かたわらの川島兵長は腕にしっかりと抱いた九九式小銃を撫《な》でていた。彼は射撃では師団随一の実力をほこる二連隊の、そのなかでも代表選手を自負した名手である。すでに目前にせまった敵を見て、小銃の弾薬箱を一人じめにして百発百中することを祈念していた。

〈連隊が満州で訓練を重ねたとき、あのマイナス三十度の酷寒に手も凍り、眉も凍りそうななかで、一発必中の成績を残したではないか。いかに大群といえども、きょうこそは……〉

と興奮していた。

別の壕では山本伍長が、手ぐすねひいていた。伍長は部隊で三指に数えられる銃剣術の名手で、体力と気力は抜群である。その妙技は変突と連続刺突においていちだんの冴えをみせて、神技とさえいわれていた。

〈あすあると思うなこの命。やることをやってこの銃剣とともにたおれるまでだ〉と考えていた。だが、興奮と緊張とで五体は固くなり五指は思わずもふるえる。彼は武者ぶるいにたえかねて、いち早く腰の剣を抜きとり着剣して、はじめて気分が落ちついた。西地区も南地区も、守備隊員の緊張と闘魂は壕の中から沖合の船団に向けて集中していた。

「早く出て来い！」「米軍ども姿をあらわせー」という叫び声さえ洩れたのであった。だが、米軍の最初の攻撃は陸地からではなかった。

午前五時三十分。あたりの静寂はいきなり破れ、四囲の海上から黒煙が噴きあがり、頭上からは巨砲の轟きとともに、百雷の如き砲弾が雨のように落ち始めた。その轟音は遠くパラオ本島守備隊の耳にも達するほどで、目を開けてもいられない激しさだった。島の大地は割れんばかりに揺れ動く。南海の日の出は雄大な光景であって、燃えるような巨大な太陽が、はるかな水平線から浮かびあがり、洋上の波に輝く。だがその日ばかりは黒煙に包まれ、兵隊たちは頭をあげることもできなかった。

「戦場はすでに死地なり」という師団の教訓を、いまさらのように思い返しつつ、守備隊員たちは、想像もしなかった物量の猛攻にさらされていたのである。

そのとき、米攻撃軍の艦上では砲音にかき消されながら、スピーカーが鳴っていた。海兵隊員たちは、耳をそばだてていた。流れてくるのは従軍牧師の声であった。

「わが子らよ。プロテスタントもカトリックも神のみことばに耳をかたむけよ。あなた方はいま多忙で神を忘れている。しかし、神の加護とみ恵みにより、われわれの上陸はみごとに成功するでしょう。海兵隊《マリン》の皆さんは、ほとんどが生還するでしょうが、なかには神のおぼしめしに従って、みもとに参る者もありましょう……。この戦闘は、三日もあれば終わるでしょう」

それは死の戦慄をやわらげる米軍独得の出陣式でもあった。

「あなた方に神のみ恵みのあらんことを祈って……」

胸に十字を切る。やがて彼らは、輸送船の舷側にさげられた積荷用のナワ梯子をたどって、上陸用舟艇に移った。艦砲のたえまなく火を噴くのを見上げ、荒波にゆられながら見るペリリュー島は、煙にかくれてさだかではない。だが垣間《かいま》見る島の光景は、もはや数分前のものではなかった。艦砲と爆弾によって形は変貌し、真っ白い石灰岩が露出した裸の島だった。このとき、ある海兵隊員は思ったという。

〈日本軍陣地はとっくのむかしにツブれているに違いない。残っているのは戦闘不能な僅少兵力だけであろう〉と。

米軍の輸送船団は、ＬＳＴ三十隻、輸送船十七隻、ＬＳＤ（戦車揚陸用浮ドック）二隻の計四十九隻で、停泊地点は、ペリリュー島はるか沖合十三キロで、海兵隊員たちはＡＰＡ（上陸軍専用の輸送船）に移乗して、その距離は守備隊の眼前八キロまで接岸して停止した。

すでに米軍は九月十三日、砲爆撃の援護のもとに、舟艇を使ってペ島の西岬から南島半島の間のリーフの偵察を開始し、フロッグ部隊（潜水部隊）に命じて暗礁脈を破壊していた。通路を開き、上陸用舟艇の直進を準備していたのである。上陸の目標は、西南海岸で、北よりホワイト1、ホワイト2の地点を想定し、これには第一海兵連隊があたった。その向かって右翼には、第五海兵連隊、その右には第七海兵連隊三大隊が決死の上陸第一陣となるはずであった。

海兵隊の第一連隊長ルイス・プラー大佐は煙るペリリュー島に目を投げながら、真っ赤に陽やけした顔に玉の汗を浮かばせて、水陸両用装甲車に乗り移ろうとしていた。ペリリュー島の沖合六百メートルにはギザギザの鋭い暗礁が横たわっている。海兵隊はその珊瑚礁の脈を通りこえて進まなければならない。その暗礁のなかに日本軍は何とである。船長が気軽に大佐に話しかけた。

「大佐。今晩は船に帰って豪華な食事でもしようかね」

「どうしてだね」

プラー大佐は不機嫌にこたえた。船長は艦砲と爆撃の煙の間に見える、ジャングルも吹っとび中央高地もくずれた島を指さし、

「戦争はなかば終わってますよ。大佐の仕事は敗残兵狩りくらいでしょう。あれだけ完全に叩いたあとですからね。島の軍事施設は全部ふっとんで見えませんよ。日本兵の戦闘意欲はもうないでしょうね」

「そうかもしれない。夕食はあの海岸でするか。それとも飛行場の真ん中でするか」

プラー大佐はこう答えて苦笑した。相づちはうったものの、彼自身は、日本軍の死を賭けた闘いぶりのすさまじさを身をもって知っていたからである。海兵隊員のほとんどは、ガダルカナル攻略以来の戦場生活がながく、歴戦の強者《つわもの》たちであった。しかし、米兵らしく、一日も早く除隊して帰国することを夢みる者ばかりでもあった。

米国の統合幕僚会議がニミッツ提督に、秘密命令をくだしたのは、ペリリュー島を攻略する七ヵ月前の、昭和十九年三月十二日である。

「パラオを占拠せよ。上陸日は九月十日早朝」

とあった。ニミッツ提督は、その後五月二十九日に第三艦隊ハルゼー司令長官にあてて、

「パラオ群島全体に四個師団を投じて占領せよ」

と命じている。パラオ諸島攻略を重視していたことは、太平洋戦争の最終段階のポイントになるものとして、スチールメート作戦（王手をかけた作戦）と名づけたことでもしれるだろう。しかし、その後パラオ本島への上陸作戦は中止して、群島のなかのペリリュー島、アンガウル島を目標とすることにした。

当時、この真相を知る由もない井上師団長、多田参謀長、中川作戦参謀が、敵はパラオ本島に必ず来襲すると判断して、アンガウル島の兵力を引きあげたのは致命的な失敗であったろう。だが、一面、ペリリュー島を主作戦の場所と予想して、強固な陣地の構築に重点を置き、援軍を派遣じたことは大いなる成功であった。

最初、米軍はまずアンガウル島を占領し、のちにペリリュー島の攻略に移る予定であったが、第三上陸軍団司令官スミス少将は、

「もしアンガウル島を先に攻略すれば、パラオ本島の日本軍は、必ずペリリュー島に兵力を増援するだろう」

と主張したという。結局、この意見がとりいれられ、ペリリュー島を優先攻略し、アンガウル島は二日後の十七日に上陸が敢行されたのである。

ペリリュー占領の目的は、対日戦争の終結をいそいだアメリカが沖縄攻略の直接の足がかりとして、ここに飛行場をつくることを願ったからである。それに比島作戦上、パラオが障害となることを懸念したうえでの、一挙両得の作戦であったといえるだろう。

だが、沖縄への足がかりとしてグアム島、サイパン島の攻略は、米軍首脳部も簡単に決定したが、ペリリュー島、アンガウル島の攻略については、ワシントンでも議論百出した。

「関東軍中最強といわれる照《てる》兵団（十四師団）を相手にすることは、いたずらに犠牲者を多くするのみで、占領したあともそれほど作戦的価値があるものかどうか」

という論であった。が、百論続出の結果、賽《さい》は投げられたのである。

首脳は米艦マウント・マッキンレー号に在り、上陸海兵師団長ルパータス将軍と、師団幕僚は米艦ドページ号に、第一海兵副師団長O・P・スミス准将はエルモーア号の艦上にあって、ペリリュー島の攻略図をひろげ、砲音と舟艇に乗りこむ海兵隊員たちのざわめきを聞いていたのであった。そのとき、米軍船団に豪華な四隻の病院船がひきいられていたのを、著者はおぼえている。その船腹にくっきりと描かれた白地に赤の十字は、島の壕から見る私たちの目にうつり、複雑な感慨を与えたものである。

「米軍のやつ、あの船があるから張り切ってやがる。早く病院船をいっぱいにして、ここから追い出してやる」

と口惜しまぎれに言ったこともある。こちらは援軍もなく、飛行機もなく、むろん病院船などぜいたく中のぜいたくであった。考えてみれば、その日はマリアナを攻略するために米軍海兵隊がサイパン島に上陸した六月十五日からかぞえて、ちょうどまる三ヵ月にあたる九月十五日の早朝であった。米軍はサイパン島と同様にこの島を占領しようとしたのである。プラー大佐たちが、上陸を比較的容易に考えていたのも無理はない。

上陸軍の第一波は、出発線からまっしぐらに海岸に突入せんとしていた。第二波は島から二キロの海上で、彼らがさだめた移乗統制線から水陸両用舟艇にふたたび乗りかえようとしていた。上陸用舟艇はにぎやかであった。マリアナ地区における日本軍の戦法がすでに米兵のあいだに理解されていたということにも原因があった。日本軍は水際防御、夜襲、そして最後に万歳突撃という一連の戦術を披露していたからである。

なによりも彼らに心強いのは、上陸時の援護砲撃であった。米軍の上陸戦法は、常に海軍の強力な援護があり、上陸後においても陸上の司令部が安全を確立するまで、海軍の指揮官がいっさいの責任を持つのである。ペリリュー島攻略戦では、海兵隊は十日間の上陸用艦砲射撃を要請したが、海軍はこの申し入れを断わり、十二日、十三日、十四日の三日間で、上陸準備射撃の量は三千五百トンにも達した。海兵隊員たちは、さすがに緊張の極にあった。だが、うわべはいつもと同じく陽気でもあった。

かつて経験したガダルカナル島や、グロセスター岬の上陸と同じように、天気は快晴、味方の砲声こそすれ、波は静かで平穏であった。ガダルカナルを出発したのが九月四日。ソロモンを経て北西にすすみ、赤道をこえてニューギニアの北岸に並行して、ここペリリュー沖に到着したのである。その距離は二千百マイル。十一日を要した長旅で、炎暑に悩まされた日々であった。しかし、いま海兵隊員《マリン》たちは、隊始まって以来の壮絶な戦いが待ち受けているとは露知らず、「メイビースリデイズ」を考えながら一挙にペリリュー島の西岸に向かって進み始めた。

そのとき、私（著者）は十一キロ南のアンガウル島からこの戦慄すべき光景を、双眼鏡でみつめていた。米軍の全艦隊の巨砲はほえつづけ、黒煙がペリリュー島の上空だけに立ちのぼり、その空だけが無気味に暗く陽の光をさえぎっていた。鋭く空気を裂く炸裂音は、どんな弾丸なのであろうか。双眼鏡にうつるペリリュー島は、しだいに形を変え、動物の頭に似た丸い緑の高地は、歯車の形に変貌してゆく。私は、その弾雨のもとにある守備隊員の苦労は、いかばかりかと胸をきられるような思いであった。これから二日後に、われわれアンガウル島守備隊も同じように敵に攻めこまれようとは知らなかった。

ペリリュー島北端の岬。右手に見える桟橋がガラコル波止場。のちパラオ島の日本増援部隊が逆上陸を行なった地点である。

　双眼鏡をもちなおしたとき、私はレンズの中に突然、異様な光景を発見して驚いた。ときは午前六時十五分であった。前方に停泊中の四十九隻の輸送船の起重機がいっせいに動き出したのである。ついで大型舟艇がつぎつぎに舷下におろされた。

「一隻、二隻……」

　私は双眼鏡をのぞきながら、数え始めた。その数は、私の目にうつっただけでも二十隻におよんだ。ときを移さず縄バシゴが舷側におろされ、大きな鉄兜《てつかぶと》をかぶり、薄青い服を着た海兵がまるでクモの子を散らしたように、ハシゴを伝わって上陸用舟艇に移乗し始めたではないか。

私は、ペ島の守備隊の心中をおもい、凝然としてその光景をみつめていた。

そのころ、ペリリュー島守備隊長中川大佐の胸中を去来していたものはなんであったろうか。おそらく、照兵団が実戦に即応しておこなってきた猛訓練の教訓であったにちがいない。

「熾烈なる敵の艦砲空爆に過早にわが戦力を消耗せざるとともに、敵の上陸当夜、その備え堅からざるに乗じ、一挙に橋頭堡を要滅し翌払暁までに上陸せる敵をことごとく鏖殺し尽くさんがため、あらゆる戦技の精到を期し、奇襲、強襲、各種兵器資材の工夫と整備に徹底し、全員強烈なる闘魂に基づく最高度の精神威力の発揮を訓練の最高眼目とすべし」

教訓どおりの大佐の指令は、ただちに各隊に通達されていた。やがて船首はペリリュー島に向け、ズラリとそろえられた。米軍上陸第一波舟艇で、乗り組んでいるのは勇敢な「第一海兵師団《マリンズ》」の戦士たちである。舟艇がわが西岸陣地前方二千メートルまで、怒濤をけたてて接近した時、さらに上陸用水陸両用装甲車が、三百余隻卸下追加されて、横広の隊型で第二波を作り、白波を上げ、ペリリュー島の日本軍守備隊をひとのみにしてしまうような勢いで迫ってきた。

小波に照り映える銀波は、一瞬にかき消されて、青い海は黒一色に変わった。小山のような舟艇がペリリュー島の洋上を全くおおい尽くしてしまったのである。外側は無数の戦艦。その内側に巨大な輸送船団。船団と島との間には、上陸用舟艇が海を陸に変えてしまったかのように密集し、ひしめいていた。緒戦の火蓋はまさに切って落とされんとしていた。

米軍の西港をめざした上陸部隊は右より「スピットファイヤー」「ローンウルフ」「ムスタング」の順である。彼らがペリリュー島外周のリーフ地点、西浜前方二千メートル付近までエンジンの音も快調に進んでいた。しかし関東軍の精鋭十四師団の手のうちを、米軍のだれか読むすべもなく、緒戦においてあわてふためいて恐怖のどん底に叩き込まれようとはしらなかった。

前述したように、ここペリリュー島のまわりは、すべて珊瑚礁で取り囲まれた自然の防波堤でもあった。これをまず第一に破壊しなければ通路はなく、いかに米軍強しといえども着岸は困難であった。それを察知した敵は上陸予定日以前に、黒人ばかり八十名の掃海班、爆破班等の潜水部隊を駆使して、上陸用舟艇の通路を作るため、日本軍の目をかすめて、このリーフ数ヵ所をひそかに破壊したのであったが、しかしこちらにも勇敢沈着な沖縄出身の、俗にいう〝糸満兵〟の水練の達人がいた。このあたりの島嶼作戦に、日本軍唯一のフロッグ隊員としてまことにあっぱれな活動を開始しようとしていた。

つまり、守備隊は、各玉砕島より得た戦訓にならい、このリーフの前面に無数の機雷と爆雷を設置していたばかりか、その〝糸満兵〟により敵の破壊口を塞いだ。さらに彼らは海面に鼻だけを出して潜水し、爆雷をかかえ敵の船底に近づき、磁石式の爆雷を仕掛けては、決死の舟艇爆沈をつぎつぎに決行しようとしたのである。そんなことも知らず敵は粛々と進んで来る。このとき、米軍のだれがその恐怖を予期したであろうか。

ときに六時二十分、輸送船団から移乗した敵は、さらにいっそう輪をかけて打ち出す猛烈な砲撃に援護されて、数百隻の艦砲が咆《ほ》えたけり、二十隻の大型舟艇は、ペリリュー島水際に送り出されたのである。

一瞬、ペリリュー沖は自然の怒濤にも似た荒波がわき立った。大型舟艇がまっしぐらに白波をかき立てて驀進して来る。西浜の中心に向かって、ここを守備する陣地の真向かいに、しだいに接近してきた。

これを見守っているペリリュー島の野砲八門と十榴四門の全重火器と、歩兵五個大隊の全守備隊は、かたずをのんで全神経を張りつめた。あの舟艇はあのまま珊瑚礁までたやすく来るであろう。珊瑚礁までは、陣地から距離にして六百メートルか八百メートルである。しかし、そこから敵は小型舟艇にでも乗り移らねば島には上陸できない。そこをねらって全重火器が一斉射撃をすれば、二十隻の大型舟艇はこっぱみじんである。米軍を全滅できる絶好の機会を珊瑚礁線の外側に決めたのも当然であった。これが師団のいわゆる最新の水際撃滅戦法である。

ところが、どうであろう。日本軍の予想はみごとに裏切られた。われわれが予想したとおりに珊瑚礁環礁地帯の直前にとまれば、守備隊の思うツボであった。しかし、米軍は環礁線をはるか千数百メートル、水際陣地からは二千メートルに接近した時、敵の大型舟艇はピタリと停止してしまった。われわれは不意をつかれて一撃を食らったように異様な気分におちこんだ。と同時に、

「あっ」

とかたずをのんだ。二十隻の舟艇の前部が大きな口を開けたのである。やがてその大口から陸続と兵士を吐き出す異様な怪物は、守備隊が史上最初に見た、米軍の新兵器であるらしい。海上に浮かぶ、沈まない戦車の一群と、上陸用水陸両用車の大群――その驚異的な上陸用舟艇の数は三百隻にも達したのである。しかも、その膨大な兵の塊りは激しくゆれながら、横にひろがって隊形を整え始めたではないか。

横ひろく展開したのは、ホワイト1の目標とする海岸からオレンジ3の海岸に至る間を目標に、そのままわが水際陣地に突っ込んでくる恐ろしい隊形であった。戦車の大群と、機関砲も重機、ナパーム砲も備えた水陸両用車が来襲してきたのである。もしあの集団が、あのまま眼前に来たら、戦車攻撃の手、つまり肉薄攻撃の一手しか効果がないかもしれない。対戦車戦闘の成否は、戦闘の勝敗を決する。

われわれがかつて旅順において行なった敵前上陸に、逆上陸演習に使用した大発・小発に速射砲を結びつけたのとは、非常な差があるではないか。しかも、敵はこのうえに艦砲射撃と、無数の飛行機の銃爆撃をたたき込んできたのである。

この光景をみた守備隊員たちは、まず、物量戦と科学兵器を駆使する敵を発見しておどろいたというのがほんとうであろう。

私も、しばらくの間ぼう然としてこの光景を見つめていた。はっとわれにかえったとき、私の腕時計は七時三十分を指していた。

敵は環礁に接近しつつあった。師団が命じたペリリュー地区隊戦闘計画の指導要領の㈢に「敵上陸を開始せば、過早に敵舟艇を射撃することなく、隠密、至近距離において海上決死攻撃および、あらゆる水中、水際火力・諸施設の威力を統合発揮し、果敢なる反撃とあいまって瞬時に敵を撃滅せよ」とある。

ペリリュー島には、上陸前の3日間、艦砲空爆により徹底的な攻撃がくわえられた。写真はロケット弾を発射する米軍舟艇。

いよいよこの撃滅の時期を迎えんとしつつあった。しかし敵の舟艇が近づくにしたがって艦砲はいっそう激化して耳をつんざき、眼は炸裂の硝煙と砂塵におおわれて痛く、飛散する弾雨は横なぐりに降る雨のように水際陣地守備隊の頭上にたたきつけられた。

一方、敵はゆうゆうと第一波舟艇が珊瑚礁線に到着しようとした時、とつじょ異変を感じた。舟艇の近くで爆発する轟音を耳にしたのである。瞬間の爆発に、恐怖のあまり米兵たちは呼吸を止め、戦慄のどん底にたたき込まれてしまった。その瞬間から、地雷と機雷に触れた上陸用舟艇の幾両もがふきあがる水柱にまき込まれる。折からの斜光を受けて真っ白く光る、その無数の水柱。その海水の太い柱の中に、舟艇は砕かれ、折られ、裂かれ、その中にまた米兵の体が寸断されて飛び散った。海がゆれて、その余韻がペリリュー島の

日本軍守備隊の兵力

Ⅰ　直轄部隊＝歩兵第２連隊本部。歩２連第１大隊（第３中隊欠）。歩２連第３大隊。独立歩兵第346大隊第１中隊。師団戦車隊。砲兵大隊（第１中隊、第２中隊の１小欠）。臨時迫撃砲第１中隊。高射機関砲２門属。工兵中隊。通信中隊（一部欠、師団通信隊１個分隊属）。補給中隊（車両４欠）。衛生中隊（担架小隊戦闘救護班２欠）。師団輜重隊の１個分隊。師団経理勤務部の一部。野戦病院３分の１。大発動艇２。第23野戦防疫給水部の一部。第３船舶輸送司令部パラオ支部の一部。海上機動第１旅団輸送隊の一部。

Ⅱ　西地区隊（長富田保二少佐）＝第２大隊。野砲１個小隊。車両１。47ミリ速射砲２（増加兵器）。37ミリ速射砲２（増加兵器）。軽機関銃６（増加兵器）。高射機関砲４（増加兵器）。

Ⅲ　南地区隊（長千明武久少佐）＝歩第15連第３大隊。野砲１門。47ミリ速射砲１（増加兵器）。37ミリ速射砲１（増加兵器）。高射機関砲１（増加兵器）。

Ⅳ　北地区隊（長引野通広少佐）＝独立歩兵第346大隊（第１中隊欠）。歩２連第３中隊。野砲第１中隊（２門欠）。車両１。衛生中隊の一部（担小１、戦闘救護班１）。47ミリ速射砲１（増加兵器）。37ミリ速射砲１（増加兵器）。軽機関銃４（増加兵器）。高射機関砲（99式20ミリ機銃）＝（以下同じ）７（増加兵器）。

Ⅴ　逆上陸部隊・飯田大隊の編成＝高崎歩兵15連隊第３大隊本部。同第４中隊。同第５中隊。同第６中隊。同砲兵中隊。同作業小隊。同工兵小隊。同通信分隊。同衛生隊（９月23日以降）・海上輸送部隊・海上機動第１旅団＝第１中隊。大発・小発29隻（９月23日以降）

Ⅵ　海軍部隊＝西カロリン方面航空隊ペリリュー本隊：第45警備隊ペリリュー派遣隊：第３通信隊の一部。第214設営隊。第30建設部の一部。南西方面海軍航空廠の一部。第30工作部の一部。第３隧道隊。海軍配属陸軍部隊（特設第33、35、38機関砲隊）

〔注〕東地区隊であった歩兵第２連隊第３大隊は、９月14日夜、水府山付近に転進・ペリリュー地区隊主力と合流。

米軍の編成

A　太平洋艦隊（太平洋地域）総司令官C.W.ニミッツ大将――西太平洋TF（第３艦隊）ウイリアムF.ハルゼー大将――統合遠征部隊（T.F.31）第３水陸両用部隊テオドルS.ウイルキンソン中将（Ⅰ）西部攻撃部隊（T.F.32）ジョージH.フォート少将　西部護衛空母群（T.G.32.7）ラルフA.オフスティ少将（T.G.31.2）▷西部支援射撃群（T.G.32.5）ジェスB.オーデンドルフ少将（T.G.31）▷アンガウル攻撃（T.G.32.2）群ウイリアムH.H.ブランディ少将▷ペリリュー攻撃群（T.G.32.1）ジョージH.フォート少将▷ペリリュー上陸部隊（任務部隊36.1.1）第一海兵師団ウイリアムH.ルパータス少将▷コンソル水路支隊（T.G.32.9,T.G.31.3）（Ⅱ）遠征部隊（T.F.36）ジュリアンC.スミス少将▷地域予備隊▷（T.G.36.3）第77歩兵師団アンドルーD.ブルース少将▷（T.G.36.4）第５海兵師団ケラーE.ロッキー少将（Ⅲ）火水支援軍（T.G.31.1）ジェスB.オーデンドルフ少将▷護衛空母群（T.G.31.2）ラルフA.オフスティ少将▷掃海軍（T.G31.3）ウェインR.ラウド中佐）西部守備隊（T.G.31.4）チャールスA.マックゴウン中佐

B　第３艦隊ウイリアムF.ハルゼー大将―（Ⅰ）中部太平洋前線地域（T.F.57）ジョンH.フーバー中将▷ギルバート、マーシャル、マリアナ防衛部隊▷前線地域海浜基地航空部隊（T.F.59）ウイリスH.ヘール少将▷西カロリン守備航空部隊＝爆撃隊・パラオ航空防衛本部・航空捜索偵察隊・空輸隊▷西カロリン防衛及び作業部隊（T.G.57.1.4）ジョンW.リーブ少将＝ペリリュー守備隊（任務部隊10.15.3）ハロルドD.キャンペル准将。アンガウル守備隊（任務部隊10.15.4）レイA.ダン大佐（Ⅱ）援護部隊及び特別群（T.F.30）第３艦隊ウイリアムF.ハルゼー大将▷旗艦艦隊群（T.G.30.1）カールF.ホルデン大佐（戦艦１、駆逐艦３）▷JASASA群（T.G.30.7）ウイリアムV.サウンダー大佐（護衛空母１、護衛駆逐艦４）▷艦隊油船及び輸送空母群（T.G.30.8）ジャスパーT.アカック大佐（護衛空母７、駆逐艦７、護衛駆逐艦15、A024）▷作業群（T.G.30.9）APG２.ARB１、その他▷重海上攻撃部隊（T.F.34＝T.F.31から編成）ワルデンL.アインクス少将（軽巡４、駆逐艦９）▷高速空母部隊（T.F.38＝T.G.4及びT.G.30.1同行）マーク・ミッチャー中将（空母８、重巡４、改装空母８、戦艦７、軽巡７、対空軽巡３、駆逐艦60）

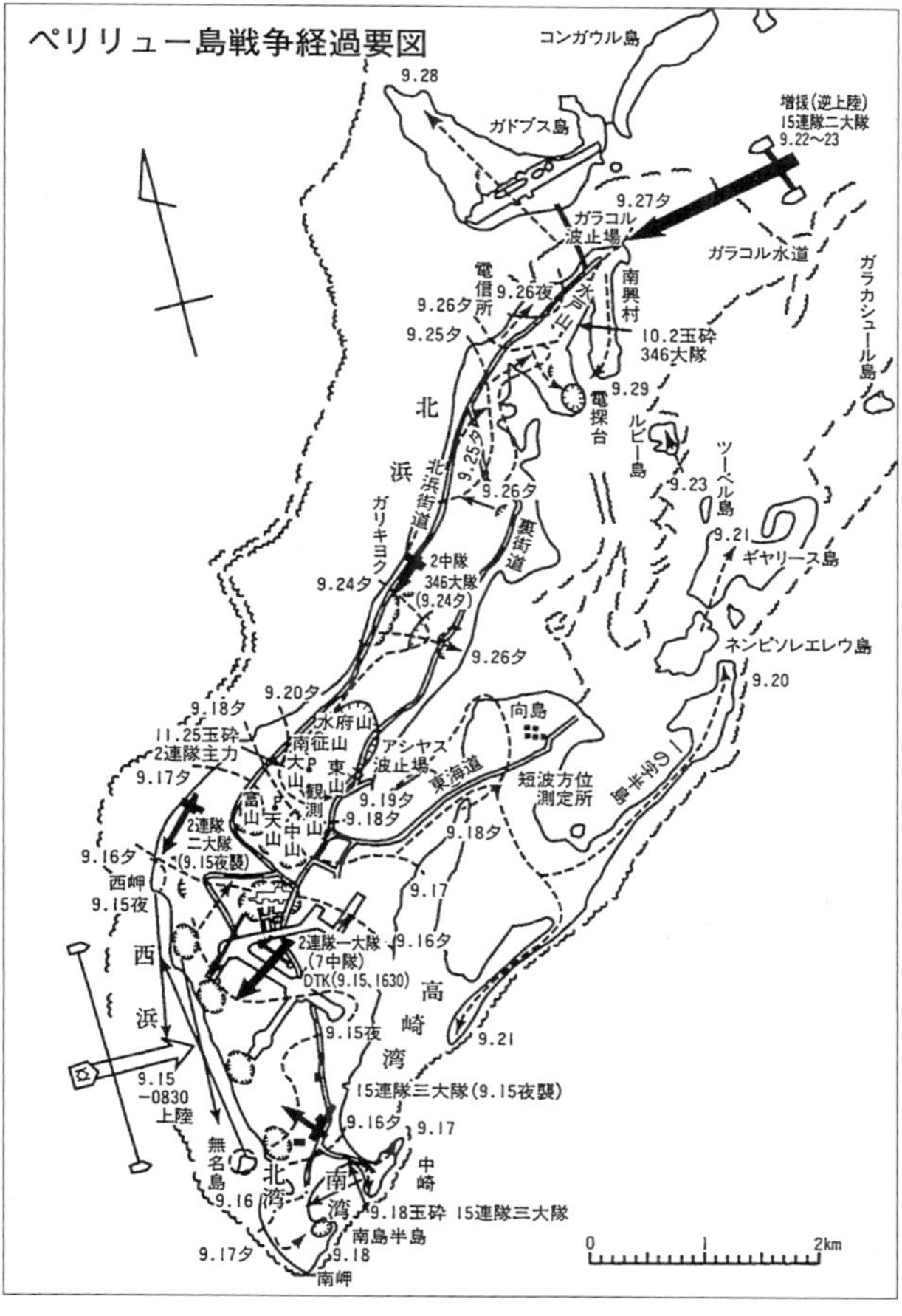
ペリリュー島戦争経過要図
コンガウル島
9.28
ガドブス島
増援(逆上陸)
15連隊二大隊
9.22〜23
9.27夕
ガラコル波止場
ガラコル水道
ガラカシュール島
電信所
9.26夜
9.26夕
水戸山
南興村
9.25夕
10.2玉砕
346大隊
9.29
電探台
北浜
北浜街道
9.25夕
ルビー島
9.23
ツーベル島
9.26夕
東街道
ガリキヨク
9.21
ギヤリース島
2中隊
346大隊
(9.24夕)
9.24夕
ネンビソレエレウ島
9.26夕
9.20
9.20夕
9.18夕
向島
水府山
南征山
11.25玉砕
2連隊主力
大山
東山
アシヤス波止場
東海道
短波方位測定所
9.17夕
富山
天山
観測山
中山
9.19夕
9.18夕
9.18夕
2連隊
二大隊
(9.15夜襲)
9.16夕
西岬
9.15夜
9.17
2連隊一大隊
(7中隊)
DTK(9.15、1630)
9.16夕
西浜
高崎湾
9.21
9.15夜
9.15
−0830
上陸
15連隊三大隊(9.15夜襲)
9.16夕
9.17
無名島
北湾
南湾
中崎
9.16
9.18玉砕 15連隊三大隊
南島半島
9.17夕
9.18
南岬
0
1
2km

山をゆるがした。付近の珊瑚礁が、大小に砕けてみごとに高く飛び散った。またたく間に、海は朱に染まり、米兵の死体が海上に漂いだした。凄惨な眺めである。守備隊は思わず歓声を挙げた。

「ざまあ見ろ。米軍！」

「日本軍万歳、万歳、万歳」

緒戦の喜びは格別で、将兵はいよいよ勇み立って、ペリリュー島を敵に渡すどころか、撃滅必殺を心に堅く誓い、勝利はわれにありと心に決めたのであった。

ときに緒戦は幸先よく、銃後の国民がちぎれるほどに振って送ってくれたあの旗の波、あの歓声、そして、父母が言った〝手柄を立てて、お国のために死ね〟その言葉のいくつかにこたえ得た実感を身をもって味わったのである。ペリリュー島守備隊の最初の感動であり、ここにペリリュー戦の火ぶたはいよいよ切っておとされたのであった。

朝というのに島の気温はもう摂氏三十度を超し、湿度は八十二という赤道直下に近い猛暑に、海上の米軍も、陸上の日本軍もともに肌は赤くただれ、のどは乾き尽くした。十分に味わえるものといえば、硝煙のにおいであり、戦場に吹く生臭い風ばかりであった。入り乱れて噴流する血のにおいがようやくにしてペリリュー島に流れ始めたのである。

　珊瑚礁脈線上の米軍では、機雷の難を逃れた舟艇と船団との無線連絡が急に激しくなった。

「海兵第一連隊、こちら司令部だ！　至急珊瑚礁の様子を知らせよ。どうぞ」

「ああ、すごい、ひどい。あそこで五両、そこで十両、その向こうで五両、ジャップの機雷にやられて吹っ飛んでしまった。こりゃ手ごわい」

「引き返していいか、勝目はないぞ」

「いや引き返せという命令は出てないぞ！」

「どうしたらよい、動けないんだ」

「動いてはいけない」

「そのまま命令を待て」

　混乱して右往左往する通信。立往生している舟艇から矢のように救助の無電通信が、敵の司令部に飛び込んでいった。

　これを傍受した日本軍の無線通信兵がこおどりして、中川大佐に報告している。大佐は
「まだまだこれからが本番だ。われに必殺撃滅の奥の手あり」と一段と緊張した。

一方、この難局を察知した敵将ルパータス少将は、とっさに一策を案じた。ペリリュー島水際陣地の日本軍の頭上と前面に、それまでの艦砲弾に混合させて、無数の発煙弾を発射させ、日本軍を盲目にひとしくして米軍の危機を救うべく、煙幕を張りめぐらした。米軍のもっとも得意とする、昼を夜にする戦法であった。西と南の一帯の水際にひろがった煙幕は、事実上昼を夜に変えてしまった。ペリリュー島の海辺は、もうもうたる煙幕に包まれた。そのうえ、米軍はあい変わらずスコールのような砲撃を繰り返した。

富田大隊の西地区海岸陣地と、南地区の水際陣地も、一瞬にして発煙弾に閉ざされてしまった。守備隊はまたたく間に盲目の戦士となった。同時に飛行場北方高地にも、物量にたよる敵は、事前爆撃と艦砲射撃が不十分であると認めて嵐のような砲撃を加えた。だが、守備隊員にとって、弾雨の脅威ははじめてではなかった。九月六日から十四日までに、米軍がペリリュー島、アンガウル島上空に上陸準備のために来襲した米軍機は、のべ千四百機におよんだ。また当時の指揮官は、ペリリュー、アンガウル両島に対して上陸以前に、三千四百九十トンの艦砲射撃をうち込み、上陸以後さらに三千三百五十九トン、合計五千八百四十九トンを投入したのである。海軍は全砲弾の三分の一を使用し、その効果に関し、西部支援射撃軍指揮官J・B・オーデンドルフ

海軍少将は、

「上陸準備の砲撃は、当時最も完全かつ従来のいかなる支援よりもすぐれていると思ったが、日本軍の掩蔽《えんぺい》した火砲が、米軍のＬＶＴ（水陸両用装甲車）に射撃を開始した時の、私の驚きと残念さははかり知れない」

と米軍戦史で回想しているとおり、予期に反した日本軍の抵抗だった。しかし日本軍守備隊は、すでにそれを計算していたのである。己れを知り敵を知ることこそ、戦闘の常道ではなかろうか。

米軍のすさまじい援護射撃の描写は、ここでとうてい筆舌をもって表現するすべもない。煙弾による煙幕の展張の効果は、またたく間にペリリュー島全島を夕闇の中に閉ざし、折からの太陽は煙にかすんでしまった。あの強い日の光が、黒煙と戦塵に閉ざされた陰欝な光景は、異常さを越えて奇怪に近く、ペリリュー島の西岸には突如として夜鬼が天から降ってわいたのである。

これを見届けた米軍は、いったんは全艇停止して珊瑚礁の外側にいたものの、あわてふためいて残存する上陸用舟艇をふたたび集合統制して、煙幕に乗じて上陸をねらった。艦砲射撃および銃爆撃を増強して、さらに上陸用水陸両用装甲車に移乗した海兵隊は、あらたに艦上攻撃機をくわえ、珊瑚礁脈を越えて海岸線にジリジリと接近してきた。

守備隊は、隠忍自重し、敵舟艇が至近距離に近づくのを待ちかまえていた。百メートルから百五十メートルの至近距離で、米軍を確実に叩きのめす作戦の中に、敵はマンマと飛び込んで来ようとしていた。「飛んで火に入る夏の虫」といおうか、実際に来れば守備隊の成功は疑いなかった。守備隊は、天に祈り、神に頼んだ。西浜の第一線各陣地の守備兵は、米軍舟艇が至近距離に近づくのをだれ一人、待ちきれなかった。

「小隊長！　分隊長！　もう撃たせて下さい。がまんできません。お願いします」

迫られるのを、各指揮官はマダマダと制し続けた。

守備隊が準備していた計画は、

「野砲は主として斜射、側射をもって水際付近に火力を指向し、敵の舟艇と戦車の撃《げき》摧《さい》に努め、水際陣地一部破綻に際し、同所に火力を集中し得る如く準備。環礁の要点にはあらかじめ火力を配置せよ。大部の火砲は水際支点と第二線陣地に堅固なる側防火点を設け、なお多数の陣地を準備し敵火の損害を避けるために、偽陣地、偽砲台を設け敵火を分散させる」

また東地区隊の一部野砲の火力を南地区東海岸に指向して準備させ、ほかに砲兵隊はアシヤス北側地区に野砲陣地を置き、主上陸正面に急襲火力をもち、敵を海上に撃滅するに努めよ、とそれぞれ師団命令戦闘指導にもとづき準備されていたのである。

とくに中川大佐の直轄野砲大隊小林与平少佐指揮の野砲第二中隊長天童隆中尉と第一中隊の一部が、天山高地山上および中腹の洞窟陣地に敷設した野砲と十センチ榴弾砲は、「この時こそ天がわが砲とわれわれに与えし好機なり」と、自信をもって砲門を開き、敵の上陸用舟艇に一斉射撃をくわえた。それには、サイパン、テニアン、グアムで散った戦友のうらみをこめた必殺のいうにいわれぬ祈りと願いがくわえられていた。その轟音と敵の猛射音がいりまじり、あたりの空気は寸断されてしまったように砲撃の音が間断なく続いた。

とくに午前七時三十分。わが砲撃もまた火炎となってここにペリリュー島の史上最大の緒戦が展開された。

珊瑚礁と海岸線の中間に、天童砲兵中隊と機雷・地雷に叩きのめされた米軍のいくつもの水陸両用装甲車が、一瞬にして残骸と化して、黒煙と紅蓮の炎が、とぐろを巻く。わが方のあげた戦果の残骸が二十個も三十個も見える。珊瑚礁線は大小無数の砲弾で大穴だらけのものに変えられてしまった。その穴にグリーンの戦闘服を着た第一海兵師団の米将兵が、折り重なってたおれている。海水が死体を無情に洗っている。その付近の波打際には手榴弾、鉄兜、マシンガンが、ばらまかれたように冷たく転がっている。珊瑚礁付近は阿修羅の巷《ちまた》に変わった。ちぎれた胴体と頭が散乱して浮いている。仰向けに腹を見せて逆転した水陸両用車の車輪に、たくさんの海兵の血肉が叩きつけられている。富田・千明《ちぎら》大隊両守備隊の怒りと、必勝の信念をこめた射撃が、実に正確であることを証明していた。

つぎつぎに海兵がうち落とされて海面を朱に染めていく。水陸両用車もつぎつぎに擱座して火を吐き、米軍は手も足も出ず、遂に攻防数時間、日本軍守備隊は、その第一波をここにみごとに撃破したのである。中川大佐の喜びは大きい。しかしそれに倍して富田大隊・千明大隊長以下の喜びは測り知れなかった。

その完璧な迎撃ぶりに、米軍は驚異の眼をみはった。たしかに三日あれば、日本軍を他の島同様に玉砕に追い込むはずであったが、予想はくるって、兵たちは米軍上層部の命令に疑惑の念を抱き始めたのである。

このとき米軍司令部は、味方の苦境を察し、いち早く観測機により戦況を掌握しようとして数台の飛行機を、ペリリュー島水際上空に飛来させた。観測兵は黄色い声を張り上げて、米軍の敗退する様を息を切らして司令部に報告し続けた。

「ファイトメン（司令部の暗号名）。こちらはラット（観測者の暗号名）。日本軍の抵抗はしだいに強化されつつあり、無数の上陸用舟艇が珊瑚礁付近に擱座炎上中、どうぞ」

「ラット。こちらはファイトメン。米軍の前線はどこまで進んだか？」

「右翼と中央はリーフの内側に進行中。しかし左翼のスピットファイヤー（第一連隊）は苦戦中で、まだリーフ付近に釘づけされたまま動けない」

「増員を送れ」

「だめだ。だめだ。もう輸送船は空っぽだ」

その第一のラットも、日本軍の高射機関銃によりペリリュー島の海底深く沈んでしまった。

司令部は二番機を飛来させた。

「こちらラット二号機。ラット二号機。司令部応答せよ」

「こちらファイトメン。ローンウルフ（第五連隊）はどうか？」

「こちらラット二号機。ローンウルフは飛行場の突端の見える地点まで進んだが動けない。至

上陸に先だち、海岸付近の障害物が爆破され、巨大な水柱が噴出した。米海軍水中破壊班が守備隊の砲下を押して行なった。

急飛行機で日本軍を叩いてくれ」

「それは無茶だ。同士討ちをしてしまう」

「ムスタング（第七連隊）も前進中。しかしなかなか進めない。艦砲の援護を頼む」

「だめだ！　艦砲射撃はできない。味方を撃ってしまう」

「スピットファイヤーは苦戦している」

「こちらはファイトメン。ファイトメン……」

それっきりラット二号機の応答はとだえてしまった。おそらく一号機と同じ運命をたどって撃墜されたと思われる。

一方、この時、沖合に浮上していた数百隻の機動部隊の中の重巡洋艦ポートランドの砲術士官は、歴戦の強者《つわもの》であった。折からの砲撃の弾着を双眼鏡で観測していたが、珊瑚礁付近にやっとたどりついた味方が、釘づけにされて、へばりついているのを目撃した。

「こりゃ大変だ」

ふとペリリュー飛行場の左手高地の中腹を凝視して不思議なものを発見した。驚いたことに、高地の斜面には無数の洞窟陣地があって、それらの陣地の入口には四角な鉄の扉が取りつけられている。その扉が瞬間的に開くと、中から砲身がヌーッと突き出てきて、真っ赤な火を吐く。アッという間に仲間の米兵がたおれてゆく。観察すると、高地の中腹の洞窟陣地は、幾百もあった。米軍はかつてどこの島にも見受けなかった要塞の島を発見して、戦慄をおぼえた。この島は、今までの島とは何もかも違うのだ。

「こりゃ大変なことになるぞ」

最初の発見者、砲術士官はさらに目をみはった。水陸両用装甲車の一群も、その砲弾と重火器の雨を浴びて、格好の餌食になっているではないか。舟艇がもんどり打って逆転を始めた。米海兵隊員たちはいたる所で悲鳴をあげて首を縮めて神に祈った。

「戦闘は長引いてもよい。日本軍の抵抗が弱まりますように……」

「一日も早く無事にアメリカに帰れますように」

まるで地獄である。砲術士官は思わず叫んでいた。

「ポートランドは高地の洞窟に照準を定めて一斉砲撃を加えろ」

確かに手応えはあった。しかし、炸裂した砲煙が消えると、日本軍陣地の隠蔽砲台には、何の変化も起きず、憎いようにまた扉を開放している。しかもその弾着の正確さは、まさに百発百中の妙技といえたのである。ポートランド士官の驚嘆した砲兵陣地とは、わが天山の野砲大隊の天童中隊と、他の野砲や重火器にほかならない。敵は時の経つごとに、恐怖と不安を増すばかりであった。

日本軍の抵抗は、今までに体験しないすさまじさであった。ガダルカナル島攻略や、ニューギニア島とは雲泥の差だ。陣地構築の点から推しても、またその陣地を守る守備隊の戦法、戦技と強さは、とうてい比較にならないことを緒戦で知らされたのである。

「三日間で占領だって？　ばかなことをいったもんだ」

「おれは生きて国の土を踏めるだろうか？」

一時は、米海兵隊員の間には、絶望の色さえ漂《ただよ》ったのである。無理もない。このとき米軍が受けた損害は、あまりにも大きかった。それにくらべて、守備隊は無血にひとしかったのだ。

米軍の第一の疑問は、あの艦砲の猛撃に日本軍は一体どうして耐えたかということであった。実は、日本軍はとにかくモグラのように地底の洞窟にもぐったのである。

このときに米軍の海兵隊員たちは異口同音に、

「やっぱり上陸のための準備砲撃が足りないのだ。海軍が悪いのだ」

といったという。守備隊の周到な作戦準備を知らずに、空と戦艦から注ぎこんだ鉄と火薬などの物量が少なかったのだと言ったというのだ。まことに米軍らしい感想である。

　第一波を受けたとき、日本軍が敵に与えた損害は米軍上陸用舟艇六十数隻のほか、戦車、水陸両用装甲車三十両を撃沈、撃破。敵兵員約一千名に大損害を与えた。まず、水際において敵の第一波を見事に撃退したのである。その戦果は、即時大本営に打電され、天皇陛下の上聞に達した。陛下から、「緒戦に戦果を得て、甚だ結構だが、益々奮闘するように」とのご嘉賞のお言葉を賜わったほどであった。

戦闘はやってみないと判らない

　同日第一波を撃退直後、米軍はあらたに第二波を連ね、熾烈《しれつ》な援護射撃を頼りとし、さらに強行上陸を開始しようとして、いっそう上陸援護射撃に拍車をかけ始めた。

　第一波を全滅撃退させたが、後続部隊の新手は、戦車を伴って陸続として後を断たない。米軍の先鋒は、左から七連隊、五連隊、一連隊……の順で押し寄せる。約四万二千名の第一海兵師団である。これを迎えるは西浜とその以南に守備陣地を構築し、ここを死守せんとする水戸の精鋭富田大隊長以下約六百名と高崎の強剛千明大隊長以下七百五十名の二個大隊計約一千四百名であった。

第十四師団歩兵第二連隊長中川州男大佐。最後の一兵まで死力を尽くしたペリリュー島防衛戦を指揮した。

その両翼、後方にあるのは二連隊基幹の中川大佐以下約八千五百名。守備隊の兵力は海軍を含め約一万人。これに対し、なんと米軍は四万二千名。ゆうに四倍強の大軍であり、豊富な物量を考えれば、歴然とした力の差があった。

敵は西地区と南地区の正面に来襲の構えをみせていた。

しかし、中川大佐は、これは米軍の常套手段である陽動作戦ではないかと判断し、敵状の偵察をつづけた。大佐の予想どおり眼前の敵は飛行場に近接した西南海岸への上陸へホコ先を転じた。西地区隊が師団から命令された戦闘指導要領、つまり隊の任務として、

「西地区隊は飛行場西側および北側に堅固に拠点を占領し、飛行場を直接防衛すると

ともに、来襲する敵を水際に撃滅する。状況直ちに止むを得ない場合においても、飛行場北側要点を確保し、敵の飛行場進入を拒止するとともに、地区隊反撃の拠点とする。

一部重火器を以て南地区及び北地区を側防し得る如く準備する。また南および北地区隊との間隙《かんげき》を閉塞する為の陣地を設備せよ」

とあるように、ペリリュー島防御の最大の目的は、ペリリュー飛行場の確保にあった。

米軍のねらうペリリュー飛行場は、かつてサイパン玉砕後は東洋一をほこり、数百機の一式陸攻を主体とし、零戦を加え、その滑走路は堅く、優秀な設備を持っていた。飛行場の北端つまり天山、中山の下に堅固な防弾兵舎があり、コンクリート建築の三階建ての窓には、赤塗りの分厚い鉄板の扉がついていた。

そのとき、ここには西カロリン方面航空隊ペリリュー本隊――航空隊司令海軍大佐大谷龍蔵の率いる通称龍部隊という約七百名がいたが、このほか、海軍の陣容は約三千六百名で、中川州男大佐の指揮下にあったのである。サイパン戦たけなわのころ、この飛行場から飛び立った何百機もの海軍機零戦は、敵を追撃して最後まで奮闘し、ことごとく自爆したのであろう。一機も帰らなかった。その後、この航空基地で再建されたいくつもの航空隊があったが、第十四航空艦隊の第六空襲部隊は、八月末にダバオに移動してしまった。中川守備隊が敵を迎えたいま、最も必要とする肝心な時に、ここには八機の飛行機しかなかった。飛行機の少ない飛行場を死守せんとする中川大佐以下の心中は察するにあまりある。

眼前に迫り来る船団を迎えて、ペリリュー島守備隊のだれもが、かなえられぬ願いとして祈ったことが一つだけあった。それは友軍機があの船団を爆撃してくれたら米軍の第三艦隊は全滅できるのにということであった。

「神よ心あらば伝えたまえ。飛行機が来るなら今だ。この沖合を早くねらえ」「連合艦隊は何をしている?」

と、しかし、このとき守備隊が見たものは、米軍機が上空を嘲弄《ちょうろう》して自由に飛ぶ憎らしさ。悪魔に似た敵機の姿であり、耳底にいつまでも残るあの鋭い爆音であった。ペリリュー決戦はまさにこの飛行場を中心にして、西地区隊と南地区隊の協同防御戦にすべてが賭けられていたのである。

米軍が攻めつつある西南地区を守る守備隊の任務は、時の中部太平洋第一線の天王山とも言うべき責任がかけられていた。

智将とうたわれる中川大佐が信頼して委ねた勇猛水戸第二連隊第二大隊長富田保二

少佐は、陸士第四十九期生、茨城県出身、水戸魂旺盛にして勇壮な指揮官である。富田大隊長は、ペリリュー島飛行場の北西部、大谷部隊防弾兵舎北側付近に大隊本部を置き、西浜の水際陣地北寄り、モミ陣地、すなわち米軍の言うホワイト1の地点から北へ五百メートルの陣地に、第六中隊を配置し、その南にイシマツ陣地、珊瑚丘陣地、米軍の言うホワイト1の正面とその南イワマツ陣地、ホワイト2の正面とその南クロマツ陣地、オレンジ1の正面に第五中隊を配置し、四中隊は予備隊として富山の下に配置させ、最も激戦を予想される五つの陣地を断固として死守せんとしていたのである。

西地区隊

長　水戸歩兵第二連隊第二大隊長　少佐富田保二、副官　中尉関口正、第四中隊長　中尉川又広、第五中隊長　中尉中島正、第六中隊長　中尉大場孝夫、第一小隊長　中尉沢田三郎、第二小隊長　少尉山口永、第三小隊長　見習士官大和惣、第二機関銃隊長　中尉野内隆

増加兵器は、野砲一個小隊、四十七ミリ速射砲二、三十七ミリ速射砲二、軽機関銃六、高射機関砲四、車両一である。

配属部隊とあわせて富田大隊はその数六百三十五名である。

同飛行場の南部要点を死守せんとするのは、豪勇千明大隊長の指揮する南地区守備隊であった。千明大尉は、陸士第五十三期生、群馬県出身、上州魂旺盛にして勇猛な指揮官である。高崎歩兵第十五連隊第三大隊長としてその勇気を買われてここに配属された。群馬健児を代表する指揮官と将兵である。千明大尉は、飛行場の南部中央に大隊本部を置き、西浜の中央、西地区隊のクロマツ陣地の南にあるアヤメ陣地、米軍の言うオレンジ2の正面、その南にあるレンゲ陣地、オレンジ3の正面である。そのすぐ南に無名島もあり、南半島一帯を死守せんと手ぐすねひいて敵を待ち受けた。

千明大隊の任務は、「南地区隊はペリリュー飛行場南側に堅固なる拠点を占領し、飛行場を直接防衛するとともに、来襲する敵を水際に撃滅せよ。敵もし飛行場に進入した場合は、西地区と協同、これを反撃殲滅する。状況直ちに止むを得ない場合においても、飛行場の南側地区を確保し、敵の飛行場利用を拒止し、かつ地区隊逆襲の拠点とする。特に海軍地上部隊と密に連繋するものとする。小島に砲一門を、中崎付近に山砲一門を配備し、西海岸および東海岸を側防する。また一部をもって飛行場を火制し得る如く準備せよ」とあり、西地区隊富田大隊と協同して飛行場の確保にあたったのである。

南地区守備隊の編成をあげておこう。

隊長　高崎歩兵第十五連隊第三大隊長　大尉千明武久、第七中隊長　中尉奥住栄一、第八中隊長　中尉小林保、第九中隊長　中尉小野里騰、砲兵第三中隊長　中尉岩佐直三郎、作業小隊長　少尉阿部伍作

増加兵器は野砲一門、四十七ミリ速射砲一、三十七ミリ速射砲一、高射機関砲一

配属部隊とあわせて計七百五十名である。

以上の西南地区の守備の二個大隊は、いずれも茨城、群馬健児を代表する現役兵を主体とした、当時満二十歳以上二十三歳までの若い世代であった。純真一途、青春のすべてを国家の安泰と同胞の幸福のために、肉をさき、骨を削り、国難には死をもって殉じた戦士たちである。

ここに西南地区守備の両大隊合わせて千四百名が、米軍上陸部隊一個師団四万二千人を迎えていたわけで、三十倍の大軍をあえて恐るるに足らんと、互いに誓い合って、己れを捨てて米軍の撃滅に燃えあがっていたのである。

当時の青年は、国家と同胞と家族に生き、歴史と伝統を守った。常に民族意識に燃え、勇気と正義を愛し、青年にして崇高な孝行、忠節、礼儀の大義に生きるという大きな目的があったと思う。水際に敵を撃つことは、目前に迫る国家の敵を撃つことであった。銃後の国民が青年たちに真剣に託した「兵隊さん、前線をたのみます」とい

うことばに、身をもってふるい立ち、一命を喜んでなげうったのだ。

精強二個大隊の勇戦なるか

富田・千明両大隊の勇戦がなかったら、ペリリュー飛行場はわずかの時間で敵の手中に渡ったであろう。その時、敵の第二波は猛烈ないきおいでリーフをうち砕き、障害物を吹き飛ばして、西岬のイシマツ陣地付近からペリリュー飛行場西南端アヤメ陣地の海岸に強行上陸を開始しようとしていた。

守備隊はかねての防御計画命令どおり、至近距離に敵を引きつけねばならなかった。雨と降りしきる艦砲の援護射撃と上陸用装甲車から猛射を受けながら、各隊は一斉射撃命令をじっと待った。〝水際作戦〟の効果を、最高に発揮するためである。

「水際と付近の要点に、堅固な陣地を築き、陣地は極力深みのある要点式に編成し、熾烈な火力により米軍を水際に撃滅す」ることを目的とし、

「展開後一ヵ月以内に、要点に拠点式野戦陣地を完成させ、早急にこれを拡充し、要部を永久陣地構築化し、要塞化する。配置の重点を島の南半部と北部とし、至近距離において短切火力を発揮し、敵を水際に撃滅する。また敵舟艇接近時、隠密海上遊撃

戦を用いる。この際水中障害物を高度に利用して撃滅を図る。また敵某地区に上陸を企図する時は、他の守備区域より兵力を転用する。また敵もし陸岸の一部に地歩を占領せば、速やかに果敢なる反撃を行ない、遅くも夜半に敵の全滅を図る。また敵が島の全周より同時上陸を企図した場合は、各地区隊ごとに各々正面の敵を撃滅し、もし敵が上陸せば予備隊をもって反撃し、まず西地区より各個撃滅せよ。また最悪の場合は、敵に航空基地設定並びに利用を絶対許すことなく、海上地上部隊と協同して、遊撃戦闘を敢行す」

このように緻密な、まったく水際立った師団の作戦指示命令であった。

その成否は守備隊の兵力と装備と闘魂にかけられていた。戦闘技量においては、日本陸軍の伝統と特質と、日ごろの実戦にまさる猛訓練から米軍よりはるかに優勢であることは火を見るよりも明らかであった。だが、問題は、兵器の発達の差と、物量の差がどういう結果になるかである。

西浜から南部の各陣地は、それぞれ各一個小隊の守備兵が配置されていた。その各陣地の正面に迫った米軍の兵力は、これに対しなんと一個大隊を最小単位として攻撃をしかけてきたのである。

まず米兵は、富田大隊の第五中隊（中島正中尉指揮、百七十六名）正面に来襲した。

押しよせたのは勇敢な戦歴豊富な米海兵隊約一千名である。だがこの敵は、守備隊の猛射を受けて砂浜にへばりついたまま動けなかった。

そばの海兵隊員が進もうとして頭をあげたとたんに頭を撃ち抜かれて、そのまま砂面に顔を突っ込むように倒れてしまう。勇敢な隊員がパッと飛び出せば、ハチの巣のようにされてしまう。珊瑚丘陣地、イシマツ陣地からの一発必中の怒りの弾が、隊員をねらい続けたからである。焼けつくようなペリリュー島の砂浜に伏して身動きもできない隊員たちは、日本軍の弾に当たって死ぬ方が幸せであるほどの苦しみを味わったにちがいない。

この苦戦を救ったのは、珊瑚礁脈を越えてきた米軍の上陸用水陸両用戦車の第四波であった。命拾いした彼らは、一群の戦車の後について次第に近接して陣地前方の対戦車壕に近づいた。このとき、守備隊員たちはひそかに快哉を叫んでいた。

「早く落ちろ！」

この壕はかつて工兵隊が担任し、歩兵隊が支援して炎暑の中で血と汗で構築したイシマツ陣地、イマワツ陣地間の珊瑚台前にあり、敵の戦車を落としこみ、前進を阻止する目的を持ち、その長さ二百メートルのものが前後して二線あった。溝の深さ三メートル、壕幅は四メートル余あり、砂止めはヤシの木を用いた。数日来の空爆の的となり、艦砲射撃のために壕は崩れ落ちたが、そこに敵の戦車を落ちこませ、この線で停止させようとする壕である。

「ざまあみろ!」

思わず守備隊員たちから声があがった。

巨大な水陸両用車六両が六両とも壕に落ちガン首を並べてのたうち回っている。それを見ながら、守備隊は直ちにシェパード犬を天山付近の砲兵陣地に連絡に出した。このときすでに有線はことごとく切断、無線機は被弾のため故障、鳩は全部戦死、折からの熾烈な弾雨の中で伝令はとうてい出せず、結局、たった二匹残った軍用犬を使用しなければならなかった。二匹目の首輪に託した報告は、

「イシマツ陣地の前方に戦車を伴う一千名の敵を発見、射撃を頼む」

というものであった。

軍犬が一目散にイシマツ陣地の壕を飛び出してから数分後に、軍犬が遂に到着したことを察知。友軍のみごとな集中砲撃が、敵の頭上につぎつぎと炸裂しはじめた。もうもうたる砂塵の中に火の玉が連続して砂塵を吹きあげる。砂塵とともに米兵が飛び散る。戦場は黒煙と白い砂塵に包まれて凄惨をきわめた。

天山山頂からの猛烈な砲撃に、時を得たりと富田大隊の珊瑚丘陣地、イシマツ陣地、

イワマツ陣地より日ごろきたえあげた腕をふるって、あらゆる兵器がいっせいに火蓋を切った。思えば四月の上陸以来六ヵ月、あらゆる苦労に耐え忍んだのもこの〝水際の瞬間〟にあった。その執念の一弾一弾の爆発でもあり、この一戦にすべてをかけたのである。

ときに昭和十九年九月十五日午前八時。

敵は砂塵の中にうろたえている。進むことも退くこともできず、ただ日本軍の猛射の標的になるべくはるばるたおされにやってきた感があった。守備はますます優勢で、米軍はますます悲惨であった、血と砂にまみれ、のどはかわきつくし、後を見れば海兵隊の死体が水際に幾百も漂っている。両側は朱に染まった戦友のこと切れた者ばかりで、進もうとする前面は死を叫ぶ熾烈な弾が轟々と頭上を越している。それでも米兵は続々と押し寄せ、第四波まで送り出してきた。砂塵は狂うように舞い上がって、ペリリュー西南海岸は血なまぐさい風が熱気を伴っていた。彼らの敗戦がはっきりし始めたのは、敵を珊瑚礁脈上に撃破してから実に一時間後であった。

このとき急に天候が変わり、砂浜の戦場にまき起こった数十本の黒白煙と砂塵が別の嵐をまき起こしたように、天はにわかに曇ってこの地方特有の細引きのような雨を激しく降らせ始めたのである。

両軍の銃声は衰えなかったが、スコールが通過した直後、涼風吹くなかに守備隊員が見たものは何であったろうか。激しい降雨のため、砂浜の戦塵は一瞬にして消えて、眼前に現われたものは、米軍の山のような死体であった。戦闘とはいえ、直視できないような惨状であった。累々と積まれた死骸、その血が雨に洗われて海面に流れ、ペリリュー島の海水は目にうつるところ真っ赤に染まった。ここに上陸した敵兵のほとんどが全滅してしまった。その無残な光景が守備隊の眼前にありありとひろがったのだ。

上陸日当日（９月15日）昼過ぎ、海岸で日本軍と銃撃を交わす海兵隊。水陸両用車の側面には〝血みどろの道〟と描かれている。

　やがて重なった死体の間から平グモのようにへばりついていた敵がぽつりぽつりと退却を始めた。守備隊は直ちに射撃を浴びせかける。すると敵は煙幕を張り始めた。第二波上陸を敢行した時のように、戦場はまた一瞬にして白い夜に変わった。敵は惨敗の仕返しを意味する激しい艦砲射撃を守備隊の砲兵陣地に繰り返しはじめた。その射撃は

以前よりいっそう正確であった。天山付近の高地が少しずつ崩れてゆく。守備隊はその轟音を聞くごとに、

「最も頼みとする小林砲兵大隊よ、健在でいてくれ」

と祈った。煙幕の切れ目からは海岸がちらちらと見え、米軍の戦場処理部隊が担架で重傷者を後送する痛ましい風景が目にうつった。

砂浜に累々とした死体を乗り越えて、まだ生きている重傷者を捜す米海兵の一群は、何とあわれな姿であるか。これが数時間前物量を誇った敵の姿であろうとは。

そのとき、勇猛富田大隊の戦果をたたえる日の丸の旗がへんぽんと大山の高地に掲げられ、それを仰ぎ見たペリリュー島守備隊の興奮は感激に変わり、感涙に変わった。祖国日本への感謝と一億同胞への期待にこたえた喜びを、あらためて痛感したからである。

一方、高崎歩兵十五連隊第三大隊の千明大隊も南部地区を守備して同じような激戦を重ねていた。アヤメ陣地、レンゲ陣地以南の要点に鉄筋コンクリート厚さ一・五メートル、地下入口鋼板厚さ二・五センチのペトン陣地を構築し、特に南島半島、北湾の無名島から側防砲兵が、上陸する米軍を水際で撃滅すべく待ちうけていた。アヤメ陣地は、富田大隊第五中隊担当のクロマツ陣地から南方九百メートルの海岸にあり、

米軍の上陸を予想した攻撃前面であった。

午前八時。早朝に撃退されて、怒りをこめてここに迫ったのは、海兵第五連隊三大隊、海兵第七連隊三大隊、同一大隊の計三個大隊である。

戦闘は文字どおり悪戦苦闘の極限であった。戦闘の情景は前述した富田大隊とほとんど同じ光景であったが、富田大隊を支援した天童砲兵隊と同じように、千明大隊は岩佐砲兵隊に援護された。リーフ線を越えて迫る米軍戦車群を至近距離に引きつけ、水際約三百メートルの地点において一斉砲撃を浴びせ、敵をことごとく撃退し、戦車を擱座、炎上、撃破した。

だが物量を限りなく持つ優勢なる敵は、続々と後続波をもって強行上陸をはかり、八時三十分、遂に西岬のイシマツ陣地付近からペリリュー飛行場西南端付近のアヤメ陣地海岸線に上陸を開始しようとしていた。再度の敵の上陸はすごかった。科学力と物量にものを言わせ、強引な戦法を取った。砲撃によってリーフ線をうち砕き、ついで十メートル余の断崖をまたたくまに崩し、平坦地に変えて、その上を鉄板で敷きつめたのである。そして戦車を走らせた。向かって来る戦車を撃っても撃っても新たに押し寄せるその戦車の数は驚くばかりであったが、千明大隊は撃ちに撃った。もちろん全滅は覚悟の上である。

岩佐砲兵中隊の砲身も焦げてきた。守備隊の小銃も軽機も重機も擲弾筒も真っ赤にやけていた。しかし、南島半島、北湾の無名島から、側防砲兵が撃つ弾は一発必中で、米軍に多大の損害を与えた。敵の戦死者が続出して山となる。戦車は横腹をねらわれて困り果て、しだいに北へ北へと寄ってしまった。このため飛行場南端付近の上陸地点は、米軍が密集して混乱におちいった。そこを天山の小林砲兵大隊が、高地から狙い撃ちしたから、たまらない。バタバタとたおれる者が相ついだ。その時にスコールが降って米軍の惨々たる敗北の状態を示したのであった。

七時三十分より繰りひろげられた戦闘は、四時間に及ぶいま、時計は一時を過ぎていた。しかし敵は多大の損害を受けて、海岸にへばりついて前進の気配はほとんど見られなかった。パラオ本島集団司令部通信隊に、作戦緊急の無電が入ったのはこのころである。

「敵上陸ヲ企図セルモ、我ガ歩兵十五連隊ノ名誉ニカケテコレヲ水際ヨリ撃退セリ」

水際作戦成功の電文であった。

パラオ本島の将兵は、喜びにわきたった。戦争は好転して、ふたたび日本軍が南太平洋の主導権をとりもどせるかもしれない。

この時の敵状は、いかに混乱していたか。当時、米軍の無線を傍受した通信兵の記

憶によれば、敵はさかんに、

「水陸両用装甲車を至急送れ」

「送りたくもすでに艦船には残っていない」

「暑くて死にそうだ。水を送れ」

「カンに水を入れて至急送れ」

「戦死者を運べ」

「負傷者を救援しろ」

と、必死の助けを求め続けていたという。

こうして、敵が陸岸に到着するまでに、敷設機雷の効果と相まって、上陸用舟艇六十数隻、シャーマン戦車三両、水陸両用装甲車二十六両を破壊し、敵兵力一千名以上の大損害を与えたのであった。

ところが、守備隊にも物量に乗ぜられるスキはあった。西南地区の間隙付近、すなわち飛行場西南端に上陸した約一個連隊の敵は、南地区隊の勇戦にもかかわらず、戦車数両の支援をうけて、しだいに地歩をひろげ、上陸した日のうちに飛行場南端付近まで進出したのである。

兵力、新鋭兵器の圧倒的な優勢を示す敵は、怒濤のごとく繰り返し繰り返し、押し進んで来た。見るうちに西岸のリーフは爆破され、次々と障害とみなす高地の断崖を艦砲射撃で撃ち砕き、ＬＣＩ艇（上陸用舟艇の一種）は、九千発のロケット弾を発射して丘を密林を平坦地に変え、鉄板で敷き連ねた道をさらに延ばし、その上を重戦車と水陸両用戦車の大群が、キャタピラの音も高々と上陸した。日本軍にはとうてい想像も及ばない物量と科学力と、手馴《な》れた上陸作戦、すなわち強引な戦法であった。

サイパンもグアムの戦いと同様、日本軍の作戦は、いつでも同じ水際撃滅戦闘法を主義とした。これは陸軍の七十年来の戦法であったが、米軍は想像に絶する物量を叩きこんで、いっせいに上陸を開始してきた。いかに機動力が多くても、水際において上陸用舟艇から兵隊が降《お》り、武器弾薬をおろし、戦車をおろして陸上に拠点を張るまでのわずかの間には、必ず隙ができるものであると予想していた。そのとき戦線は延び、戦闘力が低下する。そこをただちに叩いて撃滅することを水際撃滅戦法の効果であると言って、古来より尊重してきたのである。しかし、航空戦力を伴わないわが方の現実は決して楽観できなかった。

千明隊の守備地点は、ペリリュー島海岸飛行場の南方にあって、平坦地である。遮蔽物も洞窟もない。平地に掘ったタコ壺がただ一つの安全地帯であった。

この日、再三上陸を企図して開始した敵に千明大隊は一兵にいたるまで全力を傾注した。敵を本土に近づけまい、ペリリュー島を渡してなるものか、と反撃を重ねた。むろん玉砕は覚悟の上だった。

この戦闘に鬼神を哭かしめた千明大隊以下の奮戦と、真珠湾攻撃の軍神岩佐直治中佐の甥の岩佐直三郎連隊砲中隊の奮闘は、長く語りつがれなければならない。この戦闘で南島半島に砲列を敷いた岩佐連隊砲中隊は全員、全力を砲に託した。必中必殺の日ごろの訓練と教訓の成果をいかすのはこの時とばかり、撃ってうってうちまくった。砲身はたちまち真っ赤に焼けた。兵たちは軍衣をぬらして砲身にかけた。ある者は麻袋を砲身に巻きつけた。鉄カブトで海水を汲み、その上にかけ続けて冷却しながら連射した。その砲力は、連隊砲四門、歩兵砲十二門、速射砲八門、計二十四門である。

やがて全弾すべてを米軍に叩きこみ、弾は尽きてしまった。全力を尽くした中隊の将校は全員戦死。残る岩佐隊長と新井進曹長は軍刀を右手に、左手に手榴弾を持ち、敵のＭ４戦車の中に飛び込み、肉弾攻撃を敢行して玉砕した。

第二分隊中村啓次伍長を長とする戦車砲第二分隊の奮闘は、ことのほかすさまじかったという。中村伍長は長野県出身（昭和十五年召集の現役兵）であって、温和で理知に富んだ有能な下士官であった。どこにそんな闘志が潜んでいるかと思われるほどの獅子奮迅ぶりであった。

押し寄せる上陸用舟艇、直進する水陸両用戦車、かつて在満時には名観測班長であった彼の目測に一分一厘の誤差も生じなかった。次々とこれらを撃破、擱座させ、その数じつに十七という。だが、士気旺盛な中村分隊にも限度があった。弾丸はすべて撃ち尽くし、最後に、砲身に巻いた冷却用の麻袋の上からその砲身を愛撫して別れを告げ、分隊長以下全員、敵陣に斬り込んでいった。

斬り込みに参加できない負傷者は、日ごろの教訓をみごとに生かそうとしたのである。砲兵陣地を死守して、男子の面目を南溟の地に止めんとし、砲兵の日ごろの至言である「砲側墓場の具現をはかれ」の教えにしたがって砲のそばに集まり、砲身に爆薬をつめて自爆した。実に胸せまる散りぎわだった。

米軍の公刊戦史に、「第七海兵隊は南方陣地から砲兵、臼砲、自動火器の射撃に、ひどく悩まされた」と明記されているのは、千明大隊の反撃とともに岩佐砲兵隊の活躍を指している。

この日、千明大隊は、パラオ本隊に電報を送っている。

「敵ハ艦砲射撃ト爆撃ノ援護下、ペリリュー飛行場ノ東西及ビ西南海岸ヨリ戦車ヲ伴イ、上陸ヲ開始。大隊ハ之ヲ邀撃《ようげき》、戦車十数台ヲ撃破、敵ニ甚大ナ損害ヲ与エ、再三海岸線マデ撃退シタ。大隊ハ本夜半、旧アヤメ陣地ニ全力ヲ挙ゲテ反撃セントス。之ガ撃滅ヲ期ス」と。

敵一個師団対味方二個大隊の攻防戦は、百対零に近い。しかし、米軍に太平洋最強の守備隊と太鼓判を捺《お》させたのは、特にこの朝の千明・富田両隊の強靭な防御戦法なのである。

敵も味方も殺意におののく

すでに上陸を敢行して以来、四時間三十分もの間戦闘は続けられていた。艦砲と航空機と戦車の大群を投入する近代戦の四時間半は、むかしの日露の役の数年分、支那事変の何年分かの戦いに値し、しかも熾烈をきわめた。

しかし午前十時を過ぎて富田・千明両大隊の間隙付近、つまりクロマツ陣地とアヤメ陣地の距離はあまりに間隔がありすぎたために、増強した約一個連隊の米軍は、この手薄なところに来襲したのである。千明大隊の守備兵は一人傷つき、二人たおれ、最後の力をふり絞った。集中砲火で、大きな損害を受け、その上に想像を絶する物量投下に悩まされたのである。

富田大隊の正面と同じようにこの海岸も煙と炎におおわれた。そこへ幾十万発の弾が舞い込んだ。炸裂する轟音から察しても、十センチ、二十センチ、三十センチ砲の巨弾ばかりだ。伏せれば大地が動いて二、三尺も飛び上がり、射撃すらできない。——著者にはこのときの状態がよくわかる。煙の中でどこに照準を定めるべきかも迷ったことだろう。敵弾の飛来する方向にめくら滅法に撃ったことだろう。何も考える余裕はなく、ただ敵必殺だけが頭にあったと思う。攻める米国人も、守る日本人も殺意だけに生きた。だれが人間同士をこんなにあやつるのか。そんな考えも持つひまなどあるわけがない。戦場は血なまぐさいにおいと硝煙がたちこめ、ますます人間の意識を狂わしてゆくのである。

敵は煙幕をはり、それに乗じて中戦車数十両を先頭に両大隊の間隙を突破して、ついに守備隊の生命線——絶対に確保せねばならない飛行場の南西海岸に迫った。

千明隊の歩兵は、アンパンと呼ばれる丸型の平たい爆雷と対戦車地雷を腹にかかえ、あるいは胸に抱き、背負い、またある者は棒地雷や火焰びんを使って敵戦車に肉薄して、体ごとそのキャタピラの中に飛び込んだ。

「ヒャーッ」

という米兵の声がきれぎれに聞こえて、戦車は爆発とともに擱座して火を吐き、メラメラと燃える。後につづく歩兵は、戦車が先頭に進まないと、停止したまま動こうとしない。あちらこちらで戦車および水陸両用装甲車が擱座して幾十両も火を吹き、黒煙に包まれた。幾十人もの勇敢な兵士の肉体が、影も形もなく、飛行場西部に散華していったのである。

海岸で釘づけとなった海兵隊。激しい抵抗にあった米軍は２度撃退され、３度目に得た橋頭堡では一進一退の攻防を演じた。

敵はついに飛行場西部に進出した。

このとき、中川大佐は、パラオの井上師団長宛に悲痛な電報報告を発信している。

「作戦緊急電報、十四時二十分、ツイニ敵ノ後続波ハ西南地区ニ足場ヲ獲得セリ。我等果敢ナ反撃ニヨリ再ビ撃退セルモ、戦車ヲ伴ウ敵ノ一部ガ来襲シ、南地区隊ハコレニ甚大ナ損害ヲ与エタガ、敵ハ同地付近ニ兵力ヲ増強シテ、遂ニ西南地区ニ橋頭堡《ほ》ノ一部ヲ獲得スルニ至ッタ」

この朝、七時を過ぎ米軍が攻撃を開始して以米、激戦じつに七時間あまり。ここに日本軍南地区守備隊の水際陣地の間隙から、敵はようやく上陸に成功し、飛行場西南部一角に取りついたのである。

マリアナ列島で、〝日本軍強し〟とたたえ、恐怖と戦慄におびえつつも、サイパン、グアム、テニアン島と逐次、日本軍を玉砕におとしいれてきた米軍も、ペリリュー島の緒戦は、「まるっきり予想がはずれて話が違う。日本軍陣地への上陸はあまりにも高価についた」といった。この日の米軍はかつてない苦い経験を味わい、数年ぶりでみごとに出端をくじかれて、愕然とした。

この日、ペリリュー海岸に米軍の将兵の死体は山を築き、爆破された戦車と上陸用舟艇は水際を埋め、兵力の損失は米軍にとって莫大であった。その損害は、日本軍の数百倍に達したのである。

米軍側の記録によれば、富田大隊正面に上陸した第一海兵連隊の戦死傷者は、この日すでに千七百四十九名に達した。千明大隊正面を襲った米軍も、相当な打撃と損害を受けたことは前述のとおりである。第一海兵連隊は第一線部隊としての戦闘能力を喪失し、米師団の戦力は、緒戦の水際戦においていちじるしく低下した。米軍は困り果ててルパータス将軍に援軍をたのむ無電を送っている。

「第一連隊ハ戦死者続出シ戦闘能力ナシ。至急増兵ヲ送レ」

それから八、九日して、遅ればせに駈けつけたのが、米陸軍八一師団第三二一連隊の俗称〝山猫部隊《ワイルドキャット》〟の一個連隊である。この勇猛な連隊は、著者がアンガウル島で実際に戦って殺しあった敵でもある。しかし、その後この連隊も、ペリリュー洞窟戦においてその半数以上はたおれ、ペリリュー島の露と消えた。

第二章　米軍の威力絶大

関東軍最強部隊南進す

ここで出発点にかえり、満州から南太平洋のパラオまで、延々五千浬の海上を平穏無事に到着した当時におもいをはせれば、ただ懐かしさがこみあげて来るばかりである。私たち第十四師団は昭和十四年十二月、中国大陸から内地の駐屯地に帰還して間もなく、翌年九月、満州国チチハルに永久駐屯することになった。北満国境警備のためであった。

その後十六年秋からしばらく、外蒙古の国境警備につき、ハルハ河の近くに駐屯して、ソ連陣営を一望下に監視しながら、「関東軍は世界最強の陸軍」としての実力を身につけたのである。

しかし、十六年十二月八日、太平洋戦争勃発。破竹の勢いで奮戦した南方戦線は、にわかにガダルカナル島付近から後退し、敗色はしだいに濃くなり、南太平洋戦場は、強剛関東軍の出馬を必要としてきた。ときに昭和十九年一月。ついに第十四師団に南進の動員が下令された。南方転戦の秘密命令を拝受したのである。南方戦線の急を知り友軍の危機を聞くや、将兵の心はおどり、ヤシの葉茂る南海におもいをはせたのであった。

第十四師団長井上貞衛中将は、高知県出身、陸士二十期。第六十九師団長をへて、昭和十八年第十四師団長着任の智将であった。彼の指揮する第十四師団とは、明治三十八年四月創設されて以来、日露戦役、シベリア出兵、上海戦、満州事変、支那事変に参加し、数々の感状を授与された。大本営の中でも「強剛師団第一号」と呼ばれた屈強の部隊である。

三月五日に編成を終わった師団長井上中将以下一万一千七百九十七名（うち将校五百八十一名）。兵員の大部分は現役兵であった。後日、アンガウルに、ペリリューにあるいはパラオ本島で敢闘したのも優秀な現役兵が主体であったことが、持久戦と、玉砕という徹底した抵抗を続ける原因になったのである。

そのころ中部太平洋上の戦況はしだいに悪化したので、われわれは豪北方面への転進が決まっていた。

ところが、大本営では、ちょうどこのハワイを出港したと思われる米軍機動部隊の行動が、しだいに活発化したのをみて、マリアナまたはカロリン群島に向け来襲することが確実と判断した。そこで、三月一日、第十四師団の豪北転進を一変して、マリアナに配備することを決定した。北進するために苦労を積んだ師団が、三百六十度の回転をしたわけである。

三月六日、大本営から既定のとおり変更ない返事があった。そこで、三月十日から列車輸送により各連隊は相ついで出発。四月十四日、旅順南方地区鳩湾に集結。ここで二週間、猛烈な上陸訓練が行なわれた。一方、先に豪北に飛んでいた中川作戦参謀は、豪北、マリアナ方面の現地視察をつづけていた。

三月十四日、旅順に到着した第十四師団長は、町田情報参謀にマリアナ偵察を命令。ついで十七日、師団長は各連隊長を集合させ、訓示を与えるとともに、各部隊は乗船までの十日間「敵前逆上陸戦闘法」「対潜監視戦闘」「対空監視戦闘」「船舶遭難に対応する動作」を重視して訓練をはかった。

三月二十六、七の両日、大連波止場でまず装備、資材をのせ、阿蘇山丸、東山丸、能登丸の三隻に分乗した。二十八日、師団長の出陣の訓示を受けたわれわれは、同日十二時、勇躍して出発、出帆と同時に第三十一軍指揮官の指揮下にはいった。

航路に米軍潜水艦が出没したので、師団は各船上で山砲、速射砲、曲射砲の船上実弾射撃訓練をつづけ、潜水艦監視警戒を厳重にしながら、同三十日鎮海、ついで門司、州本を経て、四月三日、横浜港に寄港、さらに兵器物資を積み込んで出発の日を待った。

パラオ本島、ペリリュー島、アンガウル島、ヤップ島防衛にあたった第十四師団長井上貞衛中将（右）と参謀長多田督知大佐。

ところが、この間、情勢は一変していた。マリアナ諸島のサイパンへの敵空襲が激しくなったので、急遽パラオ転進が命令された。これに先だち中川参謀はパラオに到着、さっそく師団の展開準備を考慮し、翌五日に多田師団参謀に電報で上陸後の分進展開予定を知らせていた。電文は次のようなものであった。

「第十四師団ノ配置ハパラオ本島ニ司令部ト四個大隊基幹、ペリリュー島ニ二個大隊基幹、アンガウル島ニ二個大隊基幹ヲ置クベシ。師団ハ一応パラオ本島ニ上陸セヨ、パラオ港ノ掃海ハ四月十五日マデニ完了予定」

四月六日午前八時十分、第十四師団と第三十五師団第一次輸送部隊の船団は横浜港を出港した。同日十四時二十分、船団は館山沖に仮泊、将校には作戦用秘密地図がわたされた。

そのころ、パラオは、ニミッツ麾下の第五艦隊空母十一隻を基幹とする敵機動部隊が接近、連日、はげしい空襲が繰り返されて、惨憺とした焼土の島に変わっていた。果たしてパラオに無事上陸できるか?

四月九日、船団が硫黄島沖にさしかかったとき、パラオ海軍警備隊から無電を受けた。敵機動部隊の接近で、掃海作業を終わるまで近づくことは危険との報である。

四月十九日、敵陣強行突破を決意した師団長は、父島を出て、ジグザグ航法で前進、対潜水艦監視班、警備班を組織、敵の眼を逃れて、四月二十四日、出発以来十二日目、ぶじパラオ島に無血上陸した(この船団の輸送任務の完遂に対し、先に天皇陛下から異例のお言葉があった)。

四月二十四日十一時三十分、船団はそろってパラオ島西水道からマラカル泊地に到着、百時間はかかる揚陸作業を、五十四時間の驚異的スピードで完了。翌二十七日、船団は入れ替わりにパラオ島在留邦人や島民を乗せて日本へ向け出港したが、途中で、パラオの近海で撃沈された。まったく危機一髪の揚陸作業であった。

四月二十六日には、井上師団長は、パラオ上陸直後に命令をくだした。「照」とは、十四師団の戦時呼称で、作命とは、作戦命令を指す。

〈照作命甲三六号〉パラオ地区集団命令。四月二十六日十三時、於コロール島。

一、航空母艦を含む敵機動部隊は、二十五日、パラオ東南東六百十マイルの地点より北西に向かいつつあり。またトラック島に大型十数機、ポナペ島B25型十機、メレヨン島B24型九機来襲せり。第四派遣隊高射砲第五十二大隊の一中隊属は二十四日ヤップ島に上陸し予の指揮下に入る。ペリリュー島には海軍二十六航空戦隊、海上輸送隊及び山口部隊の約半個大隊、アンガウル島には山口部隊の約半個大隊防備しあり。

二、予はパラオ地区集団長となり、来襲する敵を殲滅すると共にパラオ諸島（アンガウル、ペリリューを含む）およびヤップ島方面の要域を絶対確保せんとする。

三、アンガウル、ペリリュー両地区隊は、速やかに両島に進出し、来襲する敵を殲滅すると共に同島航空基地並びに飛行場適地の絶対確保に任ずべし。装備その他細部は参謀長が指示する。

四、山口少将は、アンガウル、ペリリュー両島の守備任務を申し送り、部下と共にパラオ本島に復帰すべし。但しペリリュー島防備を強化するため、速射砲十、機関銃

十二、弾薬全部を本島に残置せよ。

五、第三船舶輸送司令部パラオ支部長は、海上輸送隊山崎少尉の指揮する約一中隊、大発十五台を指揮し、海上輸送計画により本二十六日夕方よりペリリュー島、アンガウル島に守備隊を輸送すべし。

六、海上輸送隊長村田少佐はペリリュー地区隊に防備を申し送り後、速やかにパラオ本島ガスパン付近に集結し海上輸送を準備すべし。

別紙命令として、

軍隊区分（守備隊の内訳）

▽アンガウル地区隊＝歩兵第五十九連隊長　江口八郎大佐、歩兵第五十九連隊（歩兵一個大隊欠）、団通信隊無線一個分隊、経理勤務部の一部、野戦病院三分の一

▽ペリリュー地区隊＝長　歩兵第二連隊長中川州《くに》男大佐、歩兵第二連隊、師団通信隊無線一個分隊、師団輜重隊の一分隊、経理勤務部の一部、野戦病院の三分の一

四月二十七日、二十八日の二日間にペリリューおよびアンガウル両島地区隊は、上陸用舟艇（大発、小発）によりペリリュー島、アンガウル島に上陸し、山口部隊の一部と交替せよ。

パラオ地区集団長　井上中将

この命令は印刷して下達された。

パラオ島に残留したのは、高崎十五連隊である。連隊長福井義介大佐以下四千八百有余名。

ペリリュー島守備を命ぜられた水戸第二連隊は、連隊長中川州男大佐以下三千百五十八名。

アンガウル島守備隊を命ぜられた宇都宮第五十九連隊長江口八郎大佐以下三千四百二十五名。

パラオ島からペリリュー島までその距離は五十キロ、さらにアンガウル島は六十キロもあった。

四月二十七日、二連隊本部が軍旗を先頭に北海岸に上陸し、翌二十八日に後続部隊が到着した。守備隊の上陸は完了した。同日アンガウル島に着いたのは、私（著者）を含む歩兵五十九連隊の守備隊である。

ペリリュー島上陸のその日から、大きな試練に遭遇した。それは陣地構築である。中央に高地があり、その高さ八十メートル、水戸部隊にあやかって水府山と命名し、ここに連隊本部をかまえ、中川大佐の居城とした。島全体は珊瑚礁の塊りで、地面はコンクリートを打ったように堅く、その堅さがどんなに兵隊を泣かせたことか。陣地構築は、きわめて至難であった。蛸壺《たこつぼ》陣地を一つ完成させるには二十日間を要した。十字鍬《しゅう》はすぐにすりへってしまって、掌は血が吹き出た。

島には果実はあったが、野菜の生産はごく少なく、飲料水は島の中央、飛行場北方の公学校近くに井戸が一つだけあった。島では一日一回、平均約一時間のスコールによる雨水をたくわえて使用した。雨水以外、まったく水のない島である。スコールの直後約五分くらいが暑気をやわらげたが、それもほんの瞬間的で、日中は三十度以上で、フライパンの中にいるようだ。

この島は隆起珊瑚礁島で石灰岩より成っていた。島の円周はリーフで囲まれて、外部からの舟艇は容易にはいれない。軍事施設といえば、昭和十二年に着工した滑走路千二百メートル二本を有する、大型機発着用の飛行場が、島の西南部にあり、また島の北方にある小島のガドブスに小型機用の一千メートル、幅八十メートル一本の滑走路を有する二つの飛行場があるだけであった。

島の中央に海抜九十メートルのけわしい大山と、水府山があり、そのまわりには富山、天山、中山、観測山、東山があり、それらの高地には自然の洞窟、崖、谷、絶壁、亀裂があり、北部には中の台、電探台、水戸山があって他は一般に平坦地である。川はまったくない。湿地が多く蚊と蝿が多い。海岸線と山中には、雑木がジャングルを作り、同島周辺と電探台の西南は、浅瀬の中にまでマングローブが繁茂し、容易に通過できない泥沼が続いている。湿地は富山西北、ガリキョクとペリリュー飛行場の南西、南島半島に散在し、道路は飛行場を中心に中崎、向島（東海道）、ガドブス（浜街道裏街道）に通じている。

北端のガルコル波止場からガドブス橋を渡ると、平坦なガドブス島に行けた。

昭和十九年三月以降、この島の応急臨時守備隊として、山口武夫少将の指揮する山口部隊第二、第八方面軍の一部、村田海上輸送隊が駐屯していた。守備の重要地点をペリリュー飛行場とガドブス飛行場として、東、南、北の三地に区分し、水際撃滅で米軍を迎撃する作戦準備を推進していたのである。それが、新鋭水戸第二連隊と交替して、ここに新たに指揮官中川州男大佐が着任し、その後五月二十四日、第十五連隊からも第三大隊がその指揮下に加わり、その後、第三大隊長山本勝右衛門少佐は転出。後任に選ばれたのは千明武久大尉で、千明大隊長以下七百五十名が、島の南部を守備することになった。

そのころ、西部と南部は敵上陸の予想地点であって、重要陣地を構築のため、十五連隊主力は、福井連隊長自ら指揮した第二大隊飯田隊が、六月五日から七月二日まで、はるばるパラオ本島から千明大隊の地区に築城強化作業を支援して、その後十五連隊主力の一大隊は、パラオ本島西地区のガスパンも守備、二大隊は、コロール島守備のため帰島した。

さらに六月三十日、ペリリュー島はパラオ群島における主作戦場と予想した師団長は、当時コロール島にあった独立混成第五十三旅団（山口部隊と改称した部隊）の隷下にある独立歩兵第三百四十六大隊、大隊長引野通広少佐を、中川連隊長の指揮下に編入して、北地区のガドブス島並びに水府山付近の守備を担当することになった。

そのほか歩兵第二連隊では、第一大隊長江見大尉が転出し、三大隊長市岡大尉がこれを継ぎ、三大隊長に原田大尉が就任し、また大里大尉はパラオの独歩三五一大隊長に、後任には根本大尉がかわり、連隊副官には坂本大尉がなった。また手塚中尉、高野少尉、小松崎少尉、長塚准尉、柴沼准尉が独歩三五一大隊に転属した。

ここにいたり、ペリリュー島の守備態勢はこうして着々と固められていった。

ここで、ペリリュー島を死守した海軍将兵のことにもふれておこう。海軍の先発隊がペリリュー島に上陸したのは昭和十九年六月である。第一航空艦隊、七六一部隊、通称龍部隊といわれる精鋭中の精鋭である。最初の司令の松本中佐は鹿屋で文字どおり月月火水木金金と、戦場をしのぐ猛訓練を行なった猛者。最初、龍部隊は硫黄島に転進の予定だったが、風雲急を告げる戦況は龍部隊の運命をほんろうし、十九年二月、ひとまずマリアナのテニアン島へ転進することになった。

しかし、第一線の状況は内地で考えているのとまったく違っていた。すでにそのころサイパン、テニアンにもいよいよ米軍の空襲が始まっていた。しかも第一回の空襲であっという間に一式陸上攻撃機二十二機を失うほど防備はまるでお粗末だったのである。まる三ヵ月、サイパン、テニアンに滞在した龍部隊は、こうして徐々にペリリュー島へと転進していった。

こうしてペリリュー島への米軍上陸作戦が始まる十九年九月までに、とにもかくにも三千人余の海軍部隊がペリリュー島へと集まり南部の飛行場に布陣した。その構成は西カロリン方面航空隊、四五警備隊、ペリリュー派遣隊、二一四設営隊、三〇建設隊、第三隧道隊などの混成部隊。

海軍といっても陸に上がれば陸軍と同じである。とくにペリリュー島では守備隊長の中川州男陸軍大佐の作戦で洞窟陣地構築に全力をあげていた。海軍部隊もペリリュー島に到着したその日から陣地構築に汗を流していたのである。

敵将ニミッツがパラオをねらっていることは確定的であった。サイパン島は六月十五日上陸開始、二十数日激戦の末、守備隊は玉砕。それから二十日後にテニアンに上陸、同島守備隊は八月二日にいたり、軍旗を捧焼して、ゲリラ戦にはいった。

テニアン戦と前後して、敵はグアム島に上陸、八月十一日に守備隊は玉砕した。

海軍の支援を失ったサイパンの四十三師団三万一千人、テニアンの松本歩兵五十連隊五千人、グアムの二十九師団一万八千人、合わせて五万四千人の将兵が玉砕。われわれに数々の貴重な教訓を残していった。

「海空の支援のない水際防御は無理だ」「敵は上陸寸前に島の形を変えるほど艦砲射撃をする」「水陸両用車を何百と連ね、一挙に押し寄せて来る」「照明弾を夜どおし打ち上げて夜を昼より明るくする」「集団突撃は敵の射撃の的になるだけだ」「火焔放射器に注意せよ」「彼らの戦車は速射砲以外は弾をはね返す」「穴を掘って狙撃せよ」「敵は心理作戦が上手だ。だまされるな」などがあった。戦友たちが身をもってわれわれに残してくれた貴重な体験と戦訓であった。

いったんは、小畑中将の指示があり、守備隊も砲兵陣地を水際に推進したが、その後サイパン戦訓によって七月四日、ふたたび天山付近の陣地に後退させたのである。

敵機動部隊は、カエル飛び作戦でウルシー、ヤップ、パラオ本島を飛び越して一気にペリリュー、アンガウルへ殺到しようとしていた。第三艦隊長官ハルゼーは、「パラオ全島を四個師団で占領するより、二個師団でペリリュー、アンガウル島だけを攻撃し、他の残りの二個師団をマッカーサー軍に投じ、比島の日本軍防備の手薄を見通してレイテ攻略を企画する。パラオ本島は強力と見て放置しておけば餓死する」と予想した戦略である。これにひきかえ、わが軍が、もっとも頼りとしていたペリリュー島の海軍機一式陸上攻撃機は、サイパン戦の際、何百機となく北方に飛び立って、一機も帰らなかった。以来、パラオ群島の制空権はまったく米軍に奪われて、パラオ上空は、双胴のロッキードP－38、カモメに似たF4Uが日本軍をあざ笑うように飛びまわっていた。

いよいよ危機はせまった。井上中将は、七月十日、第一次現地の召集を発令し、パラオ地区在郷軍人千七百四十七名、七月三十一日には第二次召集により八百九十二名を、それぞれパラオ本島、ペリリュー、アンガウル地区隊に編入した。九月十五日、最終の第三次に、千六百八十名を召集した。この召集兵の中に、多くの沖縄出身、糸満水練の達人が含まれていたのである。

このころから、パラオ本島空襲は本格的となり、ホーランジアを基地とする敵のB－24が日に三百機も来襲して反覆、地域爆撃をくり返した。

井上中将は決戦を目前にして、特にマリアナ玉砕の戦訓を生かし、持久戦法に重点を置くことに決した。

六月九日、小畑中将がグアムに飛び立って三日目であった。B－24の五機編隊、十機編隊が、われわれの上空に出現し、飛行場と島のあらゆる軍事施設に対して空襲を始めた。みるみるうちにペリリュー島に爆弾の雨が降った。

六月十四日、井上中将は、「パラオ地区ニ於テモ敵上陸ノ企図アルモノノ如ク、厳ニ警戒ヲ要スル」と各方面に打電した。ペリリュー島は敵の奇襲上陸に備えて、守備隊は陣地に配備され、迎撃準備を強化した。

六月二十九日、大本営本部から、「連日ノ御奮闘ヲ感謝ス。水際ニ敵ヲ鏖殺スル決意ハ壮トスルモ、優勢ナル敵ノ砲爆撃下ニ於テ、過早ニ兵力ヲ水際ニ配置シ、敵上陸ニ先立チ半身不随ニ陥ルガ如キハ大イニ考慮ヲ要ス。ムシロ敵上陸ノ当夜夜襲ヲ行ッテハ如何カ。ナオ飛行場ハ絶対確保スルヨウ」との意味の電報を受けた。

井上師団長はさっそく、守備隊に敵の砲爆下だが、敵に近迫する逆襲斬込隊の訓練と準備を徹底するように伝え、われわれは深夜、蚊の大群を払い除きながら、その訓練を幾度もくり返した。

昼は昼で土方の仕事である。村井権治郎少将（陸士二十五期、岩手県出身）がペリリュー島に特別派遣され、築城、訓練、部隊運用の指導のため、副官塚田喜一郎中尉を連れてこの任に当たったのは、七月十六日であった。

その後大本営は、八月十九日、マリアナ地域の相つぐ玉砕と戦訓により、島嶼守備隊戦闘教令の大綱を修正し、八月二十日、パラオ地区集団に伝達された。
「島嶼守備部隊長は、長期持久に徹し、努めて敵に多大の損害を与うるを要す」
以下六項目にわたる指示を得て、長期持久戦闘を主眼としてペリリュー島の戦闘は火蓋を切らんとするときを迎えたのであった。

敵機動部隊の大部は、師団が予期したとおり九月六日午後二時に、紺碧の空をおおって鋭い爆音を立てて、師団守備隊の頭上に来襲した。その日、パラオ方面一帯は、敵機動部隊の跳梁をほしいままに受け、ついにペリリュー、アンガウル血戦を予告するように米機は迫ってきた。大型空母十隻、戦、巡洋艦十三隻、駆逐艦二十隻以上の大軍が、パラオ南方に二、三群出没した。同じくヤップ北東に、一群の空母から発進した敵機は、グラマンF4FをはじめF4U、SB2C、TBFが入り乱れてパラオ本島に約百三十機、ペリリュー上空に約八十機、アンガウルに約四十八機、ヤップに約二十五機をもって飛行場、港湾、高射砲陣地等に対し猛烈な銃爆撃をくわえた。

翌七日には、のべ約七百三十八機（うちヤップ二百）で同様の攻撃を繰り返してきた。おまけに、ペリリュー沖に戦艦四、巡洋艦三、ヤップ沖に戦艦一、巡洋艦二を置き艦砲射撃をくわえたので、ついにペリリュー飛行場は使用不能となり、わが秘蔵の零戦八機はすっかり破壊されてしまった。

飛行場を守る海軍将兵も必死だった。戦闘指揮所の見張りが毎日の重要な任務だった。電探などというものはない。見張員の耳に聞こえる爆音が、ペリリュー島全体の警報器に変わった。

九月十日昼、パラオ島から、「グアム島方面よりペリリュー島の方向に向かって空母四隻が進んでいる。見張りを厳重にせよ」との情報がはいった。

戦闘指揮所に立っていた大谷部隊の土田上等兵曹は、海の彼方に飛行機四機の飛んでいるのを発見した。よく目をこらすとまさしく米軍艦載機のカーチス爆撃機だ。連絡はすぐ全島に飛んだ。敵機動部隊の接近だ。

明けて十一日、東の空が白々と明けると同時に空一杯に轟音をとどろかせて早くも戦爆連合機が殺到した。それを目がけてわが軍の戦闘指揮所の機関砲もいっせいに火を吹いた。

地上では海軍大谷部隊の松尾兵曹長以下、大園兵曹らの指揮する地上砲火部隊もここを先途と撃ちまくった。「ヒューバリバリ」「ド、ドーン」堅い珊瑚礁がはじけ、もうもうと砂煙が上がる。それでも日本軍の砲火は一向に衰えなかった。サイパン、テニアンなどで傍若無人に跳梁し、日本軍をなめてかかっていた敵機も、この意外な抵抗には驚いたらしい。一転して今度は、あるときは低空を、あるときは高層をとび要領よく攻撃の手をかえてきた。

だが敵機の攻撃はとぎれることを知らない。夜明けから午後五時まで、ペリリュー島の日本軍上空に反復攻撃を加えた敵機はのべ千機にも達した。この一日の攻撃で、名物のヤシの木も軒並みなぎ払われていた。

艦載機の攻撃が一段落し、ほっとしたのもつかの間、やがて「ドドーン」「ドドーン」と変な爆弾が落下しはじめた。機影もないのに無気味な音だけが、暮れ始めたペリリュー島上空を引き裂いて岩石を吹きとばした。ペリリュー島南部にある飛行場はこの集中砲撃を浴びて穴だらけになった。

「艦砲射撃だ！」

だれかが声をふりしぼる

ペリリュー島を砲撃した後、過熱した砲身を消火用ホースを用いて冷却する軽巡マイアミの乗員。艦全体に白黒のカムフラージュが施されている。

ように叫んだ。

一夜明けた十二日、艦砲射撃は一段と激しさを増した。木々をふきとばし、岩を削り、弾片がシャワーとなって降りそそいだ。一歩洞窟の外に出ればたちまち肉片をもぎとられるだろう。兵隊たちは完全に洞窟内にくぎづけにされてしまった。

十二日になると、敵は砲爆撃の援護下に舟艇をもってペリリュー島の西南海岸、すなわち西岬から南島半島の間のリーフ付近に偵察を開始した。米軍は黒人を主体とした八十名の潜水特攻隊《フロッグメン》で、赤白旗、米国旗をリーフのなかに立て、標識として上陸準備を急いでいた。

九月六日から十四日の九日間にわたって、敵が連日連夜反復した砲爆撃は、一分間、巨弾だけで四十発。一日五万四千発、三日で十七万発。それらの間に航空機の猛爆が入り乱れて、百雷一時に鳴動して、狭いペリリュー島は幾つかの小島に割れ引き裂かれたようであった。

しかし、アンガウル守備隊とペリリュー島の中央高地の洞窟にたてこもる中川連隊長以下守備兵の損害は軽微であり、夜、恩賜の酒をくみかわし、意気軒昂、満を持して敵の上陸に備えた。

守備隊の将兵は、全員一丸となって決死の覚悟をかためた。

闘志は充分

前面の敵はどうやら退けたが、そのころ洞窟の裏陣地側にも敵の一部は迫っていた。すでに洞窟陣地には大谷部隊主力として海軍部隊のほかに十数人の陸軍もまじっていた。有名な水戸二連隊の陸軍の兵隊たちはさすがに意気盛んだった。

「おい海軍さんよ、ここで撃っていてもだめだ。外に出て敵に一泡ふかせよう」

そういうとすでに手榴弾、迫撃砲をたずさえていた。外は艦砲の打ち上げる照明弾で昼のように明るい。洞窟陣地から約五十メートル下ったところで海陸混成軍はうずくまった。

「いいか、むこうは戦車がある。地雷もいいが、近づくまでにやられてしまう。それより敵の陣地を確認して一斉攻撃をかけるんだ」

陸軍側の提案に異論はなかった。地面を匍匐前進しながら数十メートル進んだ。砲声にまじって敵の叫び声も手にとるように聞こえる。

「よし、いまだ、撃て」

号令と同時に土田兵曹らは手榴弾を投げては小銃を撃ちまくった。手榴弾でふっとぶ米兵、小銃の斉射をくらってかがみ込む敵の姿も見える。不意打ちは成功した。だが次の瞬間、敵は戦車を前面に押し出し、反撃に転じた。戦車砲をくらってはひとたまりもない。土田兵曹は他の兵隊を促し、洞窟陣地に引き揚げざるを得なかった。

　この日、陸上戦に不慣れの海軍に、身をもって斬込戦法を教えた陸軍の高野少尉は、まだ若い幹部候補生出身の小隊長である。いま飛行場の南部に戦車隊と、その後方にイナゴのように押し寄せる米軍を見た高野少尉は、その時、飛行場の中央の壕に待ちかまえていた。

　少尉は、左手は鞘元を堅く握って右手を柄《つか》に、腰を左にわずかに引いて右片手大上段に構え、振り返って部下に命令した。

「小隊は、飛行場南端の戦車に肉薄攻撃を敢行する。各自、地雷と火焔びんを携行」

　というや、部下を見守りながら、

「突撃、進め……」

　と壕から飛び出した。続いて村上曹長が抜刀した長刀を頭上に二、三回振りながら、壕外に馳け出した。隊長に続く八十名の小隊員は、われさきにと先陣を競って突撃した。

　これを発見した敵は驚きのあまり、戦車と上陸用舟艇に連絡して歩兵は停止してしまった。戦車の重機が火を吹き、小隊員をなぎ倒した。別の戦車のロケット砲が小隊をねらった。戦車の上の海兵隊員が自動小銃を連射した。小隊員の数は見る間に減っていった。しかし、倒れてもなお呼吸《いき》のある者は棒地雷をかかえて、ジリジリと肉薄していった。たおれて動けない者は、死者を装って戦車の来るのを待った。戦車の下敷きになるための最後の一呼吸を残そうとして、歯を食いしばって死期をわずかでも引き延ばそうと試みた。たおれた戦友の棒地雷を奪うようにして抱きかかえる者は、戦友の分まで戦車を吹っ飛ばそうとするためであった。

先祖伝来の一文字行広を振りかざした高野少尉も、あと、二、三歩で敵の戦車に飛びかかろうとした寸前、重機にねらわれた。全身十数発の重機の弾丸は、少尉の腹部を引き裂き、内臓は半分はみ出していた。

しかし少尉は軍刀を杖によろめきながら、かたわらにたおれた兵が持っていた棒地雷を拾ってふたたび立ち上がった。瞬間、少尉の内臓が足許にぶらさがった。少尉は不意の出来事に中心を失ったのか、前のめりにたおれ、左手で棒地雷をシッカと握ったまま、わずかに頭をもたげて敵戦車をにらんだ。

そのとき先頭の戦車が味方の火焔ビンで黒煙をあげて燃えだした。敵の乗員が砲塔を開けて火だるまになってころげ落ちて来る。この状景を見ていた高野少尉は、渾身の力をふり絞って、この火だるまの敵兵に右手の軍刀を投げた。軍刀はみごとに敵兵の胸部を貫いており、敵兵は動かなくなった。これを見届けた少尉はついに絶命した。米軍は、このとき初めて、守備隊は水際戦もてごわいが、これから本格的な日本陸軍の強さに立ち向かわねばならぬことを知って、容易に進もうとしなかったのである。

第三章　水際撃滅戦への憂慮

豆戦車対巨象M4

南地区に奮戦する千明大隊は、勇戦にもかかわらず、戦車をともなう敵一個連隊に、しだいに地歩を拡大されつつあった。

米軍は、日本軍決死肉薄攻撃に悩まされ、水陸両用戦車および軽戦車の前面に、金属製のネットを張りめぐらして攻撃に出て来るのもあった。これは水際戦で、勇敢な日本軍守備隊の〝一人一両爆破〟を念願とした、生命をかけた肉弾の対戦車攻撃の繰り返しが、すでに何百両となく戦車を擱座、炎上、破壊していたからである。米軍は、物量と技術にものをいわせ、戦いがはじまってから何百両の損害を受けた戦車の部品を運んで来てはまたすぐ修理して、数時間後には使用していた。

〈なんという、機械慣れした驚くべき国であろう〉

これを見た守備隊はア然とした。

注意しなければならぬことは、〝米軍の戦車二百両を破壊した〟と日本軍で発表したとしても、実際には、米軍はその大部分を修理してただちに使用していたという事実が最近解明されたことを特記しておく。

こういう戦況をみて、中川連隊長は、予定の反撃計画を実行に移そうとした。

師団からすでに達せられていた反撃計画とは――第一号反撃（西地区全正面および南地区にわたって上陸した場合）、第二号反撃（南地区から東地区正面にわたり上陸した場合）、第三号反撃（西地区および東地区正面に上陸した場合）、以下七号反撃（敵全周から上陸した場合）まできわめて詳細に、一から十一ヵ条にわたって各大隊、中隊、小隊にいたる反撃方法であった。

その時、中川大佐が命じたのは、その一号反撃である。反撃予備隊市岡大隊のひきいる九五式軽戦車十七両を主体として、飛行場正面に対し、砲迫支援のもとに午後四時三十分、反撃を開始した。珊瑚礁脈上に米軍をはじめて迎えて以来、じつに九時間後のことである。一号反撃の要旨は、

「二連隊第七中隊、工兵一個小隊を富田大隊長に配属し、西地区隊長はただちに猛烈果敢な逆襲を行ない、敵を水際に撃滅する目的である。これがためには、イシマツ、

イワマツ両支点を堅固に保持し、この両陣地間の敵を撃滅し、その後主力の反撃に呼応してモミ支点間の敵を撃滅せよと指示されたのである。また第一大隊の第三中隊、第二中隊の一個小隊欠、工兵一個小隊配属は、ただちに北方から逐次モミ支点、イシマツ陣地支点間の敵を撃滅せねばならなかった。十五連隊の第九中隊は、あらかじめ原所属に復帰させ、南地区、千明大隊長はただちに猛烈な逆襲を敢行して、アヤメ、レンゲ両支点正面に上陸した米軍を撃ち、連隊砲、速射砲、歩兵二個分隊をもって飛行場南側に、北面して陣地を占領し、飛行場に行動する敵を撃滅する。

また東地区隊長は、九中隊を主力とする歩兵一個中隊、重機二梃、歩兵砲三門、連隊砲一門、速射砲二門を直轄とし、九中隊は主力をもって富山、およびその東北地区にわたり、一部水府山を占領、また独立第三四六大隊畠福一大尉の指揮する機動一個小隊と重機関銃一梃は、飛行場北側陣地に位置し、海軍陸戦隊と協同して飛行場方面に行動する敵を撃滅する。

砲兵隊は全力をもって西地区、南地区の反撃に協同する。

工兵隊主力は全力肉攻準備、観測山西側付近に位置し、北地区隊は全艦の状況を判断し、ガドブス、コンガウル、リビー島以外の離島派遣隊を撤収して、連隊本部の直轄予備隊となる」

というものであった。

第一号反撃が成功するか否かは、連隊が虎の子として最も大切にとって置いた戦車隊の活用いかんにあった。

このとき反撃命令を受けた天野戦車隊長は、千明大隊岩佐砲兵陣地の後方にあった。この日のために敵の艦砲と爆撃から極力避けて待機していたのだ。隊員の中には、まだ紅顔の少年戦車兵たちが含まれていた。連隊が頼みとしていた軽快機敏な守備隊唯一の機械化部隊である。

中崎から飛行場を横切って十七両の戦車が天山の麓に着いたのは、反撃命令を受けてわずか数十分である。時速二十キロでかけつけたのは、二連隊の反撃予備隊第一大隊市岡大隊の一部と、決死斬込隊として第七中隊もくわえて戦車に跨乗《こじょう》させて急行し、敵の虚を突き、南部飛行場に押し寄せんとするＭ４戦車を伴う海岸線にある一個連隊の敵海兵隊のまっただ中に飛び込んで、彼らを蹴散らして撃ちすえ、上陸を阻止するだけでなく、敵をペリリューの海中にことごとく叩きこんで、これを撃滅させる目的であった。

水際戦の意外な成功に、中川大佐の胸は高鳴った。大佐はここで〝勝って兜《かぶと》の緒を締めよ〟の諺を思い出した。

〝戦勝の要は己れを知り、敵を知らねばならない〟敵が血をもって刻んだ八時間と二千人もの莫大な犠牲を払って、やっと確保した海岸の一部の拠点に斥候を出して、敵の橋頭堡の状況を確認して、反撃の成果を考えねばならない。せっかく艦砲射撃から奇跡的にかくしとおして、やっと蓄えた虎の子の戦車部隊を、今ここに使用すべきか。あせり過ぎてはならない。敵の罠に落ちては大変だ。この反撃こそ、この島の勝利を左右する全戦車部隊の生命がかかっていた。この反撃こそ敵がねらい続ける東洋一の飛行場を敵に渡すか渡さぬか、ペリリュー島戦の興亡を賭けた、せっぱつまった瀬戸際であったのだ。

M4戦車を主力とする米軍に対し、日本軍は虎の子の軽戦車17両を反撃の緒戦に投入した。写真は破壊された九五式軽戦車。

中川大佐は、必勝の反撃命令を発した。

「反撃決死斬込隊は、戦車隊全力をあげ、これと協同し、飛行場北側より旧アヤメ陣地方向に対し反撃し、敵を撃滅すべし」

ここに、勇猛斬込隊が結成されたのである。やがて戦車の砲塔の周囲にロープが巻きつけられた。市岡大隊と七中隊の歩兵が、この綱につかまり戦車に跨乗するためである。一両の戦車に約二個分隊が跨乗した。十七両に分乗した反撃の決死斬込隊の勇士たちは、戦車という力強い協力を得て張り切って、こここそ良き死に場所を得たと知り、男子の本懐をここに止めんとしたのである。時に十六時三十分。

大佐は反撃の成功を祈りながら考えた。

「敵にM４戦車があるにせよ、小回りのきくこの猿《ましら》のような戦車と、十分に教育鍛練した決死斬込隊あらば、われに絶対有利な結果を招来するであろう」

大佐は大山の本部で手を振って、いつまでもこの勇ましい部下を見送っていた。

十七両の戦車が砂塵をまいて全速で走った。今はすでに起伏の多い場所となった滑走路を南進した。とつじょ起こる激しい砲撃は、わが砲兵隊と迫撃砲、擲弾筒の猛烈な射撃である。戦車が飛行場中央を通過しようとしたとき、とつじょ、敵の飛行機が低空をかすめて鋭く空を切った。敵海軍急降下爆撃機だ。ただ一機、偶然、戦車を発見して来襲し、大型爆弾を投下した。わが歩兵を跨乗させた戦車が一両こな微塵に吹っとんだ。

この反撃を見た米軍の第一線海兵隊は、驚きのあまり腰を抜かし、
「ジャップアーミー、カムヒヤー」
と黄色い声をあげ、波が砕けてひくようにわれさきに逃げ出してしまった。わが戦車隊はこの敵に戦車砲と重機を浴びせかけ、次々となぎ倒していった。

戦車の一部が旧クロマツ陣地の海岸近くに出ようとしたときである、そこに異様な敵の兵器を発見し、今度はこちらの戦車隊と守備隊が胆をつぶした。敵は他の島を攻撃した数度の経験から推して、ここの日本軍守備隊が、今までのどこの島よりも数段手ごわいことを知って、海岸線には野砲を陸揚げし、砲門をずらりとわが高地に向け、配備を終えていた。しかも、その付近には、戦車の強敵である何十門もの無反動砲が戦車を待ち受けているのであった。くわえて、バズーカ砲を持つ二人一組の対戦車攻撃班が数十組、こちらの戦車群を待っていたのだからたまらない。

無反動砲は、五十七ミリの鉄甲板を撃ち砕き、戦車を破壊する強力な力がある。バズーカ砲は二・三六インチの鉄鋼弾を撃ち込む。いわゆる「簡易速射砲」（対戦車砲）であった。

わが戦車群と斬込隊が疾風のように一陣の砂塵をけってヤシ林を抜け切ろうとしたとき、とつぜん米軍のさまざまな対戦車砲がいっせいに火を吐いた。至近距離だった。

無数の鉄鋼弾が、わが軽戦車に命中した。この戦車の装甲はわずか二十ミリくらいの厚さだったからたまらない。敵の命中弾は一発ではなかった。数十発が車輪に、胴体に、砲塔に、大きな風穴をあけた。

戦車はもんどりうって倒されたものの、そのまま火を吹いて擱座したものが半数あった。市岡大隊の将兵は、それ以前に戦車からとび降りて周辺に展開した者、遮蔽物に身を寄せた者、とび降りてそのまま敵陣に突っ込んだ者、もうもうと火花散る阿修羅の戦場は、敵味方入りまじって収拾がつかない。わが斬込隊のすさまじい決戦が展開された。手榴弾戦も開始された。煙と血と阿鼻叫喚と弾雨が大気をつんざく中に、敵の対戦車砲がうなり続けた。その中に豆をいるような自動小銃が何万発も火を吐いて、斬込兵を薙《な》ぎ倒している。

決死の斬込隊は、白刃をかざして敵陣におどり込んだ。伊東軍曹は剣道二段である。彼はサッと間合いを詰めて、パッと胴を払った。ザクと鈍い手応えがあった。ピューと返り血を浴びた。敵は前に崩れて砂をかんで動かない。そばの米兵は、恐怖その極に達して逃げ腰になる。追い打ちに右肩から袈裟《けさ》がけに切りおろして返す刀は、右に迫る敵の下あごから右上に切り上げた。「ザッ！」、敵の顔は二つに割れて、刃がカチンと鉄帽を払い上げた。砂がどす黒い血に染まり、海辺の乾ききった砂は血で濡れていった。

剣道の極意とその神髄。日本刀独特のさえた切れ味をこの戦闘で、生まれて初めて知った時、彼は敵の戦車砲の至近弾を浴びて、一片の肉片も残さずに護国の鬼と化した。

敵弾の身代わりとなって小銃が飛ばされ、あるいは小銃の木部を射抜かれてしまった歩兵は、ふたたび使いものにならぬ小銃を捨て、短剣を堅く握りしめた。〝短剣〟すなわち日本古来の小太刀である。敵の手元にサッとはいってグサリと突く。これほど身近に突いた実感を受ける例はまったくなかった。返り血をふんだんに浴びた。短剣の威力は敵をますます恐怖させてふるえ上がらせた。血を恐れていた人間が、血に慣れて、血に飢えて、ひたすら血を求めた。

敵もさるもの、自動小銃を逆手に持って殴りかかる。それを短剣ですり上げて、返す短剣で敵の心臓をひと突きに突いた。米兵の大きな体を押し倒して短剣を、サッと抜いた。小柄な歩兵が、機敏に大きな図体の海兵隊員にぶつかって腹を突く。そのままおおいかぶさって倒れかかるのをサッと右に身をかわす。米兵は倒れて白砂に顔を深く突っ込んだ。

短剣はつぎつぎに海兵隊員の太い胴体にめり込んでいった。短剣の勇士は、血だるまになって肉弾斬り込みに拍車をかけた。
ほかの多数の歩兵は、銃剣を構えたまま、まず敵の胸部を突いた。力あまって銃口までつきささってしまう者もある。最初は突くよりも、抜くことの方がむずかしい。突く力で抜かなければならないことを知った。

「ヤヤッ」「オーッ」「トーッ」「突ッ」

と、銃剣術の必殺の気合が砲声の間を縫って走る。闘魂が発声させる裂帛の気勢である。米兵は累々たる死骸を残して、遂に海岸に逃げ出した。
何両かの無傷のわが戦車は、海岸の敵兵のまっただ中に突っ込んでいった。ある戦車は、敵のM4戦車に体当たりをして一両対一両、自爆して果てようとしたが、不意をつかれ逆にM4戦車にとり囲まれて、無残にもしたたかにたたかれた。横綱に向かう子供の相撲に似て、M4とは装備において比較にならないが、戦車兵の素質と精神力は世界最強といってよかった。天蓋を開けた紅顔の美少年の戦車兵が、敵におどりかかろうとして左手にピストル、右手に日本刀を振りかざした瞬間、敵の自動小銃が火を吹いて彼をねらい撃った。戦車兵は朱に染まって地上にもんどりうった。まだうら若い少年が、このとき何を絶叫したか、米軍には通じなかったろう。可憐な彼は天皇陛下万歳と唱えて絶命したのである。

けたたましいキャタピラの音もそのまま雄叫《おたけ》びとなって響く。十七両の戦車の中には、転回してふたたび敵に相まみえんと、滑走路を横切って逃げ帰った戦車が二、三両あった。その砲塔に掲げられた日の丸には、無数の弾の痕がみえる。戦車砲がひん曲がっており、敵の物量攻勢がいかにこわいかを物語っている。そしていずれもその胴体に大きな穴が開いている。しかし血まみれの操縦兵は、「今に見ろ、今度はこの戦車でお前らを奇襲して、この仇を必ず返して見せるぞ」と一時引き揚げたのだ。

一方、市岡大隊は、阿修羅のように暴れまわって勇戦し、この反撃戦においてその大半は壮烈無比の最期を飾ったが、大山に転進した部隊もあった。海岸近くのヤシ林の跡に、わずかの分隊単位数の兵士は、逃れて一切をおおいかくしてくれる夜を待った。夜襲でこの戦友の仇を報ぜんとしたからである。得意とする夜間攻撃に自信があったから、夜になるのを待ち、敵をこの上陸地点でやっつけようと考えたからだ。

敵はさかんに巨大な大砲を海岸に陸揚げしてすえつけている。海岸に蛇腹型の移動式鉄条網を十重、二十重に張り、幾十両もの大型戦車を配備し、あらゆる重火器を網羅している。それは莫大な量で、とうてい数えることはできない。設備の目的は、日本軍の反撃と、やがて予想される守備の夜襲戦に備えるためであった。

結果としてみれば、この第一号反撃は成功したろうか。たしかに虎の子の戦車は暴れまわって敵を混乱に陥れ、驚嘆させたが、噴進砲、バズーカ砲、無反動砲の何百門もの抵抗にあって、あえなくも全滅してしまった。いったんは日本軍陣地に逃げ帰った二、三両の戦車も、戦友に励まされ、今度は戦車に爆雷をつけたまま敵のM4戦車に体当たりして自爆した。特攻戦車である。この戦車は敵をさんざん手こずらせたが、ついに戦車はすべて玉砕してしまった。天野戦車隊の闘魂冠たるみごとな敗北ではあった。

あっぱれ反撃大隊の勇者たちが、鬼神を哭かしめた特攻精神は、米軍の心臓を引き抜くほどの恐怖を与えた。この反撃戦の最中に、天野戦車隊長の指揮車に、敵の自走無反動砲弾が命中して、天蓋もろとも砲塔が吹っ飛んでしまった。天野隊長は、上半身に無数の破片を受け、重傷にあえぎながらも、戦車とともに敵陣に突っ込んで行ったという。重傷の身であり、薄れゆく意識の中で、天野隊長にも一つの無念さがあったのではあるまいか、それは反撃の時期についてであった。この反撃がもう二時間早ければ、また出撃の際飛行場を通過せずに、敵の側面をつくような命令であったなら、戦車の威力を充分発揮することができ、米軍は今ごろ、全部海中に叩きこみ、残された海兵をふみにじり、蹴ちらすこともできたであろうに。

中川大佐の命令がなぜ遅れたのか？

米軍の記録によれば、「米軍が予想したように、日本軍は猛烈な反撃を呈した。もっとも激烈をきわめたのは、四時五十分に開始された歩兵、戦車協同の出撃だ。攻撃はよく計画され、よく編成されていたが、時期を逸していた。その時期さえ、適切なら成功の見込みは充分にあったであろう。実際、日本軍は、あまり長くわれわれに時間を与えたことは、米軍に陣地強化の時間を与えた」とある。

第一号反撃の戦果は、パラオの本隊にも、祖国の同胞へも伝えられなかったのは、この激戦が不成功に終わったからである。「守備隊敗る」の報せに血涙を絞ったのは、ひとり中川連隊長だけではなかった。ペリリュー島の南に近接したアンガウル島守備隊将兵も、パラオ本島の友軍たちも、同じ師団の戦友を案じる気持にみじんの偽りもなく、この様を遠望する者のすべてが、大いなる悲憤に暮れたのはいうまでもない。

殉国不屈の精神に徹したペリリュー島守備隊の勇猛攻撃に、米軍海兵師団は甚大なる損害を出しながらも、ようやく南部に上陸し、千明隊の猛攻にあい、つづいて強烈な第一号反撃に遭遇して、眼も当てられない混乱と恐怖と脅威にさらされたのは当然である。ペリリュー海岸にのたうちまわることしばし、いかに科学と物量を誇る彼らが、今ここに上陸したとはいえ、上陸部隊間の連絡はまったくとだえてしまって、だれがどうなるのか、何中隊がどうしたのかわからず右往左往している。通信網は絶え、彼らの指揮機能は混乱して、恐怖におびえたのである。

血に染まった南海の楽園

十五日夕刻、ペリリュー島に夕暮れが迫ったころ、敵は西岬よりペリリュー島飛行場の滑走路交叉点付近と、南島半島頸部《けいぶ》を連ねる線に、橋頭堡をかろうじて確保しつつある状況であった。第一号反撃が終わりを告げる午後六時すぎ、パラオ本島師団司令部の井上中将のもとに一通の電報が届けられた。寺内南方軍総司令官からであった。

「虜夷《りょい》ハ遂ニ比島ノ前門ニ来ル。驕敵将《きょうてきまさ》ニ撃ツベシ。只憾《うら》ムラクハ徒ラニ貴集団ノ孤軍奮戦ニ恃《ま》ツ止ム無キヲ、惟《おも》ウテ断腸極リ無シ。シカレドモ顧ミテ貴集団ノ透徹セル統率ノ基、必勝ヲ準備、満ヲ持シテ今日ヲ迎エタルヲ思ウ時、本職ハ貴集団ガ今ヤ三軍ノ怒ヲ凝集シテ米夷ヲ痛撃シ以テ決戦ノ先駆ニ光彩有ラシム可キヲ確信ス。希《ねが》クハパラオ集団全将兵愈々《いよいよ》皇運ノ無窮ヲ信仰シ、一億ノ痛憤ヲ心魂ニ刻ミ、相携エテ神武必勝ニ邁進セラレヨ」

その時、やつぎばやにもう一つの電報が着いた。皮肉にも海軍の無力を告げる知らせである。壮烈に戦死した戦友には、聞かせたくないような、豊田副武連合艦隊司令長官発信の電文であった。

「南西方面部隊（三川軍一司令官）及ビ先遣部隊ヲシテ直チニパラオ及ビハルマヘラ方面ノ作戦ヲ支援セシムル如ク命ジタルモ、其ノ兵力特ニ航空兵力（第一航空艦隊）不足ニシテ必ズシモ貴方ノ期待ニ副《そ》エザルベキヲ遺憾トス。切ニ全局ノ為鞏強ナル作戦遂行ヲ望ム、其ノ成功ヲ祈ル」

これを受けた中川大佐の海軍に対する恨みは深く、とくに朝からペリリュー島のこの一戦にわずかでも海軍の支援があったなら、敵を思うさまに全滅できたことを痛感して奥歯を固くかんだ。

その日、さらに天皇陛下からは、「緒戦に戦果を得て甚だ結構だが、ますます奮闘するように」との、守備隊には無上のご嘉賞御言葉を賜わった。中川大佐以下の将兵はいっそう奮いたった。

ペリリュー島の日没は、午後六時である。地上の凄惨な激戦とは関係なく、雄大な太陽がはるか地平線のかなたに没した、空がみごとである。しかし、守備隊には赤い夕陽が血の色に見えた。その血は戦友の今日流した何千人もの莫大な血が天を塗りつくしたように、緒戦の日、昭和十九年九月十五日は暮れつつあった。

おもえば今朝、敵を珊瑚礁脈線に迎えて激戦は十一時間にわたり、間断なく続行されたのである。富田、千明両大隊をはじめ、市岡大隊とこれに配属された種々の部隊は、祖国の危機打開を、わが一身に賭けて全力を絞り出し、闘魂つき果てるまで死力を尽くし、純情一途な青春のすべてを、このペリリュー島海岸に投げうった。その素直に故国に殉ずる気持に嘘はなかった。

その壮烈な戦死をとげた勇士たちは、千明、富田両隊を筆頭に、他の隊を含めて八百余名に達した。

かつて日露戦争で十五連隊の先輩が乃木軍に参加して、旅順攻撃や三台子の激闘で、戸枝高崎連隊が勇戦したが、開戦以来の一ヵ年間の死傷者は同じく八百余名であったという。近代戦がいかに凄愴なものであるかを物語るものであろう。これらの英霊の心の底から発せられた絶叫はひとしく、「我らここに日本の平和の礎となる。後輩青年諸君、この遺志を理解せよ」であった。

一方敵は、史上最強の日本兵を相手にして苦戦し、二千名以上を水際戦に失った。米軍が戦慄しながらも認めたことは何であったか。ペリリュー水際戦は、米軍幾多の戦史に、「最も手こずった」と明白に記され、全世界に発表されている。今なおその栄光と誇りは燦然《さんぜん》と輝いている。

その日、いよいよ夕暮れが近づいて、水際に山なす米軍の屍を夜が次第に隠していった。守備隊は熱血もって敵の心胆を寒からしめるべく、夜戦肉薄斬り込みの準備に取りかかった。

十五日の夜襲に重傷を受けた富田大隊の大森兵長は、

「雄々しき我らますらおは　死なば護国の神となり　生きて最後に残るとも　身はすめらぎの楯となる　ああ我が水戸の二連隊　茨城健児のその名こそ　名は天地《あめつち》に輝やかん……」

と第二連隊歌を歌い続け、最後の息を引きとった。

こうして十五日の戦闘は、敵に強烈な夜襲をかけながら、十六日、戦闘第二日を迎えるのである。

南部戦線異状あり

日没と同時に海岸は、擱座して炎上する戦車の炎で真っ赤であった。飛行場の一角が敵の手中におちた午後六時、千明大隊は南部に孤立寸前で苦境にあった。大隊の半数は戦死。飛行場に進出せんとする敵に対して、海岸を足場にした肉薄特攻斬込隊が何組も突撃していった。

敵は日本軍の夜襲を恐れて、陣営にさらに鉄条網を張りめぐらし、戦車を連ね、警戒は厳重であった。だがわが軍が夜を迎えたとき、最も恐怖を感じ、驚かされたのは、敵の上陸作戦には夜がなかったことである。つまり、敵は終夜間断なく照明弾を打ち上げて昼のような明るさを保ったのであった。

中川大佐は再三検討して、師団参謀とはかって作成した緻密なペリリュー島作戦の防御計画にもとづき、一夜の内に敵を撃滅せんと、第二号反撃計画の適用を考え、これを一部修正して命令を発した。千明大隊の任務は重大であった。

第二号反撃につけ加えて、南島半島の主部、中崎以北、アヤメ、レンゲ両支点の絶対確保、とくに高崎湾に対する突入を阻止しなければならない。

〝突撃に強く、退却を知らぬ〞上州気質《かたぎ》の千明大隊、奥住中尉の指揮する約一個中隊の決死斬込隊は、旧アヤメ陣地付近を夜襲した。そこにはかつて千明大隊とパラオ本島より陣地構築のため増員に来た福井連隊長、飯田少佐とその部下が応援して掘った対戦車壕があった。敵は、この凹みを利用して、ここに指揮所を作った。千明大隊はその夜この敵陣を突破し、海岸線に上陸した敵を混乱させたが、徹底的打撃を与えて、撃滅することはできなかった。敵の照明弾が、得意の夜襲を邪魔してしまったのである。

匍匐して、苦労して敵陣に近づいても、いざ敵をやっつけようとして立ち上がると、無気味に青く輝く照明弾に照らし出されて、敵の射撃の的になってしまうのだ。しかし、夜を徹して、射撃に遭《あ》うと引きながら、また近づき、執拗に敵を悩まし続けた。しかし味方はバタバタと斃《たお》された。

そのなかにあって千明大隊長は、終夜戦闘指揮所の上に立って、この夜襲の陣頭指揮に当たったという、士官学校出身、しかも剣道の達人。武士道精神の権化《ごんげ》ともいうべき大隊長は、〝散る桜、残る桜も散る桜〟の悲壮な心境にあった。先陣を切って戦死することこそ、可愛い部下にたいして報いるただひとつの道であると考えたのである。アンガウルにおける島中尉（斬り込んで戦死）のようなペリリュー島の勇猛大隊長として、指揮者の最期はかくあるべしと、わきまえていたろう。この立派さに敬服するほかはない。

千明大隊長は、近衛騎兵少尉として日露の役に出征した厳父林蔵氏の次男として生まれ、小学校から沼田中学まで級長で通し、沼中の剣道の主将で鳴らした。士官学校時代には、天覧試合に出場したという武勇の経歴がある。十九年八月、陸大に入校する直前の四月に南征の途につく。享年二十八。

かくて、武人大隊長千明武久大尉は、ペリリュー島南部大隊本部の戦闘指揮所上で、敵弾を満身に受け、壮烈な戦死をとげた。ときに九月十六日の未明であった。

突撃には絶対強いと伝統を誇る上州部隊が、初めて守備に立ち、しかも身をかくすものの何ひとつない戦場に、よくぞこれまで戦い続けてこられたものである。水戸の富田大隊の勇戦とならんで、わが軍に数倍する物量を誇る強敵を迎え撃って、陣地を死守し、肉弾でその最期を飾った千明大隊の勇戦は、永く戦史に残り、人々の記憶から消え去ることはないであろう。

九月十六日、昨夜の挺身夜間斬り込みに失敗して、敵弾にたおれた敵味方の屍を、折からの朝日が点々と照らし出して、ここに血と硝煙のしみわたった朝を迎えた。

朝日の輝きそめるペリリュー島の周囲には、依然として憎い敵の航空母艦十一、戦艦三、巡洋艦二十五、駆逐艦三十、水雷艇、掃海艇数百隻がわがもの顔に沖を占領し、ペリリュー島全域をとり巻き、監視していた。

午前七時、増員部隊と思われる新手の敵が舟艇四十隻に分乗して、前日の早朝と同じ、ペリリュー島飛行場の西南方海岸に上陸をもくろみ、熾烈な艦砲射撃の援護に守られながら岸に近づいてきた。

午前十時、西南海岸に到着。守備隊は陣容を建てなおすひまもない。そのスキを見ての上陸である。敵は引きつづき一万五千トン級の輸送船五隻。同じく五千トン級輸送船に満載した新手の増員部隊と戦車、重砲その他の物資を陸続と上陸させて、限りなく保有する物量を守備隊に見せびらかした。

千明大隊長をうしなった南地区隊将兵は、隊長の仇を討てと獅子奮迅の挺身反撃をつづけた。敵はナパーム攻撃も激しくくわえ、守備隊を悩ました。大隊のこの朝の残存する兵員は、六割をうしない、負傷者を合わせ、動ける者は四割となり、しだいに東海岸付近まで圧迫された。

千明大尉の後任には大隊長代理奥住栄一中尉が部隊を整理し、飛行場東側で防空射撃をした後、地上射撃を担当していた海軍防空隊配属の第三十八機関砲隊を指揮下に入れた。陣容を整えた大隊は二手に分かれて、一部は南島半島、その他は中崎を固守するため、いよいよ士気を新たにした。

十六日の夜には、北湾、無名島の奪回を計画して肉薄攻撃したが、照明弾下の特別な攻撃法とてなく、その成果は見るべきものがなかった。

十六日午前八時。敵は飛行場南西地区に押し寄せた。その数は一個師団の大軍であった。敵は艦砲と航空機をくり出して飛行場北方に、一部は南島半島方向に攻撃を再開した。飛行場から北進中の戦車十両の後方につづく敵は、約二個連隊。これを見た守備隊の砲兵は、このときとばかり、残る十榴三門、野砲一門の集中身撃をあびせ、敵に多くの損害を与えた。

ところが、敵は防弾兵舎付近の、後方拠点をついに突破、十六日午後には、中山南麓東西線を確保した。その日の夕刻以後、飛行場北側の防弾兵舎を中心に、西岬と反対側は、飛行場東端と高崎湾の海岸堡線を結ぶ線を確保した。こうなっては、南地区隊千明大隊と、連隊本部の通信はまったく杜絶して、大隊は孤立して奮戦する運命となった。

つぎの日、九月十七日午前八時半。戦車、水陸両用車八両をともなう一個連隊弱の敵は、南島半島の首の部分にあたる位置を攻撃。また別の敵一個大隊は、中崎の首部に攻撃を加えてきた。この敵に全力をあげて必死の抵抗を試みる千明大隊員の苦闘は、壮烈をきわめた。

とくに十六日夜十時、既設陣地の地雷や、沼地を利用して南部全地区で勇戦奮闘した。その夜襲戦は、照明弾のもとに敵味方の入り乱れた戦いとなり、しのぎをけずること一時間余。敵に甚大な損害を与え、大混乱に陥れたが、力尽き、中崎地区を守備敢闘した一個小隊は、十七日夜十一時二十分、壮烈な全滅をとげた。

翌十八日、千明隊主力は、南島半島にあって獅子奮迅の活躍をし、敵に恐怖と戦慄を与えつづけた。関東軍で鍛え抜いた第三大隊精鋭は、とくに歩兵十五連隊の名誉にかけて決死奮戦するも、ついに衆寡敵せず。そのときわずかに残る重傷者は南湾の断崖に立ち、はるかに北方を拝し、絶海の怒濤の中に身を投じて千明大隊長の後を追った。

一方、勇猛の千明隊長の指揮下の将校たちも、隊長に劣らず、奥住中尉以下十数名は、すでに血だるまと化し、歩行すら困難であった。最後に敵とさし違えたくとも力尽きて、残されたことはただ一つ自決あるのみ。この将校の一団は爆薬を抱いて、敵陣にとびこんでいった。

ときに昭和十九年九月十八日、午後三時三十分。

熱血群馬健児！　千明大隊長以下将兵の最期の絶叫を伝えよう

「われらここに祖国を遙かなる南海の孤島に英霊となり、祖国の繁栄と平和、同胞家族の幸福を見守る。願わくば我等のこの殉国の精神、永遠に銘感されん事を」

敵上陸正面を死守せよ

緒戦の十五日早朝以来、十七日にいたる間、西地区隊長富田少佐の活躍は、名実ともに茨城健児の敢闘の限りをつくして、大戦果をあげた。

とくに十七日、イシマツ陣地を指揮する中島正大尉は、歩兵第五中隊と藤井祐一郎少尉指揮の同中隊配属工兵第三小隊基幹の守備隊を率い、つねに獅子奮迅をつづけ、敵一個連隊を混乱させ、同地をよく死守して敵の進出を阻止した。

九月十六日、西海岸イシマツ陣地付近で重傷を負った第五中隊長中島正大尉は、同地で壮烈な自決をとげた。天晴れ武人の最期であった。

同日午前八時、敵は優勢に転じた。砂塵を巻きあげながら、戦車数両を含むイナゴの大群のような約二個連隊の敵は、飛行場付近から中山、天山、富山の方向に、また約一個連隊あまりは南島半島方向にそれぞれ艦砲、砲爆撃支援のもとに攻撃を再開した。

飛行場北方の海軍防弾兵舎、通信所および中山、天山、富山付近を確保した富田大隊の守備隊は、この敵を撃滅せんとして決死敢闘した。しかし、物量を誇る敵は、撃てど叩けど続続と押し寄せ、ついに衆寡敵せず敵の挟撃をうけ、しだいに圧迫された。この激戦で常に将兵の先頭を切って勇猛に指揮奮戦した富田保二少佐は、西岬付近で奮戦中、午後三時ごろ、全身に数十発の敵弾を受け、華々しく戦死した。川又隊長の指揮する第四中隊、中島隊長の指揮した第五中隊の両中隊も、断固として敵撃滅をめざして大奮戦したが、損害続出して半数の戦死者を出した。

島の山岳地帯に向けてM4戦車を先頭に進撃する米軍。砲爆撃により辺りの草木は焼き払われ、鬼気迫る様相を呈している。

富田大隊長戦死後、第六中隊長大場孝夫中尉が富田少佐の跡を継ぎ、大隊長代理となり同大隊の指揮をとった。茨城健児の熱血の一団を率いて激戦をつづけた。

この日、大場大隊も、主力をもって西海岸沿いに西岬付近に対し、強烈な肉弾斬り込みを主とした夜襲を実施したが、両大隊とも不成功に終わり、大場大隊は富山付近の第二線陣地に後退するのやむなきにいたった。この日、熾烈な敵の艦砲と爆撃にねらわれた小林砲兵大隊は、火砲の大部分を破壊され、残るは十榴三門、野砲一門にすぎず、夜半以降、中川連隊本部と奥住大隊との通信連絡も杜絶してしまった。

中川連隊長は、この戦況にかんがみ、夜半までに連隊本部を大山に、同戦闘指揮所を観測山に後退させるとともに、大山を中心とする高地帯に残存部隊を集結、守備態勢を整理し、斬り込みと肉攻を反復して、敵に持久出血戦を強要するとともに、敵をこの峻険な高地と谷に引きずり込んで撃滅する目的があった。

西カロリン航空隊司令、大谷龍蔵大佐の指揮する海軍陸戦隊と、在ペリリュー島海軍部隊をもって臨時編成した反撃部隊は、飛行場付近にあって、勇敢に戦闘していたが、敵の大軍に押されて、同夜半までに観測山に後退するに至った。

敵約一個師団は、この日の戦闘で、ついにペリリュー飛行場を占領し、西岬——飛行場北方防弾兵舎——高崎湾中央を連ねる線に橋頭堡を拡大した。上陸した敵は、砲兵約八個大隊、約百八門を有し、中戦車約三十両を有する海兵第一師団の約二万八千四百名であった。

翌九月十七日零時すぎ、大山周辺地区に態勢の整理を完了した中川連隊長および師団派遣幕僚、村井権治郎少将は、井上師団長に対し

「十五日、トクニ十六日敵ニ甚大ノ損害ヲ与エツツアルモ、ワガ損害モマタ富田、市岡ノ各隊多大ナリ。千明部隊ナオ健在ナルゴトク、未ダ状況明ラカナラズ、地区隊ハ予定ノ如ク第二号反撃戦闘ニ移リ極力敵ヲ撃滅セントス。目下敵混乱シアルモ、戦況ノ推移ニツイテハトミニ予断ヲ許サズ」

と、パラオ本島井上師団長に電報報告を送った。

八時三十分、敵は十六日とほぼ同様の態勢をもって強引な攻撃を再開した。

飛行場の北方山地帯方面では、富田隊の大場中尉のひきいる水戸歩兵が基幹となって中山、天山、富山を確保し、引きつづきこの敵を邀撃したが、大場中尉、川又広中尉は、あいついで戦死または重傷のため自決し、その後は、二連隊二大隊副官関口正中尉が同大隊の指揮をとり奮戦した。しかしながら富山、中山正面は優勢な敵にしだいに圧迫されつつあった。

南島半島方面においては、千明大隊の奥住中尉は歩兵第十五連隊の名誉にかけて決死敢闘したが、衆募敵せず、中崎地区守備の約一個小隊はついに午後一時二十分ごろ、全滅、主力も逐次南岬方面に追いつめられた。このため、両方面ともわが方の損害続出、その凄惨な戦況は想像を絶するものがあった。

こうして夕刻には、ついに富山および中山を敵に奪取されたが、大山以北および南島半島半部は確保し、敵の水陸両用装甲車および兵員等に多大の損害を与えた。

同夜、中川連隊長は、主力をもって中山に富田大隊の関口隊の一部、二連隊第六中隊をもって、猛烈な逆襲を実施し、旧陣地の奪回をはかった。

富田大隊の関口隊第五中隊および同配属工兵第三小隊長藤井祐一郎少尉は、大隊命令により西岬付近の敵迫撃砲陣地爆破のため、富山西方の湿地付近から海岸沿いに迂回南下し、襲撃をこころみたが、敵線の警戒厳重のためついに発見され負傷者を出した。このため第五中隊長は、涙をのんで負傷者を犠牲とすることとし、トタン板を携行させてこれを乱打して、側方から騒音を発して敵の火力をここに集中させ、そのすきに一挙に敵陣に突撃しようとしたが、折から打ち上げられた昼のような明るさの照明弾に照らし出されて、守備隊全員は猛烈な敵の艦砲射撃などに阻止され、中山の奪回とともに不成功に終わった。

また、この日早朝、約一個師団弱の敵は、ペリリュー島に近接したこの島の南にあるアンガウル島東北港および東港付近に強引に上陸した。同島守備のわが歩兵第五十九連隊第一大隊後藤丑雄少佐指揮する宇都宮部隊（著者参加）の勇戦にもかかわらず、同海岸付近に橋頭堡を占領された。悲惨なアンガウル島玉砕の詳細は拙著『英霊の絶叫』『滅尽争のなかの戦士たち』に記したように、寡兵よく持久し、一個大隊をもって敵一個師団弱を、永く持久して敢闘し、ついに玉砕したが、太平洋戦域における持久戦保持の記録を作るにいたった。

一方、大山、水府山、観測山、天山等の拠点を固守する中川守備隊主力は、この敵に対し頑強に抵抗したが、敵はしだいに地歩を拡大し、午後二時ごろ、ついに天山南半部は敵に奪われた。しかしながら関口中隊の約百五十名は、なおよく天山北半部を確保し、敵の進出を阻止した。こうして敵は夕刻まで大山、観測山各南端を連ねる線以南のペリリュー島南部平地および向島の一部を占領し、大山を中心とするわが複郭陣地の一部に侵入したのである。

また関口隊の一部は、前日の失敗にもめげず、同夜、夜襲をかけ、西岬付近の敵橋頭堡に対し、工兵の吉田上等兵は破壊筒に点火して肉弾突撃し、これをきっかけとして第五中隊はいっきょに敵陣地に突入し、敵迫撃砲十一門を手榴弾で爆砕するという史上まれに見る大戦果をあげたのである。

しかし、空と海から押しよせる敵の圧倒的物量と火力と、日本軍よりはるかに進歩した近代兵器に対しては、日本軍の卓越した戦略戦術と旺盛なる攻撃精神をもってしてもいかんともなしがたい。ただ一地を固守して自滅するよりほかに、ほどこす術《すべ》もないように思われる状況下にあって、将兵は黙々として戦った。わずかに弾雨のとだえる間にも、負傷個所を繃帯する暇さえなく、ましてや故郷の肉親におもいを馳せる時すらなく、常に一死もって祖国のために、一人でも多くの敵を斃《たお》すことのみに没頭していたのである。

九月十九日にいたり、複郭陣地の持久戦に、戦法を変えねばならぬ時が来た。

ペリリュー南部平地を占領した敵は、その余勢をかって、午前六時二十分から約四十分間の砲兵、艦砲支援のもとに、師団主力をもって、七時から同島北部山地帯の攻撃を開始した。

敵攻撃の重点は観測山についで東山に指向されている模様であり、守備隊は、けわしい地形を利用し、同複郭陣地を確保して敵の進出を阻止、多大の損害を与えて撃退したが、同夜、東山の一部を敵に奪われた。

守備隊の損害はしだいに増加し、このころついに守備隊の損害は三分の二以上に達し、小林砲兵大隊の十榴もすべて使用不能となった。

夕方、在パラオ本島海軍第三十根拠地隊の水上偵察機は、ペリリュー島飛行場を空襲し、火災を発生させた。このときの残存守備隊の喜びははかり知れない。

この日、東山の一部を敵に奪取されたほか、彼我の戦線は前日と変化がなかった。

明けて九月二十日、零時より東山の奪回を企図し、夜襲をくり返し、早朝ついに敵を撃退した。その後、敵はさらに兵力を集結し、砲爆撃支援のもとに、ふたたび東山に対し戦車、水陸両用装甲車など十四両を含む約一個大隊強をもって攻撃して来たが、突撃距離内に近づけず、守備隊はこの敵に多大の損害を与えて撃退した。

敵は夕刻から、一部部隊の交代を行なっている模様であった。

この日、わが方は東山を奪回したほか、彼我の戦線に目立った変化はなかったが、一部の敵は浜街道沿いに北浜南部に進出するとともに向島を占拠した模様であった。

九月二十一日午前八時、複郭陣地正面においては、発煙弾を含む艦砲射撃、銃爆撃、砲迫支援の下に約一個連隊強の敵はふたたび東山を重点とし、大山にも攻撃をくわえてきたが、敵の戦意もようやく衰えを見せ、その行動は活発でなかった。

これに反し、わが複郭陣地守備隊の残る兵力は陸軍約千三百、海軍約五百、連隊砲一、速射砲四、大隊砲五と激減したが、依然士気は盛んであり、断崖、絶壁、亀裂のあるけわしい地形を利用し、ここから歩兵重火器などの火力を集中して夕刻にはこの敵を撃退した。

人間機雷

敵警戒の虚に乗じ、あらかじめ師団が計画し、指示した新戦法は数え切れないほどあり、奇想天外なものが多い。ヤシの大木をくり抜いた擬砲を重ね、タコノ木の葉を巻いた人形を点在させ、米軍に何百トンもの巨弾と火薬を消耗させ、泡を吹かせた。

また勇壮な特攻を代表するものに〝人間機雷〟があった。これは特殊潜航艇のようにスピーディーなものと異なり、きわめて原始的な方法であるが、その威力と特攻精神は、大和魂がなさしめたものにほかならない。

機雷とは、海上に浮遊させる爆雷である。その型は大小あるが、敵艦がこれに触れればたちまち猛烈に炸裂する。しかしここの戦闘では、その機雷を海上に敷設しようとすれば、敵の猛射にあう。あるいは、掃海艇に撤去されることは明白だ。残された手段は、闇夜の海上を泳ぎ、敵艦艇まで機雷を運ぶことであるが、味方にはそれ以外に何の方法もない。ただ一つあるものといえば、糸満兵の海中での活躍と、彼らの不《ふ》撓《とう》不屈の精神力に頼るほかなかった。

かつて師団の戦闘計画には、決勝訓練の指示の中に、

〈その一、海上決死遊泳隊〉

沖縄漁夫なかんずく糸満出身者を特選し、小舟艇、いかだ、浮木を携行し、決死の海上奇襲戦闘を敢行する。

〈その二、海上遊撃隊〉

選抜少数人員、小舟艇、ガソリンまたは重油、ドラムかん、発火具、機雷、爆雷、小口径砲を携行し、薄暮夜暗に〝シラミ〟のごとく海面に這い出させ、敵の後方海面を攪乱する。

と指示命令はあったが、緒戦の水際戦以来の海上は、まったく米軍の手中にあり、

ましてや飯田大隊の逆上陸以降の海上警戒は非常に厳しい状態であった。

こういうときに、選ばれた「人間機雷」特攻隊は、いずれも海の王者の貫禄十分な糸満兵である。その中にはかつて川田少尉に同行しようとして、決死の海中伝令に志願した者が、一個分隊の人員に制限されたため、次の水中活躍に期待をかけた糸満の勇者ばかり二十名であった。これを指揮する金城兵長は沖縄県人の名誉にかけても、この決死の任務を果たすべく決意して命令を待った。

「ペリリュー島をとり巻くリーフ線外の敵艦および大型舟艇を攻撃せよ」

と命令は下達された。

いよいよ決死の攻撃をするには、まずペリリュー島北方のガドブス島の北部洞窟に隠された海軍の機雷を持ち出さなければならない。金城兵長以下の現在位置は大山の戦闘指揮所近くである。

一行は夜を待って大山を這い出し、西海岸に出てから後、海中を潜行し、ガドブス島に渡らなければならない。大山から西海岸まで距離にして百メートル、その間、谷間あり崖あり、そのうえ敵の陣地はいたるところにあって、行く手には困難な壁が立ちふさがっていた。くわえて、夜間の行動は、敵ばかりか、うっかりすると米軍に間違えられて友軍に刺殺される可能性も多かった。

金城兵長は海中の行動よりは、むしろ陸上における危険性を案じた。海上なら深くいつまでも潜行できるが、陸上では簡単に身をかくすことができないからだ。一行は、いく回も敵に発見され発砲された。三名の戦死を出したが、ようやく西海岸に到着した。しかしここにもすでに米軍の陣地があって、とうてい海岸には出られない。やむなく浜街道に沿ってしばらく北上しようとしたが、この辺の水際もくまなく敵の陣地が張りめぐらされてあった。これ以上、北上するのは危険である。

金城兵長は、「各自分散、集合地点はガドブス島北部洞窟」と指示した。人間機雷部隊はそれぞれ苦心の末、海を泳ぎガドブスに向かった。

島と島の間の珊瑚礁脈の内側には、無数の上陸用舟艇が漂っている。そして、珊瑚礁脈の外には大型舟艇と艦船が停泊していた。彼らはその間を静かに、波を立てないようにして泳ぎ、ガドブス島に近づいた。海上は油と浮遊物がひしめき、波に任せて漂っている。ガドブス島まで遊泳一時間あまりかかった。闇の中をよくも泳ぎ着いたものだ。ガドブス島には敵はまだ上陸していなかった。四、五名の兵が遅れて到着したのは、途中、敵舟艇に感づかれたので、しばらく潜ったり浮遊物の間に隠れたりして、敵の追跡から逃れていたために遅れたと報告された。

午前二時、ガドブス島北部洞窟から、無事に機雷は海岸に運ばれ、海上に浮かべられた。糸満兵はその大型機雷を各人一個ずつ分担した。機雷には太いロープを結びつけ、その先端に輪を作り、右肩から左脇にたすきがけに掛けて泳ぎながら、重い機雷を静かに引っ張って敵艦に近づくのである。

重い機雷は海面に浮いているとはいえ、人間の泳ぐ力で引いてもなかなか動くものではない。しかし、金城兵長はガドブスから少し南下すると潮の流れがアンガウル海峡に向かって流れていることを思い出した。

「そうだ。潮に乗せれば重くても流れる」

その潮流まで二人で一個を引っぱった。

機雷が潮に乗ると、一人は戻って来てまた潮流まで運んだ。機雷が動き出すと同時に泳ぎ、引いたり押したりした。機雷は次第に敵に近づいて行った。それぞれ打ち合わせた方向の艦船に向かっていった。もし敵に発見され、一発でも弾を受ければ機雷はたちどころに炸裂してしまうだろう。

先頭を泳いでいた金城兵長は神に祈った。

「敵に発見されたら俺に弾が当たっても機雷は残りますように。機雷さえ残れば決死隊のうちのだれかが必ず敵艦に機雷を押しつけ、信管を叩くだろう。それで目的は果たされ、敵艦は轟沈し戦果があげられる。必ず果たせますように」

もちろん、その自爆の時は金城兵長も機雷とともに砕け散るはずである。彼自身が人間機雷になることを望んだのだ。十七個の人間機雷がさいわい全部、爆発すれば、間違いなく十七隻の艦船が瞬間に吹っ飛んでしまうのだ。

ところが、実情はどうであったろうか。広い海上で敵の監視下に、敵に接近せぬうちに発見され、轟音とともに飛散してしまう者、珊瑚礁脈に波とともに叩きつけられて爆発してしまう者、その悲壮なることこのうえない。

あらゆる障害を乗り越えて敵艦船に到着して、機雷を爆発させ得た者はたった五名であった。しかし、その壮挙を、この戦果にまつわる人間のなした、想像を絶する精神力を、だれも忘却してはならない。

いま彼らの骨片や肉片をペリリュー島沖の海底に求めても、おそらく残ってはいないであろう。しかし、それらの被害を受けても辛うじて生き残った米軍の将兵が生存する限り、その人々の心の底に、日本人の魂が叩きつけた恐怖と、その闘魂が深く強く刻み込まれて残っているのである。

その夜襲の戦果は、敵上陸用輸送船三、大型舟艇一、掃海艇一、各沈没であった。

米公刊戦史によれば、「九月十五日上陸以来本日まで一週間の戦闘による損害は、戦死傷三千九百四十六名に達し、特に富田大隊正面に上陸した第一海兵連隊の戦死傷は、千七百四十九名におよび、第一線部隊としての戦闘能力を喪失、第一海兵連隊は全滅となり、第一海兵師団の戦力は著しく低下した。これがためアンガウル島に上陸した歩兵第八十一師団第三二一連隊を、ペリリュー島に増援（九月二十三日正午、ペリリュー上陸予定）させるように決定した」と述べている。

陸兵に負けぬ陸戦隊

ここで、海軍部隊のその後も記しておこう。十六日夜明け近く、海軍の土田上等兵曹の所属する中隊は飛行場から二百メートル先の洞窟へと移った。艦砲射撃と砲爆撃は前日にましてすさまじさを加えていた。洞窟といっても奥行きは浅く、敵の砲火を浴びればひとたまりもない。さっそく入口に、箱を積み上げ土のう代わりにした。〈少しはこれでもちこたえるだろう。攻撃が弱まったら他へ転進を図らねばならない〉

しかし、この気休めは一瞬にして吹きとんでしまった。たちまち艦砲射撃の洗礼を受け、入口近くにいた七、八人が糧食とともに四、五メートル先にたたきつけられていた。即死である。

上空を見上げると、敵の観測機が低空で飛んで念入りに日本軍の所在を確かめ、後方陣地に連絡して、しらみつぶしに砲爆撃を集中するのだ。観測機はときどき地上四十メートルぐらいまでおりてくる。赤ら顔の敵の顔まではっきり見える。これほど低空にきてもここには一門の高射機銃さえない。こちらが無抵抗とわかると相手は機内からからだをのり出し、ピストルで撃ってくるではないか。

「この野郎。なめやがって」

歯ぎしりして上空をにらみつけるが、策はなかった。いまのところ昼間は一歩も外に出られない。出ればたちまちからだがハチの巣になるだけなのだ。

この日の戦闘でほとんど高射砲と高射機銃は破壊され尽くされてしまったのである。その間には、「ヒュル、ヒュル、ヒュル」と無気味な音が風を引き裂き、「グァ、グァーン」と岩片を吹き飛ばしていった。同じく大谷部隊に所属する浜田上等兵曹も、ただ地面にはいつくばって艦砲射撃のために大きく変貌する山々を見ているだけだった。砲爆撃は夕方まで続いた。すでに敵は間近に迫っている。少しでも動いたら敵の目標になるだけだ。それでもとにかく負傷兵の手当てをしなければならない。

土田兵曹は元気な兵隊を督励し、負傷兵を抱えながら島の中央部の野戦病院へたどりついた。野戦病院といっても鍾乳洞の中の仮りずまいである。だがそこに見たのは文字どおり負傷兵と戦死者の山だった。顔を打ち砕かれたもの、腕をもがれ、片足を切断されたものが、のたうちまわっていた。中には艦砲の破片で腹部を裂かれ、虫の息のものもいる。

「おーい、水、水をくれ。たのむから水をくれ」「苦しい。殺してくれ」「衛生兵、痛いよオ」

悲痛な叫びがわんわんと狭い洞内に反響して、そこはまさに生き地獄だった。

負傷兵の「水」の声に、土田兵曹らも朝から一滴の水ものまずに戦っていたことを思い出した。すでに戦闘開始第一日に渡された水筒の水と一日分の糧食は底をついていた。いままでは、戦うことで頭がいっぱいで考えもつかなかったことだ。そう思うと、とたんにノドがカラカラになった。

この台地の下は湿地帯になっている。溜り水があり日本軍の給水場所となっていた。だが敵は当然水源地を確保したと思わねばならない。水をくみに行こうものなら、そのうち何人が無事に戻れるものか。

しかしすでに生死はときの運命——と多くの日本兵は達観していた。

〈どうせ死ぬのならハラいっぱい水をのみたい〉

ぎりぎりの極限に立たされたものがだれもが味わう実感だった。艦砲射撃はようやく一時静まったが、この鍾乳洞近くにも敵の機銃弾、砲弾、小銃弾がまだ雨のように落下していた。

土田兵曹ら三人は頭をかがめて一気に湿地帯までかけくだった。敵はいないがどこからねらっているかわからない。湿地帯にはすでに数人の日本兵の死体が浮いていた。やはり水を求めてやってきたところをねらい撃ちにされたのだろう。その死体をかきわけ、三人は腹ばいになり頭を水の中に突っ込むようにして、やたらと水をのんだ。うまいもくそもない。人間の生理がただがむしゃらに要求しているから飲むという飲み方だった。

ついで三人はすばやく水筒に水をつめた。いつまでもぐずぐずしてはいられない。ようやくとっぷり暮れた中で三人はあたりに気を配るとふたたび脱兎のように台地にかけ上った。だが半分までこないうちに、突然、「ダダ……」と間近に機銃音が炸裂し、固い熔岩の台地の砂を左から右へはね上げていった。

この斉射に一人がたちまち射抜かれ、坂を転がって落ちた。振り返る暇もなかった。とまればたちまち同じ運命になる。土田兵曹ら二人はただ夢中で岩陰に飛び込んだ。それからそろりそろりと野戦病院に引き返した。

だがすでにこの洞窟近くにも米軍は接近していた。その証拠に入口めがけて盛んに手榴弾を投げてくる。こちらからも小銃で応射した。

それから一時間後、突然、敵シャーマン戦車砲の直撃弾が洞窟陣地を見舞った「ガ、ガアーン」すさまじい衝撃が洞窟内にひそむ日本兵に、地鳴りのように伝わった。洞窟内に撃ち込まれたらそれこそ爆風でひとたまりもない。何としても戦車を始末しなければならない。しかし出て行くことは完全に死を意味する。だれがネコの首にスズをつけるのか。そのとき突然一人の兵が立ち上がり、

「小寺一等兵が参ります」

ときっぱりした口調でいった。小寺亀三郎、京都の出身、徴集兵の一等整備兵だった。鹿屋基地時代には銃の装塡はもちろん、銃の操作すら満足にできなかった男で、そのため皆から〝お寺さん〟〝亀さん〟と中隊の笑いもの扱いにされていた。だがこのときの小寺一等兵には中隊の落第兵の影はまったくなかった。

「私は親から死ぬ時はいさぎよく死ねといわれたのです。これから敵の戦車に体当たりします」

と、ふたたび口走る小寺一等兵に他の兵隊たちは声もなかった。小寺一等兵はやがて水筒の水を静かに飲むと、棒地雷をしっかりと抱え、洞窟を飛び出した。一分、二分、三分……重苦しい空気が残った兵隊を押し包んだ。およそ十分後、突然、

「グァーン」

というすさまじい炸裂音が洞窟内をゆすぶった。

「やったぞ、小寺がやった」「成功だ、バンザイ」

兵隊たちは手をとり合って喜んでいる。洞窟の外に出て見ると敵戦車からは火が吹き上がり、夜空をこがしていた。この戦果は兵隊たちの胸の溜飲を下げるのにじゅうぶんだった。

こうした肉攻はほかの海軍小隊でも数限りなくあった。しかし日本軍の攻撃が少しも衰えないと知ると、米軍の艦砲射撃はますます激しさを加えた。

夜明けまぢか、土田兵曹らは再び転進しなければならなかった。敵を引きつけてたたくとなれば中央部の台地を越えた島の西側に移動するほかにない。夜明け近く、台地の上から見下ろす海上には、黒々とした船団が集まり、続々と援軍をペリリュー島に送り込む最中だった。

〈日本の機動部隊はどうなっているのか。飛行機があれば、こんなくやしい思いはしないのに〉

山を歩く兵隊は一様に船団をにらみすえるのだった。

夜明けとともに敵の攻撃は再開された。自動小銃でらちがあかないとわかると、壕を目がけて火焔放射器の洗礼が見舞った。

土田兵曹の水筒にはもはや一滴の水さえなかった。ポケットには少量のカンパンがあるだけだ。

9月24日のペリリュー飛行場。19日に米軍が制圧した飛行場には、すでに輸送機が進出したが、付近では激闘が続いていた。

〈小寺のように棒地雷を抱いて体当たりするか〉

そう覚悟を決めた土田兵曹は岩陰に身を伏せ、前進する戦車を見ながら地雷の安全栓に手をかけていた。そのとき横の方からさらに一両の戦車が現われた。

「だめだ、いま出たら確実に撃たれる。もう少し待て」

自分自身にいいきかせる土田兵曹にとって、このときが生死の別れ道だった。

そのころ大谷部隊の高畑小隊所属の海軍も連日、戦車を前面に押し立てて攻撃する米軍を悩ましつづけていた。すでに上陸から三日目、小隊は島の中央部の天山付近に迎撃体制をしいていた。米軍は五、六両の戦車を先頭に、その後ろから五、六十人の兵隊がついてくる。しかし急斜面のためさすがの米軍戦車も思うようにならなかった。やむなく海兵隊員たちが先頭になって登ってくるところをねらい撃ちにするのだ。するとあわてて米軍は戦車の陰にかくれてしまう。あとには米兵の死体が木の根っこに引っかかり、あるいは山のふもとまでころげ落ちるなど、さまざまの格好で倒れていた。

こうした戦闘が一日に何回もくり返された。だがそのうち急に一分隊、二分隊の連絡がばったり途絶えてしまった。連絡係だった塚本一等兵が調べに行くと、分隊全員が壮烈な戦死をとげている。艦砲射撃の直撃をくらったのだろう。陣地には大穴があき、死体は手足がばらばらという目もあてられない惨状だった。山腹を登ってきた米軍に夢中になって応戦中、沖の艦艇から一斉射撃を浴びたのだった。

数日を過ぎると米軍は攻撃法を変えてきた。中央台地付近には、日本軍は無数の陣地を作って待ちかまえていた。地面の中から、突然、手榴弾がとんできたり、機銃弾が米兵を下からねらった。当初、中隊以上の兵力で攻撃していた米軍も中川大佐の戦法によってようやく犠牲が多いことに気づいたのである。

日本軍の分数方式には、同じく分数方式で立ち向かうことが賢明だと知ると、一つ一つ念入りに日本軍の陣地をつぶしにかかった。

まず洞窟陣地を発見すると入口近くに狙撃兵を置き、出てくる日本兵を確実に撃とうという戦法なのだ。

天山東側の斜面の鐘乳洞に陣取った高畑小隊もねらわれ、見張員がつぎつぎに敵弾に倒れた。高畑小隊長が壮烈な戦死をとげたのもそれからまもなくだった。

第四章　敵前上陸

逆上陸先発隊の出撃

九月十六日、ペリリュー島の北方五十キロの洋上にあるパラオ本島師団司令部には、異様な熱気がみなぎっていた。

ペリリュー島に逆上陸は是か非か。福井義介大佐（第十五連隊長）は、井上貞衛師団長の方に鋭い眼差しを向けた。

「井上師団長、千明大隊は苦戦中であります。連隊長としてこれを見殺しにするに忍びません。それに、中川大佐と私は、同期でもあります。一体となってペリリュー島の敵撃滅のため、連隊主力をもって、軍旗を先頭に、速やかに増援すべきではありませんか」

師団参謀長多田督知大佐は、福井大佐の強硬論をさえぎって、

「一個連隊を増援輸送する上陸用大発動艇、小発動艇が不足している。その上パラオ本島防備強化との関連で、ペリリュー島に二個連隊も注ぎ込みたくない」

と反対した。

多田参謀長は内心、福井大佐の決死の主張に賛成しながらも意見を衝突させたのは、彼は参謀長でありながら、ペリリュー島の現地視察を一度もしていないので、自信が持てなかったのである。もし九月十七日に第二大隊が出発していれば、逆上陸の成功は疑いなかったであろう。多田参謀長は優秀な男だと言われていたが、あまり実戦に参加もせず、後方勤務が多かったので、次第に熾烈化する爆撃のため、すっかり動転して判断を誤ったのではないかと、この時の参謀長を批判する者が多い（多田参謀長の名は山下・パーシバル会見に参加した知将として、記憶されている方も多いだろう）。

対立する意見にはさまれて、井上師団長は頭をかかえこんだ。福井大佐の言うようにペリリュー島の地理的環境から推して、重点を「陸上挟撃」に求めての米軍撃滅はまことに名案である。もしもまだ、一万の中川軍が健在なら、後方から二千余名の新手が殺到挟撃すれば、戦果は火を見るより明らかである。

しかし一方、多田参謀長の意見のようにパラオ本島も守らねばならない。判断に迷った師団長は答を促すように多田参謀長の方を見た。

翌十七日にもふたたび逆上陸是非の議論がたたかわされたが、ついに結論は出なかった。福井大佐はじりじりといら立った。ペリリュー島逆上陸の時期は刻々失われている。そして一日遅れれば一日不利になるのだ。

そのうち、九月十九日、ペリリュー島の中川連隊長からは、

「敵上陸後約一週間を経過した現在、逆上陸敢行は時機的に遅いと思う。ましてや人間機雷実施後の敵の警戒は厳重である。かつ中戦車アリゲーター、野砲数十門を有する約一個師団の米軍に対して、戦車も野砲も持たない歩兵第十五連隊主力を、ペリリュー島に増援しても、正攻法では勝目がない。挺身斬り込みと肉攻以外に策はない。それならば、わが歩兵第二連隊だけで十分であり、これ以上ペリリュー島に増援兵力を注ぎ込んでも無駄である」

といった主旨の「逆上陸無用」の電報がはいった。作戦会議は、よけいに混乱した。在ペリリュー島の主将中川大佐にしてみれば、連隊の名誉にかけても、自力本願で敵を洞窟戦によってくぎづけにし、長期戦に持ち込んで殲滅したかった。武人の悲壮な決意と意地と名誉、それが、逆上陸反対の意見具申となったのであろう。

九月二十一日夜、作戦会議は、にわかに、師団は全力をもってペリリュー島守備隊の戦闘に参加協力することに傾いた。この間に何があったのか、ある人はこう話した。

「いつもなら、なんでも独断で即決する多田参謀長がこんどにかぎって、なぜかためらっている。じりじりした井上師団長が『俺が指揮をとる』と言ったというのです。しかし、師団長を敵の矢面に立てることもできず、各参謀は、師団長を必死に押しとどめたというのですが……」

いずれにせよ、師団は、逆上陸の好機を失ってしまったのだ。次善の策は何か。井上師団長は、逆上陸成功の公算を重点に考慮した。次に中川大佐、福井大佐の指揮関係、ペリリュー島守備隊の士気高揚、各関係者の意見具申の内容を慎重に考察し、結論を下した。

「逆上陸を決行せよ」

時をうつさず逆上陸海上機動隊には、歩兵第十五連隊第二大隊長飯田義栄少佐（陸士四十六期。茨城県出身）が選抜された。

飯田大隊長は、歩兵第二連隊出身、歩兵第五十九連隊第一大隊長を経て歩兵第十五連隊の第二大隊長となった人。今、逆上陸して二連隊と合流することは、彼の出身連隊に戻るわけだ。飯田少佐は性大胆、飾り気のない武人で、温情あり、連隊だけでなく、師団の将兵にも信望篤かった。

彼にこの重任、逆上陸部隊長として白羽の矢が立ったのは当然である。かつて彼はパラオ上陸後の五月末から、ペリリュー島に部下とともに陣地構築を援助したことがあり、地形にはくわしかったし、後輩の千明大尉が、南地区守備で苦戦していることを知り、援助せんとしたその希望もかなえられたのだ。

飯田少佐はふと、温情福井連隊長が日ごろ千明大隊長を案じるあまり、言っていた言葉を思い出した。

「ペリリューの中川大佐は困った奴だ。俺の千明大隊をペリリュー島の南端の障害物のない平坦地に配置するとは何たることだ。俺なら他の連隊から来た大隊なら、予備隊として自分の手元に置く」

しかし千明大隊にしてみれば、別にそうしたことは気にせず、かえって敵上陸を予想した正面であったので、そこを死に場所として奮戦していたのである。彼こそ十五連隊を代表する勇将であった。

飯田少佐は、ペリリュー島に思いをはせた。島はコンクリートのように堅い珊瑚礁である。どこを掘っても円匙も十字鍬《しゅう》も絶対受けない。手を血に染めて一日中掘ってもわずか二十センチの穴しかできず、陣地構築は文字どおり血と汗と根気を要し、敵爆撃下の壕掘りは、死闘の連続であった。しかし兵隊は、文句も言わず、ただ黙々として岩を叩きつづけた。どの壕や陣地にも将兵の血と汗がしみこんでいるのだ。

その陣地構築の援軍は七月下旬、米軍がサイパン攻撃をしたため打ち切りとなり、パラオ本島に引き揚げた。パラオ本島では最初コロール地区を守備し、ついで本島のガスパン地区に守備し待機していたので、逆上陸はいつでも出動できる態勢にあった。あとは決行の日を待つのみである。

ここで、当時パラオ本島師団司令部がペリリュー島からの電報、無線による報告を総合した敵状予想は、どんなものであったか考えてみよう。

「一、敵は海兵第一師団であって、地区隊連日の戦闘によって、その戦意はまったく衰え、敵の残存兵力は砲十数門、戦車十数両、水陸両用戦車二十数両を有する歩兵約四～五大隊である。九月二十日現在、敵第一線は、公学校－中山－電探台－モミ陣地東西の線にあって、ペリリュー飛行場の使用を極力急いでいる。
二、またペリリュー島周辺敵艦船の状況は、空母十、戦艦二、巡洋艦四、駆逐艦三十二、駆潜艇七、輸送船三十四が、米軍上陸軍を援護増強中。
三、空襲状況は、敵機の主攻はペリリュー島、アンガウル島に指向され、パラオ本島に対しては一般に閑散であった。
四、敵はわが逆上陸企図を察知してはいないが、ペリリュー島付近は、連夜照明弾を照射しつづけ、同島周辺に艦艇を配し厳重に警戒中。
これに対し友軍のペリリュー島における戦況は、中央高地以北の要線を確保し、主として肉攻斬込奇襲戦法によって、完勝に全力を挙げつつある」

こうしたパラオ本島師団司令部の判断に狂いがあった。九月二十二日のペリリュー戦の実態はどうかというと、パラオ本島の推察とは異なってペリリュー島周辺には、依然として敵の空母七、輸送船十九、その他小艇十五が同島を物々しく包囲し、かつパラオ寄り北方の約十一〜二十七キロの間、コンソル水道には、戦艦五、巡洋艦四、駆逐艦五、駆潜艇七、輸送船十七、飛行艇母艦四、飛行艇三十一、その他の小艦艇数百が洋上狭しとたむろしていた。

また、同水道東方海上には、空母三、巡洋艦三、輸送船多数があり、その一部は同水道内泊地で、洋上補給を実施中であった。敵は人間機雷の夜襲攻撃に恐怖を抱き、その警戒は厳重であった。

一方、陸上では、ペリリュー島複郭陣地正面では、昨日とほぼ同様の戦闘が繰り返されたが、彼我の戦線に激変はなく、同守備隊は依然として東山、観測山、大山の各南端を連ねる線以北を決死斬込隊の勇戦によって確保していたのである。

九月二十二日午前十一時三十分、井上師団長はまず電話で、「照部隊作戦命令、甲第一七六号」を第十五連隊に通達した（この直後印刷物で命令された・原文のまま）。

「パラオ地区集団命令（要旨）

九月二十二日、二・三〇　アルルコウク山

一、ペリリュー地区隊敢闘、とりわけその果敢な斬込みにより敵の戦意衰微、敵は増員部隊を待ちつつあり。

二、集団は敵の衰弱に乗じ、増員部隊来着前にペリリュー島の敵を殲滅。

三、歩兵第十五連隊長は、かねて準備の飯田大隊の一個中隊基幹を増員（増援の意味）し、爾後飯田大隊をもって明二十三日夜、続いて増員、本夜出発する中隊は、状況により逆上陸し、敵を撃破し、中川守備隊に合流せよ。
四、ペリリュー増員部隊は、同島到着時をもって、ペリリュー地区隊長の指揮下に入るべし。
五、リーフ内障碍、ペリリュー地区隊の現況、デンギスヨオ水道付近に敵蠢動の状況については、後刻中川作戦参謀を派遣せしむ。以上」

九月二十二日正午。命令を受けたガスパンの連隊本部の福井連隊長は、「中川大佐、千明大尉がんばってくれ」と神に祈りながらも、即刻つぎの命令書（要旨）を下達して第二大隊にこの重任を命じ、必勝を期した。

「照七七五七部隊作戦命令第九九号。
九月二十二日　十二時
第七七五七部隊命令（注、七七五七部隊は歩兵十五連隊の戦時呼称）
一、ペリリュー島の敵は、地区隊の決死敢闘により、衰微の気配濃厚にして、萎靡《いび》しつつあり。しかれども、敵は新鋭部隊を増注中なり。集団はこの虚に乗じ、敵来着に先立ち、有力な一部兵力をペリリュー島に派遣し、米奴の鏖殺《おうさつ》を期す。

二、連隊は速やかに有力な一部兵力をペリリュー島に派遣せんとす。
三、第二大隊（新たな無線一分隊を属す）は一部（歩兵一中隊を基幹とす）を、本二十二日、日没とともに出発、ペリリュー島に派遣し、ペリリュー島地区隊の指揮下に入らしむべし。指揮転移の時機は、ペリリュー島到着の時とする。海上機動のため、海上輸送の主力ならびに第三船舶輸送司令部パラオ支部の一部は舟に、陸上輸送のためには、独立自動車第四十二大隊主力に、これが協力ならびに援助せしむ。
　水先案内のため、海軍部隊の一部協力するはず。
四、海上輸送隊（一小隊欠）は、第二大隊主力の輸送ならびに護衛に任ずべし。海上機動の細部に関しては、第三隊長と相互協定すべし。
五、通信中隊長は第二大隊に五号無線機一を配属すべし。
六、予は本二十二日第二大隊の位置に前進し細部を指導したる後、ガスパン部陸本部に至る。
第七七五七部隊長　福井大佐　以上」
九月二十二日午後十時、第二大隊飯田隊の村堀中尉の指揮する第五中隊百六十七名と配属高橋工兵一個小隊、速射砲一門、連隊砲一門、輸送隊金子中隊の堀井中尉指揮する第二艇隊四十九名、大発動艇五隻、小発動艇一隻に、海軍のパイロット（水先案内）一隻を含めた計二百五十名が、増援準備をととのえて、アルミズ桟橋に集合し、先遣逆上陸部隊として、最初に飯田大隊の一個中隊村堀中隊が前進を開始した。夜を選んだのは、敵に発見されないためと、満潮で大発が動きやすいことが理由である。

パラオ・ペリリュー間、直線距離でこそ四十キロと言うが、大発で行くとすると、迂回の連続である。珊瑚礁の間をくぐり抜け、くねくねと曲がりくねって、その実際の距離は五十余キロ。よけいな時間を費やすばかりか、敵がいつ、どこで罠をかけて待ち構えているかわからない。そのうえ限られた満潮時に進まなければ座礁してしまう。危険な条件が逆上陸部隊の行く手に山積されていたのだ。しかし海上輸送隊員は海になれた漁師出身者が多く、かつて広州湾上陸に成功した歴戦の部隊である。

村堀中隊の出発にあたり、福井連隊長は、逆上陸の重大訓示と激励の辞を述べ、その壮途を祝した。やがて舟艇隊は順次発航。ときに九月二十二日午後十時三十分。見送る戦友も、送られる決死隊も、これが死の訣別になろうとは、夢想だにしなかった。たがいに死は覚悟の上とはいえ、戦場でのあすの命をだれが保証できよう。

アルミズ水道はコロール島と本島の中間にある狭い水道である。両島は桟橋により結ばれていたが、爆撃で破壊されてすでにその形を留めていなかった。アルミズ栈橋を発航した大小発動艇は、闇の海上を進んだ。指揮艇を先頭に、一列縦隊となり粛々《しゅく》と波を分けた。エンジンの音は無気味に聞こえて、心臓に響くような錯覚にとらわれる。歩兵は輸送隊を頼りにした。輸送隊は先頭に進む海軍の水先案内人を頼りにした。

出発直前は小雨であったが、天候は回復した。パラオ本島とコロール島の狭い珊瑚礁の中間を過ぎて、しばらくしてアラカベサン島北西端に達した。降雨後の空は黒一色、視界は不良であった。昼間なら南進する右側に軍艦島が見えたはずだ。アラカベサンの右にゴロル島がある。やがて左手にガランゴル島、その向こうにマラカル島、パラオ港を見て南下。細長く南にのびるウルクターブル島とガムドコ島との間のガムドコ水道を通過。さらにマラカル島西側を過ぎて、大発艇はガラゴン島の南のゴロゴッタン島方向に進んだ。ときに北西の風、風速五メートルで洋上は波が高かった。

その途中、進行右側にクジラが浮上している形にそっくりな鯨島、その南に三つの丘を持つ島、三ツ子島があった。ここには海上輸送隊の基地があり、舟艇を秘匿し、十五連隊の守備したパラオ本島最前線陣地があった。どの島も今は夜の闇がすっぽりとそれらをおおい隠していた。この三ツ子島を通過した時は午前二時。出発して三時間半を経過していた。

水先案内が、ペリリュー島までの全航行距離五十三キロのうち三十八キロまで南下したと報告した。エンジンは好調であった。余すところペリリューまで十五キロ。あとは右にガラカヨ島、その南がガドブス島、そのわずか二百メートル南がペリリュー島である。

あと一時間半の航行で、念願の逆上陸は成功疑いなし。いよいよペリリュー島に近迫できたのだ。しかし気は許せない。引潮は午前四時二十五分である。それまでにペリリュー島に到着せねば大変だ。

三ツ子島を過ぎて二十分南下、ゴロゴッタン島に近づいたとたんに、指揮艇が座礁して動かなくなった。さあ大変とただちに離礁作業を実施、約四十分後に離礁前進した。ときに午前三時。曇天暗夜のため航行の方向維持と、水路確認がきわめてむずかしく、引潮前に到着は困難かと思われた。やがてペリリュー島進入水路であるガラカシュール島西方にさしかかったとき、そこにまた予期しない珊瑚礁脈があった。ふたたび座礁し、全員必死の努力で離礁作業に取りかかった。時間は刻々と容赦なく過ぎ去っていく。四時過ぎにようやく離礁前進。ペリリュー島まであと二キロである。

しかし黎明（午前五時五分）は迫っている。敵に発見される公算も次第に強まってきた。村堀中隊の上陸目標地点は、島の北端ガルコル桟橋であった。そこに達するまでは、進入路幅二十メートルであり、ジグザグの航路は、このあたり随一の危険な関門であった。あとわずか二キロ、運命を決する二キロである。

前方の視界がひらけてきた。この好機を利用して村堀中隊長と艇隊長工兵小隊長高橋少尉の適切な判断により水路を発見し、ペリリュー島めざして、全速で急進した。しかしこのとき、運悪く、ガラカシュール島付近の敵艦艇に発見され、艦砲と機関砲の猛射を受けてしまった。敵の警戒する視界にはいってしまったのだ。

探照灯を向けて、ねらい撃ちしてくる敵の艦砲、機関砲の猛射を極力避けるために、全速（八ノットは可能であったが、積載荷重超過のため六ノットであった）で、強行突破するよりほかに道はない。ついにしゃにむに危険地域を突破、敵の猛射をみごとに切り抜けたのだった。

二十三日午前五時二十分。ついにペリリュー島北端のガルコル桟橋に到着、上陸に成功した。喜ぶのもつかのま、荷おろし終了直後の五時三十分、敵の空襲をうけ約十四名が死傷、大発五、小発一はすべて沈没した。しかし村堀先遣隊は士気旺盛で、二十四日朝までに輸送隊高橋少尉以下三十四名を除いて、村堀隊は大山付近の連隊本部に向かって陸路前進し、中川地区隊長の指揮下にはいった。

ペリリュー島守備隊は全員涙をたたえて、「よく来てくれた」と緒戦以来の苦労を一度に吹っ飛ばして喜んだ。

アルミズ桟橋出発以来七時間、座礁二回、その後敵に発見されたがついに強行突破、上陸を敢行したことは、常識ではとうてい考えられぬ壮挙であった。

九月二十三日十一時二十分、照作命甲一一七号。パラオ地区集団命令（要旨）が出された。

「一、ペリリュー島への先遣増援部隊は、本二十三日五時二十分、無事ペリリュー島に到着し、同地区隊長の指揮下に入れり。ペリリュー島二キロの地点において敵に発見され、熾烈な砲撃を受けるも、わが損害は軽微なり。

二、歩兵十五連隊長は今二十三日、日没以後なるべく速やかに飯田大隊主力をもってパラオ本島コロール地区を出発せしめ、ペリリュー地区隊に増援すべし」

村堀隊の安着を喜ぶ報告と、つづいて飯田大隊主力の出発を命じた命令である。果たして飯田大隊の主力が先遣隊と同様にペリリュー島に安着できるであろうか。

米軍公刊戦史によれば、「九月二十三日、ペリリュー島北岸に到着した日本軍大発に、空爆と艦砲を集中し、〇八四五、巡洋艦ポーランド号は、大発全部を破壊した」と報じているが、これは、先遣隊上陸後の空《から》大発を、米軍は攻撃したものである。

飯田大隊主力の出航

先遣隊村堀中隊逆上陸成功の報が、パラオの神武山の司令部の井上師団長のもとに届いたとき、師団長はいうにおよばず師団全体が喜びにわきたった。その喜びに百倍してペリリュー島中川州男大佐の感激は非常なものであった。かつて彼が止むを得ずの理由で、「逆上陸は無用なり」と打電したその言葉が、どこから出たかと思われるほどの喜びようであった。またこの壮挙を耳にした守備隊の感激は、言うまでもない。

師団は援軍を送った。その援軍は先遣隊であって、続いて本隊が出発。その後には師団が後続するとの噂は、次第に倍加されていった。すでに傾きかけていたペリリュー島の運命は、時ならぬ吉報を得て一変したかにみえた。

先遣隊の到着と同時に、噂が噂を呼んで、ペリリュー島軍勢の士気は天をつくものがあった。薄暗い洞窟も、一時に明るくなった。洞窟内に伏して動くことのできない重傷患者も元気づいて、パラオ本島からの援軍の噂をしっかりと抱きしめて、これからの強い反撃を予想した。

水府山洞窟陣地の片隅では、今息を引き取ろうとしている片足のない小山兵長が、

「援軍さえ来たらもう、何も思い残すことはない」

と満足して息絶えた。大の男がたがいに抱き合って大粒の涙を流して、嬉し泣きする光景が至るところで見受けられた。限りない感動の波がペリリューをおおい尽くした。それこそ、「一日でも生命を引き延ばすために援軍を要望した将兵の祈りが、天に届いた」のである。

さて、二十三日午前、村堀先遣隊が到着したころのペリリュー島の戦況は、大山周辺の複郭陣地正面で、戦況は膠着し、目立った変化はなかったが、正午過ぎ、敵の砲兵、戦車を有する約一個連隊がペリリュー島西浜付近、すなわちペリリュー飛行場西南端海岸に増援上陸を開始した模様であった。彼らはすでに西海岸の浜街道沿いに進攻中の約一個大隊の米軍と、午後三時ごろ、前線を交替し、午後五時半ごろには、ガリキヨク南方約三百メートル付近に進出しはじめたのである。

同地区付近を守備するのは、引野通広少佐の指揮する独立歩兵第三四六大隊第二中隊（二個小隊欠）で、機関銃二、速射砲一はこの敵を迎えて、一発必中の猛射を浴びせかけ、敵を混乱におとしいれていた。

一方、パラオで、先遣隊の成功に幸先よしと一番気をよくしたのは飯田大隊主力であった。

二十三日午後、飯田大隊長は、ペリリュー島増援に関する命令を下達され、〝われわれの念願はこれで達成できる〟と喜び、彼の指揮下にある将兵もまた、この大隊長とともに死なんと勇みたった。大隊はただちに逆上陸出撃、前進準備に努め、船舶部隊と協定、第一艇隊と計り、午後八時、諸準備を完了した。

この飯田大隊の編成は次のようであった。

▽逆上陸部隊飯田大隊の編成

高崎歩兵第十五連隊第二大隊少佐飯田義栄（陸士四十六期）

大隊本部　将校八名、兵九十六名。

第四中隊長　中尉須藤富美重　六名、兵百六十八名。第五中隊長　中尉村堀利栄（陸士五十五期）五名、兵百六十二名。第六中隊長　中尉桑原甚平（特十七）四名、兵百十五名。砲兵中隊長　中尉酒井四郎　二名、兵百三十八名。砲兵第一小隊長　少尉奈良四郎

作業小隊長　中尉羽鳥好簡　一名、兵六十二名。工兵小隊長　少尉高橋　一名、兵四十五名、通信分隊　軍曹船橋　二十七名、五号無線三台。衛生隊　二十名。

▽海上輸送部隊　金子中隊の編成

海上機動第一旅団（赤羽根第二独立工兵舟艇隊、飯田大隊斬り込み後は暁部隊）の

大発二十五、小発四
連隊長　少佐村田慶蔵。第一中隊長　中尉金子啓一。第一艇隊長　少尉堀江六郎
将校一名、兵四十七名、大発五、小発一。第二艇隊長　少尉高橋　将校一名、兵四十
八名、大発五、小発一。第三艇隊長　准尉田中　兵四十八名、大発五、小発一。第四
艇隊長　伍長小野寺　兵四十九名、大発五、小発一。護衛艇隊長　中尉長井　将校二
名、兵五十五名、大発五。

合計千百九十二名と大発、小発と合わせて二十九隻。

大隊の集合地は、三ヵ所に分けられ、その一部をアイミリーキ湾に集合させた。ここには桑原中尉指揮する二大隊第六中隊百十五名と配属分隊ならびに海軍護衛中隊長井中尉以下五十七名である。歩兵一個中隊、砲兵一個小隊、速射砲二門、連隊砲一門、工兵一個小隊を、大発四隻に分乗させ、他の一ヵ所はコロール地区のアラカベ山。ここには二大隊第四中隊主力の乗舟した須藤中尉以下百七十四名と、これに配属された各分隊である。

一方、大隊長のひきいる大隊主力は、村堀先遣隊が出発したアルミズ水道に集結した。三ヵ所に分散させたのは、敵の銃爆撃下にあり、敵機に発見されて阻止されてはと、先々を予想して、その被害を避けるためでもあった。また乗船の混雑を緩和し、

その分だけでもペリリュー島への到着を早めようとしたものであった。

敵機は連日、パラオを狙って爆撃と銃撃を繰り返している。その空の下を、集結地に向かって、各部隊は行軍を続けた。焼けつくような炎天下に砲を引っぱり、弾を運び、次第に部隊は集まってきた。しかし出発予定の午後八時が迫っているのに、作業隊がまだ到着していない。すでに福井連隊長は、軍旗を捧持して到着している。連隊長が気をもんだのは、出発が遅れると到着が遅れる。遅れたために逆上陸が成功しなかったらと心配したからだ。

飯田隊長が、部下を待った理由は別にあった。作業隊は、一番遠い山奥が彼らの守備地点であったのだ。くわえて敵機の銃爆撃が激しくて、来たくても来られない実情を考えたのである。信頼する部下を鍛えたのも、この逆上陸一戦に備えてのためであった。是が非でも遅れて来る彼らを同行させたい。

一方、飯田少佐は、逆上陸とその後に来る洞窟戦を予期して、最初は頑丈な兵員だけで決死の逆上陸をすべきであると考えて、軽微な患者は本島に残留するよう指示した。

予期しない結果が起こった。残留となった患者が次々と手榴弾で自決をしていったのである。理由は群馬健児の情熱と、この一戦に賭けた望みが叶えられず、父親とも信じ、したう大隊長とともに死なんとの願いが叶えられないために、一途に思い詰めたのである。当時の青年の崇高な精神がそうさせたのであろう。こうなっては全員参加させるほかはない。飯田少佐はそうした部下を一人でも遅らせてはならないと思ったのだ。

飯田少佐は、十分間遅れることは十分間、大隊の命を短縮する最悪のことも考慮しながら、遅れて来る部隊を待ちつづけた。大隊ばかりでなく、十五連隊の全員がジリジリして足踏みを始めた。やがて必死の努力を払って、精一杯の力を尽くして、汗でズブぬれになり、全身泥まみれの作業隊員がかけつけた。息を切らし、〝申し訳ない〟と体でそれを表わしながらの必死の集合だった。その時、連隊本部の将校は、大声をあげて「なぜ遅れたか」とどなった。連隊長の手前、しようがなかったのだろう。どなられた部隊は、「申し訳ない。腹を切ってでもおわびしたい」気持であったろう。

しかし、かわいい部下が必死に駆けつけた姿を見た飯田大隊長は、ただ一言、「ご苦労」とこの作業隊を快く迎えたのである。

その一言は作業隊長以下将兵の心をしっかりとつかんだ。こうした、出陣直前の、予期しない出来事が、しばしば不幸を引き起こす場合の多い軍隊で、逆にこうした感動が将兵の心をとらえたのは稀なことである。大隊が集合を完了したのは、予定の時間を三十分遅れた八時三十分であった。

はるか南のペリリュー島の上空は、昼のように明るく、ひっきりなしに打ちあげる敵の照明弾は無気味に光る。

出発のとき遅しと待ちに待ったこの勇猛な大隊主力を、必死でペリリュー島に送り届けんものと、先刻から待機する輸送部隊は、その名も高き赤羽根工兵、第二独立工兵舟艇隊（のちの暁部隊）、今は十四師団直轄の海上機動第一旅団輸送隊である。彼らはすでに幾多の戦歴を持つ猛者《もさ》ぞろいである。かつてフィリピン、パナイ島より転戦、タラワ島、マキン島に進行の途中、両島が敵の攻撃を受けて玉砕したので、十八年三月初期、メレヨン島に派遣され、サイパン、グアムを回ってパラオに滞留した部隊である。

輸送部隊もこの一戦に命を賭けて、大発艇を清め、発動機を整備して、待ちうけていた。逆上陸の成否がこのわずかの舟艇にすべてが賭けられている。

「今夜の舟艇は全速力、エンジン千五百回転とし、一縦列隊型、舟艇の間隔は、一舟艇を保って、全航程無灯火、第二大隊逆上陸部隊との合言葉は『山と川』。今夜の輸送には海軍機が二機援護する」

と、中隊長金子中尉から重大命令が下った。

一番艇を㈲の十二号、二番艇を㈲の十一号、三番艇を㈲の十三号と呼んだ。とは金子中尉の頭文字のカである。各舟艇の前部に連隊砲をすえ、三十発の実弾を備えて射手がついた。その後ろに舟艇兵が見張りに立った。舟底には、各舟艇とも戦車攻撃用地雷、肉薄攻撃用爆薬を満載して、その上に歩兵が乗った。各号艇とも約三十名が分乗した。舟艇の後方の機関部が一段高くなっていて、操舵《そうだ》手、その後ろに艇長、一段下がって機関兵、その後方に艫《ろ》手兼上空見張兵がついた。

アルミズ水道の第二艇第一号艇には金子隊長、海軍の水先案内が乗っており、他の舟艇を誘導することに決まった。上陸の成否は、第一パイロット（水先案内）の勘《かん》に頼るしかない。しかし、引潮（干満）の時機が、この一団をどう扱うだろうか。

大隊長は第二艇の第一番艇に、続いて大隊本部将校はじめ石川軍医、徳島主計中尉、大隊指揮班、川田砲兵中尉、連隊砲観測班、指揮班、戦砲隊第一小隊、四十七ミリ速射砲二門、連隊砲一門、第三号艇以下には一般中隊が整然と乗り組んだ。

六隻の大発・小発のエンジン始動に合わせたように、あたりにさざ波をかき立て始めたが、そのまま停止していたのは、ここで出陣式が行なわれようとしているからなのだ。

舟艇の縦列の船首に、飯田大隊長が直立不動の姿勢で立った。右肩から左わきにかけた真っ白い幅広のたすきに、墨痕《ぼくこん》鮮やかに「南征一心隊長」と書いた字が闇夜の中に見えるようだ。将校も全員白だすき、下士官と兵は、決死の白鉢巻を鉄兜《かぶと》の上にしっかりと締めている。

大隊長は凛《りん》とした号令をかけた。

「全員、気をつけ」

その声は低いが、強い重みがあった。大隊全員は、大隊長のその一声で、いっせいに針を立てたように、動く者がいなかった。この時、出撃を一刻も早くと、待ちわびていた福井連隊長は、井上師団長の訓示を眉をつり上げて伝達した。決死逆上陸の激励の辞を述べ、その前途を祝福し、逆上陸の成功を祈った。

舟艇に分乗した大隊は、軍旗を捧拝し、「君が代」のラッパ吹奏とともに、北方に向かい宮城を遙拝した。

飯田大隊長は、「大隊は誓ってご期待にそうことを期す」との強い決意を述べた。

やがて、言葉に言い尽くせぬ感動の中に、全員訣別の冷酒を静かに汲み交わした。死への壮途を祝う冷酒は五臓六腑にしみ込む。将兵は故郷の肉親に心の中での別れを述べた。

「ご両親様、兄弟よ、喜んでください。やっとご奉公の時を得ました。私は、これから一生に一度しかない決戦にいどむために、パラオを出発します、再び生還は期し得ません。私は祖国の安泰と永久平和を祈って止みません。ご機嫌よう、皆さん、お父さんお母さん、さようなら、私の分まで長生きしてください」

ふと故郷の思い出をかみしめた。大隊全員は、死なばもろともを誓ったのだ。いまはただ祖国と同胞のため、大義に生き、大義のために死につこう。

送る人送られる人、その眼と眼が言い尽くせぬ心の中を語りあった。

「お世話になった。ひと足先に靖国神社に行く。きさまも手柄を立ててくれ、後はたのんだぞ。できたら俺の骨を拾ってくれ」

こらえていた涙がにじみ出た。〝散る桜、残る桜も散る桜〟、その順番がいつであるか、それはだれも知らない。またその時が来るまで思う存分敵兵を、一人でも多く撃滅せねばならないことだけを願った。幸運にも、この日に限ってあの激しい爆撃はなかった。

午後八時三十分、万歳の声に送られて、大発、小発は静かに波をけたてて進発。大隊はパラオ本島を後に激戦場ペリリュー島の天王山めざして、まっしぐらに南下した。その途は、先遣隊が昨夜進んだ逆上陸成功への道でもある。暗い海面に無気味に光るのは、夜光虫か。光は両舷に幻のように揺れている。海上を渡る夜風は冷たく、南下するにつれて硝煙と血のにおいが濃くなってくる。ペリリュー島から流れてくる風だ。海面には分厚く漂う敵艦砲射撃時の硝薬や紙片と布切れが、しだいに多くなり始めた。これらは幾十万発かの艦砲のすさまじさを如実に物語っていた。

飯田大隊主力が乗舟した区分とその陣容は次のとおり。

第二艇隊（堀井中尉以下五十名、大発五、小発一）第二大隊本部飯田少佐以下九十七名。第三艇隊（田中准尉以下四十八名、大発五、小発一）第六中隊桑原中尉以下百十九名。第四艇隊（小野寺伍長以下四十九名、大発五、小発一）第四中隊須藤中尉以下百七十四名。砲兵第二中隊（酒井中尉以下百三十七名）。第二作業小隊（羽鳥中尉以下六十三名）、通信隊（舟橋軍曹以下二十七名、五号無線機三台）、衛生隊（二十）は、各艇隊に分乗、全輸送艇隊長は、金子中尉が指揮をとり、海軍護衛中隊（長井中尉以下五十七名、大発五、九八式高射機関砲二、三十七ミリ速射砲二）同行、兵器はすぐに戦闘できるようすえつけてあった。

総兵力八百七十七名（村堀先遣隊二百十五名を除く）、大発動艇合計二十隻、小発動艇計三隻。

艇隊は一列縦隊となり、海軍部隊から援助された水先案内（海軍将校）の誘導によって前進した。

この日は晴天であるが視界不良、波高く潮流は急であった。大隊長を主体とする第二艇隊、第一番艇から五番艇の大発と六番艇小発は、午後十一時三十分、三ツ子島を通過した。このころから敵の照明弾の照射を受け、前進はやや遅滞したが、午後十二時、ゴロゴッタン島付近を通過した。別に第六中隊を主体とする第三艇隊および護衛艇隊は、午後九時四十分、アイミリーキを出発し、大隊主力に追いつくため全速力でパラオ本島西側にそって前進南下した。

また一方、コロール島のアラカベサン島に集合した第四艇隊第六中隊主力と、海軍護衛中隊は午後九時、他艇よりも早く同島を出発して一路南進した。

第四艇隊は出発が早かったためか、または海軍護衛中隊が同行したためか、敵警戒網をくぐり、あらゆる危険を避け、出発以後三時間たった午前零時、無事にペリリュー島ガルコル桟橋に到着、昨日の村堀中隊同様、みごとに上陸して、ペリリュー島北端の波止場に逆上陸の第一歩を踏み入れた。まっさきに照明弾の無気味に光る空を見上げた中隊は、そのすさまじい光の威力に圧倒されてしまった。かつて満州の訓練では、照明弾とは、信号弾くらいの予備知識しかないのだ。

しかし、それ以上に彼らが驚いたのは、あまりにも変わった島の様子だった。この島がかつて陣地構築援助に来た島であろうか。間違いなくこの島であろうかと疑ってみた。別の島のようだ。このあたりの海岸線は、爆撃の跡が激しく、一面スリ鉢《ばち》を敷き並べたように凸凹している。艦爆にさんざん叩きつけられた高地の痛々しい痕《あと》は、台風が山肌を削りとってしまったようだ。一体どこへどうしたのか、その激変は方角すら狂わしてしまった。パラオ本島も、相当爆撃の被害を受けて、荒らされてはいたが、これはあまりにもひどい。

北地区の山肌は、アリが食い荒らしたパン屑のように、その麓にわずかに焼け残った樹の芯だけがまばらに残されている。荒涼とした島一面は、艦砲のものすごい炸裂の量と、くわえて爆撃のすさまじさを現わし、その恐ろしい風景を照明弾の蒼い光が浮かびあがらせていた。

守備隊は、この島のどこに、どうして戦っているのであろう。その安否が気づかわれる。まだ、気になることが残されている。

〈逆上陸の後続部隊はなぜ到着しないのだろう。座礁して困っているのであろうか。エンジンの調子が悪いのであろうか。途中で敵の水陸両用戦車に出くわして戦闘しているとすれば、北の方角で音がするはずだ〉

四中隊員は背伸びしてはるかパラオの方向を見守った。洋上にはただ黒い波の頭が、照明弾の照射を受けて、いく重にも重なって動いているほかは、何も見えない。

須藤中隊長の心は落ち着かなかった。友軍を救いに来た一刻寸秒を争う場合ではあるが、上官の命令がなくてはどうにもならない。早く中川守備隊と合流したい、しかし飯田大隊長が到着しないことには、その命令も受領できない。つまり動けないのだ。この場合、大隊長を待つよりほかに何の手段もなかった。

やがて須藤中隊長は、ガルコル北岸に各小隊を分散させた。敵の照明弾は、稲妻が永く留《とど》まって空中をさ迷ってでもいるかのように、一発の発光はなかなか尽きず、照射し続ける。その無気味な光は洞窟陣地の日本軍守備隊を足止めさせ、また洋上をかける飯田逆上陸部隊を呪《のろ》うかのように繰り返し打ち上げられた。

一方、洋上の飯田大隊長が乗艇する第二艇隊は、明けて九月二十四日零時四十分ごろ、ペリリュー島北部にある電探台の真東二千五百メートルに位置するガラカシュール島北方二キロ、ペリリュー島まで二キロ、もう一息で上陸という所で不運にも突発事故を引き起こしてしまった。

海軍のベテランだというパイロットが指揮しているのに、なんということだろう。舟底が岩をかむザザーッと鈍い音を立てた瞬間、荒波を押し切って進んで来た惰《だ》力で、珊瑚礁に乗り上げてしまったのである。舟艇の船首が十五度ばかり首を上げ、スクリューは確かに動いてはいるが、舟艇は頑《がん》として動かない。

わずか一舟艇間隔の進行隊形だったから、アッという間を与えず、つぎつぎに舟艇の底から火の出るような音と同時に、全艇が座礁してしまった。輸送隊の指揮隊の将兵が、すぐさま飛び降りて舟艇の両舷に立った。座礁の程度を調べるために、全員を降ろし、舟艇を押し戻してふたたび海面に浮かばせないことには、どうすることもできない。あたりは闇である。闇の中から激しい声が聞こえた。

艇長堀井中尉は声をふるわせてどなった。

「おいパイロット、なぜもっと手前を右に曲がらなかったのだ」

「曲がり方を忘れる奴がおるか！」

「お前があまり東に来すぎたから、浅瀬に乗りあげたのだ」

このとき同乗した船舶工兵隊は直感した。

「この海軍の水先案内人にすべてを任せたことは大失敗であった。われわれがやるべきだった。われわれならこんな失敗は絶対にしない自信がある」

ここに命令の矛盾がある。実力ある者がいるのに、実力のない者が案内したということだ。それからは全員必死になって舟艇の通路を探して、闇夜の海上を走り回った。「右だ、右だ」と大声で叫んでいる。通路を発見したのである。パイロットはそのつど「ハッ」「ハッ」と短く答えるばかりだった。

パラオの海は、昼間でもジグザグ航路でしか進めないほど珊瑚礁脈が南北に走っている。闇夜の運航では無理もない。ましてや積荷超過で舟足も遅く、方向変更の舵もその自由さを欠いている。全員腰まで海水に浸り、舟艇の周囲につかって懸命に舟艇を戻そうと努めた。

西川上等兵は優秀な機関兵だ。盛んにエンジンを掛けて後退を試みたが、スクリューは砂をかむばかりで、いたずらに機関が焼けるのを知った。エンジンを止めて珊瑚礁と舟艇の吃水線を見た彼は、はっと思いあたった。折あしく干潮時にさしかかったのだ。パイロットは満潮時に会得した曲がり方しか知らない。引潮が始まった時に、なぜこの難所を通過しなければならなかったのだろう。せめてもう四十分早ければ、あの南の方向に、黒々とすぐ目の前に細長く見えるペリリュー島に到着できたものを。

座礁してから十分は経過したろうか。海面はみるみる三十センチも低くなり、流速一・五ノットで干あがり、たちまち吃水線以下を露出してしまった。

完全に離礁不能となった。もうだめだと思った瞬間、頭上で生まれて初めて聞く変な音がした。風を切る音であるが、砲弾の音ほど鋭くない。もっと遅く上昇するシュルシュルという音が、ガドブスの方向でした。

飯田大隊長は舟艇に見切りをつけ、

「全員ただ今より徒歩上陸、ペリリュー島に前進」

命令が下達された時、先ほどの無気味な音が何であるか、察知することができた。その光はゆらゆらとゆれながら降下を始めた。その速度はきわめて遅い。そのはずだ。大きなパラシュートがパッと開いて、その下の円筒から光を放っている。その光がわれわれとは何の関係もなくガドブス島を照らし、ペリリュー島を照らしているとばかり思った。しかし、米軍は敵襲を探索し、発見するために打ちあげたのだ。

ガドブス上空の照明弾が、急激に増加された。これを見た飯田少佐も、また他の将兵も一様に思い出した。パラオ本島出港時に、

「本日の敵状は、昨夜、村堀先遣中隊の増員を察知したのか、ガラカシュール島方面海峡に艦艇を配置して厳重な警戒をしている模様である」

と聞いたことである。

出発が予定より遅れたのが原因だと気付いたのもこの時である。ペリリュー島へあとわずか二キロの地点で敵に気づかれたかと、かえすがえすも残念でならない。だがまだ後悔は早い。逆上陸に失敗したわけではないのだ。しかし、干潮の時間を十分考慮に入れて、出発命令を出さなかったのが、師団長と多田参謀の誤りであったのだ。せめて、もう二時間出発が早ければと、思わずにはおれなかった。

大隊長は、満潮時の最も上陸しやすい時間を逃がしてしまったのだ。不利な点はそれだけではない、もっとも警戒を要する問題を、飯田少佐が知ろうはずもなかった。

米軍は、第二大隊遅しと罠を張って待ちうけていたのである。あらかじめ日本軍の逆上陸を予想して、パラオ本島からようやく接近した日本軍を探知した敵は、ガラカシュール島付近、ガドブス島を警戒し始めた。この時、ペリリュー島攻撃軍団長ジョージ・H・フォート少将は、ガラカシュール島付近に駆潜艇一隻と舟艇四隻を配置して、各艦艇に命令した。

「海上に何か発見したら、必ず撃て。敵味方の確認はあとでせよ」

と命令を出したほどの厳戒ぶりであった。

その警戒網の中に飯田大隊は一歩一歩近づいていったのである。第二艇隊を捨てて徒渉する二大隊本部飯田少佐以下約百名、堀江艇長以下五十名、砲兵二中隊第二作業隊、通信隊、衛生隊が各艇に分散配属された将兵と、主力より遅れている第三艇隊桑原中尉の指揮する第六中隊、桑原中尉以下百十九名、砲兵中隊酒井中尉以下百三十七名の配属各隊の海軍護衛隊長井中尉以下五十七名と艇長伊藤准尉以下四十八名と、うちの三分の二を合計した約四百三十名の逆上陸部隊の勇敢な面々である。

ときに午前二時。ついに飯田大隊本部が徒渉するその頭上に、運命の照明弾が打ちあげられた。あたりの海面が昼間のように明るく照らし出され、その海上に腰まで浸って、海水をかきわけながら進む大隊の一人々々の姿を、はっきりと浮かび上がらせた。将兵は不吉な予感をおぼえた。

「敵は何か仕掛けてくるだろう。ここで何かが起こる。敵の艦船がわれわれをとり巻くかもしれない」

その予感を裏づけるように、徒渉する大隊主力の眼前で砲弾が炸裂し、海面を叩き割った。轟音は耳を聾し、すさまじい爆風が起こった。将兵は、それでも必死にペリリュー島をめざして海中をかけ出した。ある者は、凸凹の激しい岩につまずき、深みに落ち込んだ。起き上がって、すぐ倒れる者もあった。海そのものも平坦ではなかった。海面を分厚く漂流する敵艦砲の硝薬や紙片と布切れが折り重なっている。この島の周辺で何万トンもの艦砲射撃が行なわれた何よりもの証拠だ。

艦砲が火を吹き出したのは、ペリリュー島の東、ガラカシュール島方面の敵艦艇からである。

敵は数百メートル後方に置き去りにした舟艇と、徒渉するわが将兵に対して、猛烈な砲撃をしてきた。轟音の中で、

「俺が最先端を行く。指揮班は遅れてはならない」

と叱咤しながら、大隊長が真っ先に徒渉前進していたが、指揮官から遠ざかった者は、各自任意に上陸目標をガラカヨ島、ガドブス島、ペリリュー島の三ヵ所に向けたのであった。敵がペリリュー島東方から発砲を始めており、側面を射撃されたら全員なぎ倒されるからだ。

闇の海上に、はっきり見出せるのは、ガドブス島方向とガラカシュール島方向からの、敵砲と重機銃の火蓋だ。発射の轟音を耳にする時は、すでに付近で炸裂を終わった時である。

ペリリュー島北方わずか二キロとそのあたり二百メートルの海上は、戦場と化した。この時、異様な喚声を大隊長は耳にした。それも敵弾の飛来する方向、ガラカシュール島方向からである。

「ビュー、ビューーッ」と激しく飛来する弾音の合間に、「突っ込めーっ」と勇敢に命令するのは、精悍な湯浅中尉(陸士五十六期生、二大隊副官)の声であった。号令一下つづいて、「ワーッ」と聞こえる底力のある突撃の喚声は、十五連隊が日夜、北満の地で鍛えあげた必勝をめざす闘魂の雄叫びである。

飯田大隊の第二艇隊第二番艇に乗り込んだ湯浅中尉と、その部下の一部が、ペリリュー島東方のガラカシュール島の敵陣地に突っ込んだのである。夜目にはわからないが、あの勇敢な隊長が、先頭切って日本刀を振りかざし、敵陣に突っ込む姿、その後に続いて突撃を敢行する十五連隊の兵士の勇姿を想像したその瞬間、ガラカシュール方向から滝のように飛来した敵の重機関銃弾は、パッタリ発射を中断した。

湯浅隊の逆上陸一番乗りは効を奏したのである。その後、湯浅中尉は、ペリリュー島の引野大隊に合流して、北地区の戦闘に参加し、引野大隊の士気を大いに昂揚させ、若い将校が少ない引野大隊は、大いなる戦力を得たのである。

一方、ガドブスに向かう一部と、ペリリュー北岸に向かう一群は、海水は腰まで達し、時には深みに落ち込んで前進は遅々としてはかどらなかった。武器だけは絶対手離すまいとする歩兵の気持がかえって仇となり、なかなか進むことができないのだ。

この猛射では、ペリリュー島よりは、ガドブス島とガラカヨ島に泳いだ方が賢明である。しかし潮流は東に流れている。銃を持っていてはとうてい泳ぐことはできない。もう命令も何もない。自分の体さえもてあますほどだ。だれがどうしているのか、どこにいるのか一切不明だ。しかし戦場心理は、将兵を次第に結びつけた。最後まで「死なばもろとも」という気持がそうしたのである。兵の一人が小銃を手離し、平泳ぎで泳ぎ始めた。

弾薬が重い。全力をふり絞って泳いでも、進むよりも、浮いているのさえ困難である。ついに腰の弾帯を捨てた。

生命さえあればと、この場を何とか切り抜けることが先決問題であった。武器はペリリュー島でまた得られるであろう。海は深くとうてい背が立たない。ガドブスとガラカヨに泳ぎ着こうとした者は、泳ぎに多少経験と自信があった者であり、珊瑚礁脈を伝わって浅瀬を徒渉する一団は、泳ぐことのできない一団であった。

闇の中に照明弾が光り、あたりに曳光弾が炸裂して、眼前に巨大な水柱が無数に林立しては、激しくくずれ落ちる。水柱に、大隊の行手は遮《さえぎ》られ、方向がまったくわからない。炸裂する至近弾の強烈な火の玉に、視神経が衝撃を受け、ぼんやりとかすんでしまう。一瞬、急に闇に閉ざされたかと思うと、青光りする照明弾、それから巨大な水柱、火の玉。それらが連続的に繰り返されたから、どれだけ強い視力の持主であったとしてもたまったものではない。前方に確かに見える黒い影は、敵の水陸両用車か、敵舟艇か、めざす島影なのであろうか。

先頭に立った大隊長は、巨大な島影、しかも激しく発砲する方向をペリリュー島であると察知した。大隊長は人も知る実戦経験豊かな勇士である。ただちに、

「指揮班は俺につづけ」

と猛射する方向に先に進んだ。だれがどう判断しても、ペリリュー島である。島ま

で距離にして約三百メートル、大隊長と指揮班は、胸まで浸る海水をかき分けて、ついに目的の島ペリリュー島に到着した。だが、島に着いた者はみな首をかしげた。島は意外にも静かであった。

そのはず、そこはガドブス島南端であったのだ。人員を点呼すると、上陸した将兵は一番艇の乗組員であった。他の主力は、ペリリュー北岸に到着していた。大隊長以下指揮班は、ガドブスからただちにペリリュー北岸に引き返して、大隊を掌握したのは、その日の暁方《あけがた》である。

一方、敵の猛射を左側面に受けながらも全力を尽くしてペリリュー島をめざした一群、この中に作業隊と砲兵隊があった。胸から腰まで浸りながら重い砲と速射砲をペリリュー島に懸命に引っ張りあげようとしている姿は、折からの照明弾にはっきりと照射されていた。

将校がそれを見てびっくりした。海中で、しかもこの珊瑚礁の浅瀬では砲を引きあげるなどとうてい無理なことである。雨と降る弾雨下にあって、バタバタとたおれてゆく戦友を見れば、自分の倒されるのも時間の問題であろう。わが身がかわいいなら、すべてをうち棄てて、最短距離を全速で泳ぐより方法がない。

しかし、作業隊と砲兵中隊の一団は、わが身のことよりも砲の威力と速射砲の威力を信じていた。たとえわれわれがここでたおれても、砲さえ引っ張りあげれば、この砲で何百人もの敵をたおすことができる。必ずやだれかがわれわれの仇を討ってくれるであろう。それを信じていたからこそ夢中で引っ張っていたのである。しかし、もう手遅れだ。

味方の損害を極力避けようとした将校が、「おーい。その砲も速射砲も捨てて、体だけでよい。早くペリリュー島にはい上がれ」とどなった。しかしそれをたやすく受け入れて、サッと砲をほうり出す。そんな精神を十五連隊の兵隊は持ち合わせていない。だが砲を引いたり押したりする兵の影は、敵の猛射の的になりやすく、艦砲の直撃を受けた一団は、一瞬にして姿を消し、その場所には高く白い水柱がくずれ落ちていた。砲の周囲に群がっていた他の二、三の集団も、やがて敵弾を受け微塵になってこの北岸近くに散華した。

しかし、最後まで砲をペリリュー島まで引きあげようとした組もあった。彼らの精神とこの気概《きがい》、この闘魂で砲はみごとに数門、ペリリュー島北岸に引きあげられて、その後大いに役立ったのである。

砲撃はなおも激しく、その轟音は、海上の将兵の鼓膜を破壊した。聞こえない者同士が、「オーイ」「オーイがんばれ」と叫びあった。

　一方、先刻座礁した海上輸送隊は、座礁した舟艇を離礁させようとして、積荷を海上に捨て始めた。舟艇を極力空にして軽くするためである。金子中尉が陣頭に立った。ここにも敵弾は雨となって降り注いだ。しかし敵弾など考えていられない。早く離礁させて、あの泳げない歩兵を舟艇で救いあげねば、われわれの任務は果たせない、その責任が舟艇隊を励ました。

　金子中尉は部下を督励した。

「舟艇隊は陸軍を救え。陸軍を見殺しにするな」

　と大声で叫んだ。

　敵弾が激しく落下し始めている。直撃ではないが、至近弾がいくつも炸裂する。しかし、弾を気にしていたら何もできない。雨のように飛来する弾の激しさよりも、何倍も激しい闘魂を燃やして彼らは戦った。だが、ついに舟艇を離礁するにいたらず、その炸裂した無数の破片は、金子中尉以下七名の舟艇兵の身体にめり込んだ。朱《あけ》に染まった七名は、なお最後の力を振りしぼって離礁させようとした。

　中村一等兵は失われゆく記憶を呼び戻そうと、動かない体を舟艇の側にはい寄って、まだ力をふりしぼって船を動かそうとしたが、ついに舟艇の舷にしっかりとつかまったまま絶命した。彼はまだ十九歳の初年兵であった。

敵が海上の二大隊に第一弾を発射してから、すでに三十分は経過した。しかしまだ、めざす三ツ子島に上陸した者はいなかった。それほど珊瑚礁脈は十五連隊を苦しめ抜いたのだ。泳げない者が数十名海底に沈んだ。敵弾を受けて一発で絶命する者の方が幸せであった。海に慣れない者が多い群馬健児だけに、ことさらに苦しかったであろう。苦しくて最後まで歯を食いしばっていたであろう。

午前二時三十分、敵は猛烈な砲撃にくわえて、水陸両用戦車と装甲車をガラカシュール島に進出させ、大隊に、集中砲火を浴びせかけた。

一方、ペリリュー、ガドブス間の水道の西方沖合に在泊中の艦艇からは、幾十もの探照灯を併用して、浅瀬を進む日本軍、海上を泳ぐ将兵に一人残さず照射して砲撃を集中し、わが部隊のペリリュー島、ガドブス島、ガラカヨ各島への徒渉、遠泳上陸を阻止しようとした。

闇夜を割き切るような探照灯の射光と、空を舞う照明弾は、将兵に恐怖を与えた。照射されれば必ず弾が雨のように注がれる、その光を受けた者の眼は霞んでしまう。その照明を避けようと海面に頭を突っ込んでも、探照灯は海上をなめ回して猛射を送り込んだ。わが将兵は闇の中でばたばたおされていった。あちらで「無念だ」こちらで「万歳」が聞こえた。それらは皆、将兵が祖国に訣別をするもっとも短い言葉であった。
　このとき、浅瀬を徒渉する一団から、腹の底から絞り出すような軍歌が響いた。連隊歌である。

三山天に連りて
刀水岩に激しゆく
秀麗の地に生いたちし
坂東武士の血を受けて
立つや上州健男児
額の矢傷誇るなん

偸安の夢まどやかに
平和の眠り深きとも
異端の雲のおちこちに
漲り渡る世の姿
治乱のうつり顧みて

我等の責の重きかな

軍歌はすでに死を超越した響きがあった。一団は軍歌を繰り返しながら、敵弾にたおれ、あるいは波に呑まれ入水した。

第二艇隊の座礁した地点による船は、すでに六番艇六隻の中、一番艇は直撃を受け、同時に舟艇に満載した二連隊に届ける戦車攻撃用爆薬と地雷が誘発して、轟音とともに太い火柱となり、吹きとんだ。

三番艇が痛々しく胴体を断ち切られて、その切断された中間に喰い込んだ破片は、鋭くひん曲がっている。そばの四番艇の右舷には、敵の機関砲の弾痕が十センチおきに大きな穴を開けていた。それは横なぎに掃射した跡ですでに破壊に近い。いずれもその傍に舟艇兵の遺骸が累々と横たわっている。

しかし、金子中尉以下七名の遺体が残した「死してなお離礁せよ」の闘魂はうけつがれ、必死の舟艇兵の努力がやっとのことで実った。二番艇と五番艇が少しずつ動き出したのである。夜目には確認できなかったが、大発動艇付近にたおれた戦友の流血が、舟艇を動きやすくし、また舟艇を動かしたのではなかろうか。

こうして、奇跡的にこの離礁に成功した舟艇二隻は、金子中尉以下、散華した英霊の念願を乗せて、海上を滑りだし、途中苦しみながら海上に漂う陸兵を救いあげながら、ペリリュー島に向かって前進した。海上で死にかかった者、溺れる寸前にこの二隻に救われた将兵のその時の気持、それは神が救ってくださったとしか考えられなかったであろう。

午前二時四十分、この二隻はガルコル桟橋に到着し、ただちに兵員と器材をおろし、昨日到着した舟艇、村堀先遣隊を運んだ第一艇隊と艇員を収容してパラオ本島に向かって出発した。この一団が、ガラカシュール島北方一キロ付近に進んだとき、第二番艇は敵砲弾を受け沈没してしまった。ここでまた四、五名の戦死者を出したが、他の艇員はともに活躍した舟艇と別れて、ふたたびペリリュー島に上陸した。

さて、ここで気になるのは、アラカベサン島を九時四十分に出港して本隊主力を追った第三艇の第六中隊基幹のことである。彼らは本隊に遅れてはと、闇に友軍を求めて、鯨島付近を通過したのは零時三十分ごろである。

午前一時半、先頭を行く指揮艇は、またゴロゴッタン島の西南方三キロ、ペリリュー島距岸四・五キロの地点で座礁した。一番艇はつづいて前進したが、大隊主力座礁地点で同じく座礁、ただちに離礁作業を実施したが、折からの低潮のため離礁は不能となり、乗員はペリリュー島に向かい徒渉上陸を敢行した。舟艇は午前二時、敵の砲撃を浴びて大破し、機関部に引火し炎上した。指揮艇はなお、離礁作業と水路捜索を実施、やっとのことで作業が成功したが、午前四時、大隊主力を砲撃中の敵に発見された。

ついで、ペリリュー島西北方の敵艦艇は、全火力を集中砲撃して来た。午前四時五十分、ガラカシュール島北々西二キロの地点で再度座礁、やむなく桑原中尉以下第六中隊主力はペリリュー島に徒渉上陸を開始した。第二、第三、第四番艇は機関不調のため遅れて午前五時三十分、三ツ子島に到着した。

一方、ペリリュー島大山周辺の複郭陣地正面は、戦況にさして変化はなかったが、北地区（引野大隊）浜街道正面では、敵は午前七時ごろ、昨日に引き続き、戦車十数両を先頭に艦砲、砲兵支援のもとに攻撃を再開し、午後三時半ごろ、ついにわが軍は、ガリキョク付近の守備陣地（ツツジ陣地）の一部を敵に奪取された。

北地区隊長、引野通広少佐は地区予備二個小隊を投入、同地守備の第二中隊を合わせて指揮し、午後五時ごろ（薄暮）浜街道沿いに逆襲を敢行、陣地を奪回、ひき続き夜襲を準備中、午後六時過ぎ敵に発見され、その集中射撃を受けて、わが方の損害が続出した。そこで、引野大隊長は態勢を整理し、主力をもって水戸山、有力な一部をもって中台付近を絶対確保することとし、各隊、部署についた。

一方、敵は同日からペリリュー飛行場に戦闘機を離着陸させ、同飛行場の使用を開始するとともにその拡張作業を進めていた。

このころ、三ツ子島に遅着した第三艇隊の一部は、四番艇長、望月軍曹が第二、第三番艇を指揮し、長井護衛中隊長の指揮に入り、午後七時、同島を出発、ペリリュー島に向かい前進を続行した。敵機の哨戒は厳重、照明弾の照射も頻繁である。艇隊は低速でひそかに航行した。

午後八時、ゴロゴッタン島通過、同八時十分、ゴロゴッタン、グアバッ島間の敵はついにわが軍の行動を感知した模様であり、探照灯で海面を照らした。照明弾も極度に増加し、待機中の水陸両用装甲車は探照灯と相呼応していっせいに射撃を開始、ついでペリリュー島西北方に仮泊中の艦艇から挟撃をうけた。艇隊は強行突破のため、全速をもってペリリュー島に向かい猛進した。

午後八時四十分、敵弾は二番艇機関部に命中、航行不能となり、徒渉上陸を決行した。第三、第四番艇は敵弾雨飛の中、高潮時を利用し、午後九時ついにガラコル桟橋に到着、上陸に成功、桑原中尉の指揮下にはいった。

この間、長井護衛中隊は機関砲一、自動砲二、速射砲一をもって、これらの敵に応射しながら敵の出撃に備え警戒したが、敵弾もしだいに衰え、午後九時三十分、折からスコールを利用し、敵の眼をくらましながらペリリュー島北方十二キロの地点にある三ツ子島中間基地に帰投した。この島には、かつて十五連隊が、前述のペリリュー島築城援護の際、あらかじめ師団機動部隊として、ここに舟艇機動基地を準備してあった。

九月二十五日零時すぎ、飯田大隊長はペリリュー、ガドブス両島の上陸に成功した大隊主力を掌握するため伝令を飛ばした。一刻も早く北地区引野大隊と連携して、待望の中川連隊長主力に合流するという、逆上陸部隊としての最終目的を果たすためであった。

二十五日真夜中に上陸した部隊兵力は、やがて到着するであろうと確信した第六中隊百八十名をのぞいて、無事に到着したのは何名であるのか。飯田少佐は一刻も早く部下の状況を知りたかった。やがて報告が届いた。座礁地点からペリリュー島間の海上での戦死傷者数は、部隊兵力の半数を越えるものと思われたが、報告を総合すると、闇夜の敵砲撃と攻撃による被害は、意外に少なかった。飯田少佐は天の加護に頭を下げた。

上陸時の戦傷者百五十名、上陸成功四百名、先遣隊百十五名を合算すれば、六百名であり、遅着する六中隊百八十名と加えて合計七百八十名。第二大隊飯田隊の史上最高の偉業は、二十二日夜以来、二十五日零時半をもってここに達成されたのである。

大隊全員は、三ツ子島、ペリリュー北岸十二キロ間の海底に、珊瑚礁上に英霊となった百五十柱に対し、心から冥福を祈った。

「君たちのおかげで逆上陸ができた。いま念願のペリリュー地上戦で、この手で敵をたおすことができる。ありがとう、ありがとう」

「われわれもいずれ散る桜、必ず君たちと一緒にこの次の上陸地点、東京九段坂で会おう。一足先に行って待っていてくれ……」

やがて敵を撃つ決意に、空腹とずぶぬれの身体に、

「がんばれ上州男子、この島こそ男子の本懐を果たす所だ」

と、決意を新たにした。

やがて中川連隊本部に合流するために、南進するこの部隊に、敵は近迫しつつあった。まだ合流しないが、この逆上陸部隊の成功の報を聞いた中川連隊長と、ペリリュー島に激戦苦闘した将兵の眼には、万感一時にこもって、涙はとめどなかった。そして、

「戦友よ！　よく来てくれた！」

全島の将兵の士気は、いやがうえにも高まったのである。

戦史家のある者は言う。「逆上陸は無意味であった」「無駄であった」と。私はこの逆上陸こそ、十五連隊と船舶輸送隊であったからこそ成し得た、日本軍の勇気の記録として後世に伝えたい。

この逆上陸については、奇襲されたためか、素直に上陸を認めたくなかったためであろう。米軍公刊戦史には次のような記述があるだけであまりくわしくふれていない。「九月二十四日、午前三時三十分、七隻の大発を発見、米艦砲撃で全艇撃沈、五時、さらに近迫する日本軍大発群を発見、八～十隻撃沈、駆逐艦数隻が参加砲撃す。日本兵が海上を泳ぐのを二十四日午前中かかってこれを砲撃、日本兵は勇敢にもこの砲撃下をペリリュー島に泳ぎ上った」とある。

しかし著者は、「日本軍奇襲！」を聞いてあわてだした海兵師団長、ルパータスの顔、米軍将兵の驚きと恐怖を思い、米軍に与えた打撃は測り知れないものがあったと思う。

またもう一つには、逆上陸是か非かの論議に一週間を費やした多田参謀長の作戦指導が、もっと的確であり、敏捷奇抜なものであったなら、飯田大隊の無血上陸も可能であり、米軍の損害は想像を絶し、悲願とした中部太平洋の戦局は少なくとも、好転のきざしがみえていたかもしれないと考えるのだ。

さて予想どおり、米軍は逆上陸に対処する作戦を考えた。

二十四日夜半、飯田大隊は上陸直後に敵と遭遇した。この最初の敵とは、ルパータス将軍が、逆上陸した日本軍が中部山地にたてこもる中川隊と合流するのを阻止せんとして、浜街道を西進するよう命令した、米山猫師団の異名ある陸軍三二一連隊で、アンガウル島より増員した新手であった。ここでいよいよパラオ島の飯田大隊の精鋭増員部隊との決戦が展開されようとしていた。

地底洞窟から斬り込み特攻

水府山の北方の珊瑚礁の陸地は、アンガウル島北部と同一の標高十五メートルから六十メートルの自然の要塞である。その珊瑚礁高地は、一面ジャングルでおおわれていた。敵は戦車と上陸用舟艇をつらねて飯田大隊を待ちうけた。ここで座礁時に海中から引っぱりあげた砲が初めて役に立って、猛烈な火をはいて米軍を吹っ飛ばし、速射砲が、迫り来る戦車を擱座させた。第十五連隊がパラオ以来抱きつづけた怒りを、いま思う存分敵に叩きつけたのである。敵のひるむ隙に戦友の仇を取るのだと、上州部隊の本領を発揮してさらに南進、圧倒的に優勢な敵と戦闘を繰り返した。

しかし、敵の砲撃で死傷者は増加する一方、負傷者以外でも、ほとんどが爆風を受け鼓膜を破られながらなお、十五連隊の名誉をかけて奮戦した。

先遣隊村堀隊を含めて飯田大隊の先鋒はついにペリリュー島上陸後の三日目、二十七日の夜、めざす大山付近に進出し、中川地区隊長の指揮掌握下にはいって、飯田大隊主力を待った。

一方、水府山付近にあった飯田大隊は、パラオ本島出発時の兵員、輸送艇隊、護衛中隊二百五十三名をのぞいては、隊長以下八百三十九名であったが、上陸後の戦闘で砲兵中隊約百名の全滅と、第六中隊一部未掌握もあって、二十五日大山付近で大隊長が掌握した二大隊の人員は、先遣中隊村堀隊を含めて約六百名であった。

なおペリリュー島に遅れ着いた第六中隊主力百八十名は、本隊を追って二十五日夜半以降、大山めざして南進を続けたが、敵の北地区進出にはばまれてついに合流できず、北地区隊引野隊長の指揮下にはいった。

九月二十五日、複郭陣地正面の敵は、観測山、東山、大山等の高地要点に対する猛烈な攻撃も、わが精強なる守備隊の反撃によってすべて失敗したが、なおも執拗に守備隊の陣地突破を企図している模様であった。また北地区引野大隊正面では、昨日にひき続いて約一個連隊の敵が、浜街道に沿ってわが増員部隊を撃たんとして進出中であった。

午前十時半ごろ、米軍約一個中隊は、中ノ台前面に攻撃を開始、飯田大隊第二中隊は、頑強にこの敵を阻止して撃退した。

この日、大山周辺の複郭陣地正面では、わが戦線には異状ないが、前述のように敵の圧迫が逐次西方からくわわり、夕刻ころまでには敵は浜街道沿いに北地区電信所付近まで進出、同地付近の裏街道の一部を敵に抑えられた。これがため南進を開始した飯田大隊主力は、この敵と遭遇、特に同大隊砲兵第二中隊（酒井中尉）は、歩兵中隊から挺進し、電信所東南方付近で敵戦車と遭遇、対戦車戦闘によりほとんどたおれたり、重傷を受けた。このため飯田大隊主力は、昼間の前進は、敵の銃爆撃砲撃も激しく、前進困難で損害が多すぎると判断、その後、夜間前進によることとした。

一方、引野大隊は、飯田大隊と連携し、電信所付近に進出した約一個連隊の敵に対し、水戸山陣地から砲迫の集中火を浴びせ、多大の損害を与えた。夕刻以降、引野大隊はひき続きこの敵に対し、三方向から白刃斬り込みの肉弾攻撃を繰り返し、米軍を恐怖のどん底に叩きこんだ。

こうして、飯田大隊は、ペリリュー島に逆上陸以来、悪戦苦闘をかさねること六日間、九月二十八日の黎明に、ついに中川連隊主力に合流した。この増援成功の報は、ペリリュー島守備隊の士気を大いに高揚させた。特に中川大佐の喜びは非常なもので、二人はともに手を取り合って感涙にむせんだ。ここで飯田少佐は村堀先遣中隊を掌握し、飯田大隊長以下四百名の群馬健児は、軍旗に誓って、敵を洞窟に誘いこんでこれを撃滅、祖国のために、一億同胞のためには、玉砕もまた本望なりと腕を鳴らした。

この日から激烈な洞窟戦が展開された。斬込特攻隊が何組も編成された。敵は大隊主力が守備する南征山、大山付近に、ジリジリ近迫してきた。敵陣に対する挺身奇襲の準備を命じた大隊長のもとに、伝令が走りよった。敵の猛射の中を走りつづけたのか、血だるまとなった顔に、必死の影が漂っていた。大隊主力から孤立した第六中隊の伝令である。伝令の渡辺上等兵は

「第六中隊長島崎秀夫大尉以下百八十名は、中川連隊主力と合流のため南進中、水府山付近で敵と交戦を続行中」

と報告して、その場にたおれた。敵弾が二発も背中にあたり、白い骨がむき出しになっていた。

大隊長は、ついに主力から孤立した島崎中隊に思いをはせて、北地区隊長引野少佐の指揮下に入り、善戦敢闘するよう、指示を与えた伝令を出発させた。また飯田大隊は、遊泳決死隊を編成し、在パラオ本島、師団司令部、連隊本部に連絡班を出発させ

て、重大任務を果たさなければならなかった。その出発を今夕刻と決定した。

飯田大隊主力は、ようやくペリリュー島の峻険な地形と戦闘に慣れ、次第に第十五連隊の伝統ある底力を発揮して、いたるところで米軍を血祭りにあげたのである、一時低下したペリリュー島守備隊は、飯田大隊の合流によって、ここにがぜん猛烈な戦力を得て、斬込隊の威力を十二分に発揮するに至った。飯田少佐は特にこの決死斬込隊を、三名一組とする班に編成させた。昼間は狙撃一点張り、夜間は必殺の斬込隊を繰り出し、執拗に敵陣を襲った。

米軍は次々とたおされていった。敵は我が勇壮な斬込隊に対し、打つ手もなく、ただ恐れおののいていた。そこで敵は考え抜いたあげく、戦車にスピーカーを付けて二世兵に放送させた。

『勇敢な日本軍の皆さん、夜間の斬り込みは止めてください。あなた方が斬り込みを中止するなら、我々も艦砲射撃と飛行機の銃爆撃は即座に中止します』

敵はこの放送を毎日続けた。しかし放送を聞いた守備隊は、逆に喜んだ。

「米軍の腰抜けめ、自分の弱さを認めて宣伝してやがる。ざまあ見ろ！」

ペリリュー島守備隊は、かえっていきりたち、

「もっとやろう。死ぬまでやり抜くぞ！」

と決死の斬り込みは後を断たず、いっそう激しくさえなった。

敵はこれには困り果てて、今度は、放送と宣伝ビラの双方で、条件付き斬り込み中止を盛んに訴えはじめた。しかし効果は一向に現われない。それどころか、斬込隊が敵に及ぼした被害は、増大するばかりであった。敵はその後苦く肉にくの策であろう。各陣地に軍犬をつないで、日本軍の夜間斬り込みを防止したが、その効果はなかった。斬り込みとは、言うのは簡単だが、常に死との対決である。ひとたび出陣して行ったら絶対に生還は期し難い。米軍がふるえながら警戒している敵陣に、阿修羅となって肉弾で飛びこみ、敵を刺し殺し、最後には手榴弾を爆発させて自爆し、敵とともにたおれるという、夜間戦闘の特別肉攻斬込戦術だ。

私は多くの戦史を読んでいるが、米軍が日本軍の斬り込みに対して、条件を付けてまでこの損害や恐怖から逃避しようとした事実があったのは嘘偽りのないことである。同時に、このような斬り込みのあったのは、この島が最初にして最後であった。全世界の戦史を見ても、類のないことである。

飯田大隊の逆上陸の効果は、これら様々な経過を見てもわかるように、史上最大の逆上陸であり、中川連隊は史上最大の援軍と限りない士気を得たわけである。私は戦後二十数年後、ペリリュー戦で日本軍がどうしてあのような戦果をあげ、その反面、米国国内においては非難の的になったということなど、この激戦の真相を知って初めてそのわけを知ることができたのである。

なお、逆上陸と時を同じくして、パラオ本島海上機動部隊（十五連隊）では、マカラカル島の海上遊撃隊と呼応して、パラオ本島最大の港湾であり、本島中央の唯一の物資輸送港でもある、ガラマドオ湾守備に、松井克之准尉を長とする海上飛龍隊と称する決死遊撃隊を編成した。松井隊長は、剛毅、勇武の人。八十キロあまりの体軀と、かつての支那事変では金鵄勲章を授与された勇士であり、連夜猛訓練を繰り返し、パラオ本島に敵攻撃の火蓋が切られる日を、満を持して待っていた。福井連隊長も非常な信頼を彼に寄せ、「ガラマドオ湾は松井に任せた」と常に言って、その大任成功を信じて疑わなかった。

飛龍隊は皆、手こぎの舟や島民のカヌーを利用したのも特色がある。これはペリリュー島の三大隊長千明大尉の先任大隊長であった中村準大尉の考案である。夜間の猛訓練によって、隊員の掌は豆がつぶれ、いつも血まみれになっていた。

このような精強な爆雷攻撃隊も、ついに敵の本島上陸が実施されなかったため、その訓練の成果を示すことができなかった。

なお飛龍隊は、訓練のほかに牽制作戦としてイカダを作って、引潮時にイカダに燈火を点じては港湾に流した。これを見た米軍飛行機は、灯油をともした無人のイカダに対し反復爆撃を行なった。潮の流れによって港湾から外海に流れ出るイカダを、ペリリュー島増援部隊と誤認しての攻撃なのだ。

また当時、海上機動第一旅団輸送隊の赤羽根工兵第二独立工兵隊、後に「暁部隊」

(カ)十二号艇大発艇機関兵西川隆雄上等兵は、ペリリュー島に逆上陸の主力部隊高崎歩兵第十五連隊第二大隊飯田大隊を輸送した二番艇機関兵として参加した。ペリリュー島上陸寸前で敵に発見されて、艦砲射撃を受け、全舟艇が吹っ飛んだが、奇蹟的にもペリリュー島に上陸し、その後、中川守備隊が集結している北地区洞窟にたどり着き、洞窟内の重傷者と四日間生活し、やがてペリリュー島を脱出、三ツ子島に至り、その後パラオ島で終戦を迎えている。昭和二十二年復員し、現在、大阪府下、栗田機械工業に勤務されているが、偶然拙著『英霊の絶叫』を読んで便りをいただき、その後文通を始め、手紙による資料をいただいたことも付記しておこう。

第五章　海中五十キロ伝令

死の海は荒れ狂っていた

九月二十三日、飯田少佐は、パラオ本島出発以来、逆上陸についての経験と所感を激戦のおりおりに書きつづっていた。これにくわえて福井連隊長あての斬り込みの戦訓と増援に対する意見具申書を書き終わったのは、九月二十八日のことである。

その夜、その重大な使者をだれに託すべきか、飯田少佐は思案にふけった。成功は望み薄である。それにパラオ本島まで敵中を突破して泳ぎ渡らせるにはどのようにしたらよいのか……どう考えてもこの海中伝令の成功は、万にひとつの可能性もない。途中、かならず敵の銃爆撃を受けるであろうし、駆潜艇や舟艇に発見されることは確実であった。広い上空から海面に漂う何十名かの日本兵を、敵の哨戒機は見のがすわけがない。決死隊の末路は、ただ時間の問題に過ぎない。不可能事は目に見えているのだ。

またたとえこの隊員の内の一名が、敵の銃撃をたくみにかわし、奇跡的に逃れたとしても、その行く手には人食いザメの大群のいる場所が二ヵ所もあり、島民でさえカヌーでは絶対に渡らない。隊員たちはそこを通らなければならないのだ。その上なお激しい潮流の個所が、パラオ本島との中間の海峡にある。それだけではない、まだまだ思わぬ難所が数限りなくあるのだ。

泳ぎきるということは、人間の限界を無視した上でのことである。それらのすべてを承知の上で出発を命じる上官の心中、また無言の内にも上官の命令を受ける者の胸中察するにあまりあった。

しかし祖国存亡の秋、何としてでも不可能を可能に変えなければならないのが戦争の常道である。もう運命にも神にも頼れず、人間の極限を超越できるもの、それはただひとつ、強靱なる精神力に頼るよりほか何ものもないのだ。

飯田少佐は人選にあたり、まず優秀な将校を指揮者として選抜しなければならなかった。パラオまで死の海を渡るのだ。敵の警戒網を潜り抜け、しかも荒波を克服するには、普通の体力と気力だけではとうてい無理である。いかに関東軍の精鋭として日夜練磨された猛者でも、敵弾雨下を物ともせぬ者であっても、敵の眼下の魔の海は延々六十キロも続くのだ。

　慎重な人選の結果、群馬県では剣道一家として名高い剣道の達人である奈良少尉が選ばれた。

　奈良少尉（前橋市田町、現在改名川田四郎）は小づくりの美男子であるが、少年のころから父に剣の道を教えこまれた。その激しい打ち込み、切り返しの連続で、流れる汗は両眼をおおって相手が見えない。その見えぬ相手を打ち込まねばならぬのが剣の道である。息が続かない。しかし、たとえ呼吸が止まってもなお相手を倒す気概、気迫。ときとして剣の道は、しばしば人間の限界をはるかに超越させるものである。そのような荒稽古《げいこ》に培われた不撓《とう》不屈の精神と、鉄のような肉体の彼に、この重大任務が下命されたのであった。

　彼は感激してこの命令に服した。死の海を泳ぎきるには、相当の犠牲者のあることも覚悟せねばならない。決死隊は約一個分隊の編成を必要とした。敵に発見されても、十七名の内一名は到着するであろうという最悪の情況を考えての決死隊である。

　奈良少尉が選んだ十六名は、いずれも水練の達人である沖縄県糸満出身の、パラオ地区で召集された陸軍の兵士である。彼らは古い糸満の伝統を誇りとして、幼いころから海中に潜り、まず呼吸を止める訓練からはじめ、荒海を遠泳することを習った。

海を母体に生まれ育ったような屈強のものたちである。

決死隊の隊員は、白い鉢巻をした。その中に、敵前逆上陸の詳報が巻き込まれていた。照集団が比島決戦に最も必要とする情報を、十五連隊が死をもって完成した世界に誇る逆上陸の詳報である。

十七名は敵の猛射をくぐって、ようやく北埠頭にたどり着いた。辺りの海は光弾によって真昼のようだ。

十七名の内、パラオ本島まで誰が到着することができるであろうか。決死隊員の誰もがこの不安を感ぜずにはいられなかった。奈良少尉は、十六名に最後の指示を下した。

「われわれは、パラオの司令部に無電では送れないほど重要な報告を持って行くのだ。よいな、この重大な命令は、陛下の命令である。なおわれわれがパラオに届ける報告書は、大本営作戦部で、最も必要とする、すなわち一億国民の期待する報告書でもある。諸君がすでに目撃しているとおり、われわれの行く手には、何百もの敵艦艇が、われわれをパラオに渡してはならないと待っているのだ。昼も夜も敵は猛然とわれわれに襲いかかるであろう。もしわれわれに武運がなければ、この内の半数は敵弾にたおされる。しかしわれわれは運を天に任せて全力を尽くし、しかる後天命を待つのだ。

よいな。諸君の武運を祈る。各自俺《おれ》につづいて出発」

　決死隊長は部下を激励し、力強い命令を下した。全員無事に、是が非でもパラオに引っぱって行こう。隊長はその決意をあらたにした。

　海には、一面に分厚い艦砲の硝薬が漂っている。その中にガドブス島に架けた木橋の太い柱が敵弾に打ち砕かれて、横たわっていた。照明弾が無気味に照らし出す海上には、分厚く積まれたゴミが重油をかぶって黒光りしている。

「俺と離れるな」

　奈良少尉は、まっ先に海にはいった。どこから見ているかわからない敵を警戒して、静かに泳ぎ出した。十六名は後につづいて静かに死の海に漂いはじめた。四囲の敵を警戒しながら必死に泳いだが、波は高く、潮の流れは早い。十メートル泳いでは五メートル押し戻された。

　奈良隊長は、まずガドブス島に渡ろうと方針を定めた。かつて逆上陸したコースは最短距離であるが、その後の敵は、ゴロゴッタン島から三ツ子島、鯨島にいたる水路付近に厳重な監視をつづけ、日本軍の執拗な逆上陸を予防するために、何隻もの水陸両用車と哨戒艇を置いていたのである。そこを泳ぐことは、最も危険であるが、〝灯台もと暗し〟の例もある、と考えたのだ。

ペリリュー島北岸からガドブスまで六百メートルを一時間で泳いだ。敵の哨戒の眼を潜り抜けたので思いのほか時間がかかった。それに潮の流れが外海に向かって〇・五ノットはあったであろうか。第一難関であるこの潮流を泳ぎきって一行はガドブスに到着した。

その夜は中央南側の洞窟《どうくつ》で、重要な報告書の安全性を点検し、さらにローソクと医療用絆創膏《ばんそうこう》で厳重な防水を施し、腹に巻きつけて、その上を認識票のひもで固く巻いた。各自万一の場合を予想して、手榴弾を一個腰にさげた。

「敵の手中にはいらんとする直前に、手榴弾の安全栓を抜いて、認識票に打ちつけて自爆せよ」

奈良隊長は、ここでまた改めて隊員に自決の指示を与えたのである。

十六名は、その夜のうちにガドブス島に隣接した北の島コンガウル島に到着した。そこまでは全員無事であった。しかし前途はまだ遠い。ガドブス島、コンガウル島間の距離は約三百メートルで問題はなかった。島から島への目標も良く見えた。あの島に着けば休むことができる。塩水でからからになったのども、爆撃からとり残されたヤシの実でうるおすこともできるであろう。

荒波にもまれながらも難なくコンガウル島に泳ぎ着いた。コンガウル島からガラカヨ島間は約三キロ、決死隊はいよいよ本格的な潮流と敵の襲撃に遭遇せねばならぬ危機を迎えた。

北進するためにまず潮流の激しい抵抗を受けた。泳ぐ力より潮流の力は倍以上もあった。進むことができない。十七名の隊員は流されながらも、激しい潮流から抜け出すために左右の流れを調べた。潮流が左右に分かれて流れていることがわかった。今まで力泳していたことは、ただ同じ個所を回っていたに過ぎなかったのだ。こんなことを続けていたのでは、体力の消耗がひどいばかりか、敵機に発見されたら絶望である。

不安な予感を裏書きするようにプスプスと海面をぬう音につづいて、激しい機銃の発射音が聞こえた。

「敵だ！　早く潜るんだ」

奈良少尉は叫びつづけた。気ばかりあせるがどうしても体が沈まない。それもそのはず、コンガウル島でしっかり結んだ浮袋が、体に密着していたのだった。

敵グラマン機は反転して銃撃を繰り返した。今度は海面すれすれに隊員の頭上におおいかぶさるように飛来した。敵機の風圧で、海上は機の幅だけ太い航跡のように泡立ち、一段えぐったように低くなったかと思うと、次の瞬間、頭上にまたグラマンが襲って来た。急降下する爆音がすぐ耳元に響いて、「グオッ」と強風を立て、圧力をくわえた。と同時に海面に浮上している決死隊は、一瞬圧迫されて、台風の風圧をまともにぶつかったように呼吸も詰まってしまった。その時の感じは、海が揺れて地球の一ヵ所が確かに動いたように一段と低くなった。敵機は突っ込みながら、少尉の前方を縦に掃射した。

「ダダ……」と発射音が、心臓に細かな針をさすように感じる。隊員のだれかが殺やられる。

〈俺も殺られるか。畜生！〉

と少尉は歯をくいしばった。

敵機はうなりながら急上昇する。すると、別のグラマンが先頭機と同じ動作を繰り返して行く。四機も五機も、一時に飛来して来たのだ。「あっ」と言う間に海上には逆波が立ち、海は恐怖と死のるつぼに一変してしまった。

波は逆巻いて隊員の頭上めがけて押し寄せる。頭上すれすれに感じたその恐怖、早く浮袋を解かねばもぐることができない。しかし堅く結んだ紐は、すっかり塩水を含んで一層堅くなり、海中でそれを解こうとしてもむだであった。

そのうち、先の哨戒機から連絡を受けたのであろう。グラマン機が四、五機、あらたに襲いかかってきて、いっそう激しい銃撃をくわえた。分厚い鉄板に穴を開けるようにプスプスと海面を激しく叩く敵弾のすさまじさ。無数の水柱が白く光って崩れていく。あたりは見る間に朱色に染まり、その中に隊員の一人が首を海面に突っ込んだまま漂っている。隊長の側の一人が、水柱の中で両手を挙げたが、何かを口走ったままふたたび動こうとしなかった。

激しい銃撃を避けようとして必死にもがいたが、ここで十数人が一瞬にして護国の鬼と化した。生き残ったのは、幸いにして浮袋の紐が解けて水中に深くもぐることができた者と、大きな浮遊物の陰にかくれたわずか四、五名であった。

海上で一日中銃撃を繰り返した敵は、夕刻までに全員の戦死を確認したのか、ペリリュー島飛行場の方向にゆうゆうと消えていった。

静寂をとり戻した海上には、十数個の決死隊隊員の死体が波間に漂い、潮流に乗って海を朱に染めながら流れていった。

隊員の流血を思い出させるような赤い夕陽が、ふたたび海上を朱色に染めはじめたころ、奈良少尉以下五名の生存者は、ガラカヨ島にはい上がった。まだ絶えず敵機に追われているような錯覚があった。島の珊瑚礁を踏み、空を見上げてやっと安堵することができた。と同時に、同じ目的のために頑張ってきた決死隊の隊員が、むざむざ敵機の犠牲になった無念さ、口惜しさに、憤りを覚えて全員男泣きに泣いた。だがあの激しい銃撃から、どのようにして逃れることができたのか。

〈俺はほんとうにまだ生きているのか……〉

少尉は自分が生きているのを不思議に思いながらも、天佑神助とはまさにこのことであろうと、感謝の念に浸った。

〈偶然、俺は助かったのだ。十七名分の責任を、この身一つに引き受けて泳がなければならぬ〉

少尉は改めて自分に言い聞かした。

グラマン機に迎撃された恐怖の一日は過ぎた。海上は、嵐の後のように寂静さをとり戻した。ガラカヨ島から周囲の海を見ると、無数の舟艇が動き回っている。明日はいよいよこの島から三ツ子島に向かって泳がねばならない。奈良少尉は浮袋についての功罪の反省にふけった。

〈あれがあったからあの激しい潮流に堪《た》えられたのだ。しかし、あれがあったがために銃撃から避けることができなかったのだ。……よし、明日は浮袋を捨てて、各個に前進させよう。必ずあのグラマン機は執拗にまた来るだろう。今度はむざむざと米鬼の奴にこの重大任務を阻止されてたまるか〉

少尉は残る四名に、明日の力泳のための細々とした指示を与え、三ツ子島到着への成功を祈った。しかし浮袋のない遠泳は、心細く、くわえて疲労も激しい。海が憎い。自然をあんなに美しいもの、ありがたいものと思っていた昨日までの自分が、自然や海をこんなに憎らしく思うとは……。しかし今は敵に囲まれた洋上にあり、まだまだ戦争の苛酷な試練に耐えていかねばならないのだ。

沖縄健児の本懐

奈良少尉の指揮した決死隊の一人に、糸満兵の山川玉一二等兵が加わっていた。ガラカヨ島沖の敵の銃撃をみごとに避けた生存者の一人である。

彼は永らくパラオ諸島に居留して、こよなくパラオを愛していた。十九年七月、四十歳のとき、現地召集を受けて軍人となり、パラオを守り抜こうと喜び勇んで十五連隊に配属入隊した。襟章もまだ新しく、直接銃を取ってご奉公できる名誉に眼を輝かせていた。彼にはかわいい男の子がいたが、応召直前、彼の妻は敵機の爆撃で死亡し、つづいてたった一人の息子は母なき後病に倒れ、手厚い看護の効もなく他界してしまった。この不幸のどん底に彼は召集令状を手にしたのだった。

彼は、子の分までご奉公しようと、愛児と妻の遺骨の一部を肌身離さず抱えて、軍務にはげんでいた。数多い戦友の中から、特にこの決死隊に選ばれて、重大任務を与えられた山川二等兵は、

「わが妻子とともに、誓って任務を達成します……」

と感激し、勇躍、二十八日夕闇迫るころを待って、重要書類とともに愛児、愛妻の遺骨をしっかりと腹に巻きつけ、敵艦艇が密集するペリリュー島北岸に飛びこんだのである。飯田少佐や、多くの戦友たちの激励の声を後に、彼は得意の糸満流の泳法で、沖へ沖へと泳進していった。見るみるガドブス島を後にして、十七名の先頭に立った。

しかし、激しく流れる潮流と荒波、くわえて敵の照明弾は、海を死の海に変えてしまっていた。山川二等兵はすぐに眼前に駆逐艦、哨戒艇、駆潜艇を見た。この敵の目をくらますには、海中に深く潜るより方法がない。しかしいかに達人の山川二等兵でも、十分以上は潜水泳法はできなかった。彼は苦しさのあまり死人を装ってしばらく波間を漂った。敵は盛んに山川二等兵の身体を照射したが、動かない彼を見捨てて去っていった。彼は天に感謝した。妻子が守ってくれたと感謝し、安全を見きわめてまた懸命に泳いだ。

今度は、進行眼前に大きな潜水艦が突然浮上した。びっくりした彼は、再び死体を

装って仰向けになって漂った。苦しい数時間。ようやく潜水艦の危機を脱してまた泳いだ。

まもなく彼は海面に浮流する異物に気づいた。一体何だろう、と不思議に思って近づいた。よく見ると、それは米軍の救命袋、乾パン、かん詰であった。海岸線から沖合数十メートルにおよぶ広い幅で浮遊していた。海上の一部を一面におおうかのように、これらの浮遊物や分厚い硝薬のオリが、夜目にもはっきりと漂って見えていた。

これこそ水際上陸戦の折に、あるいはわが糸満兵と海軍が得意とした、人間機雷の標的になって、陸地にとりつく間を与えず、撃沈された米軍の艦船が、この世への名残にのこしていったおびただしい物資である。山川二等兵は、「ざまあ見ろ」とばかり力泳の疲労も一遍に消し飛ばした。

夜半になると引潮が激しく、あたりは急に珊瑚礁の細長い防波堤が露出した。あの丘に似た礁脈の上を走れば、パラオに着けるのだが、しかし敵の照明弾に照射されて、もしも人間の影を発見されたなら、雨のように発射される敵弾にさらされる。それに黒い影を求めて襲いかかるであろう駆逐艦のことを考えれば、せっかくの歩道も「危ない、危ない」とただ見すごした。

一時間、二時間、泳ぐにつれて空腹をおぼえてくると、彼はゆうゆうと敵の乾パンをほおばった。疲れてくると敵の救命袋に取りついて休んだ。時には睡魔にとりつかれて、潮流に押され、珊瑚礁に体を叩きつけられて、ハッと我にかえり、また泳ぐこともあった。珊瑚礁のギザギザした面に傷つけられて、そこかしこ海水が浸みこみ、たえられないほど痛む。夢中で泳いでは、また棒のように感覚を失った手足を浮袋に托して波にもまれている。と、突然、大きな魚の群が足にぶつかって、サッと泳ぎ過ぎていった。人喰いフカではなかったかと、瞬間ギョッとした。

泳いだり、潜ったりして二昼夜がすぎた。ペリリュー島はもう視界からはるかに遠ざかっていた。だが目的地パラオ本島はまだ遠い。山川二等兵はいつのまにかはぐれた他の四、五名の安否が気になった。奈良少尉はどうしたであろう。他の決死隊員はやっぱり私のように、魔の海のとりこになっているのであろうか。背伸びしてあたりを見回したが、上下する波頭ばかりであった。

「なにくそっ！　俺一人でも行ってみせるぞ」

山川二等兵はまだまだ元気だった。奈良少尉の選択する目に狂いはなかったのだ。重要文書は奈良少尉自身と、この山川二等兵の二人が持参していたのである。

水泳の達人山川二等兵にも限界があった。苦しさのあまり、重任も忘れ、浮かんだまま死んでしまった方がどんなに幸福であるかわからない。そんな錯覚さえ起こしは

じめる。もう人間の限界を通りこし、死の海の誘惑に負けそうになる。意識がぼんやりしてきた。死の一歩手前であった。その時、

「お父ちゃん、しっかりがんばって、気を抜いたらだめですよ……」

と懸命に励ます妻子の声を聞いた。山川二等兵は、はっとして我に返った。

〈そうだ、俺一人ではなかったのだ。かわいい息子や妻がついていて私を見守っていてくれたのだ。一緒につれて来たことを忘れていたのだ〉

山川二等兵は思わず、

「息子よ申し訳ない。お父さんがしっかりしなければ、お前に笑われてしまうね」

と、口に出して言うと、彼ははっきりと我に返ることができたのだった。山川二等兵にふたたび重大な使命感がよみがえってきた。

〈そうだ。次期決戦に必要とする重大な報告書だ。連隊や師団が使用するための報告書ではないのだ。たとえこの手足が伸びきってしまうとも、すり切れてしまおうとも、否、死んでも泳ぎきらねば皇国に生を受けた男子としてのかいがない。そればかりか、この子と妻の遺骨に申し訳がない〉

と、山川二等兵は渾身の勇気を奮って、ふたたびパラオめざして力泳を続けた。

その後も、山川二等兵は、いく度も生命の危険を感じた。そのつど、激励してくれ

たのは彼が肌身に着けた、今は亡き妻子の熱烈なる〝声なき声〟の声援であり、姿なき彼の肉親が支えてくれた援助の賜であったのだ。当時、この山川二等兵の話は、パラオ本島ばかりでなく、祖国の津々浦々にまで報道されて、多くの人々の心をゆさぶったのである。今もなお、年輩の方々の記憶に残っていることであろう。

荒海とフカの群れ

当時の新聞には報道されなかったが、奈良少尉は、三ツ子島まで二日二晩泳ぎつづけた。敵の舟艇が各水路をしきりに往来し、厳重な監視をしている。隊員は敵舟艇の恐ろしさもさることながら、火のように焼けつくのどの痛さに苦しんだ。

〈水筒があったならなあ。水筒を持ってくるべきだった〉と後悔した。

しかし実際は、水中を泳ぐとなれば、腹に巻きつけた重要文書さえ、水の抵抗を受けた。腰につけた手榴弾は、体重よりも重いように感じられる。そのうえ水筒など持てるわけがない。海上を二昼夜泳いだ。しかし海水は絶対に呑めない。人間が海水を好きなだけ呑んだなら、死あるのみだ。それこそ狂い死んでしまう。

奈良少尉はようやく三ツ子島に到着した。そこには水があるはずだ。まずそれを探さねばならない。三ツ子島は十五連隊の海上機動隊の前線基地があった所だ。すぐ上陸して、まず体力の回復に努めなければならない。しかし上陸してここで気を抜いてしまうと、ふたたび海水に浸ることが恐ろしくなってしまうし、パラオ到着も遅れてしまう。

奈良少尉はしばし静思し、命令を一刻も早く伝えるか、または十分な休憩をとって体力の回復に努めるべきかを熟慮した。常人ならば後者を当然優先させるであろう。しかし彼は、前者に重点を置いた。

〈俺の体力はすでにない。ここで上陸したならば恐らくたおれてしまう。今自分に残されているのは、強靭な精神力だけである〉

奈良少尉は三ツ子島の東岸の断崖につかまったまま深呼吸を繰り返し、次の休憩所を鯨島と定め、出発した。彼は、荒波にもまれながらも断崖の上から波打ち際すれすれにたれ下がっているマングローブの枝を目にした。

「そうだ、あの葉をかんでみよう。きっと水分が含まれている」

神の助けか、かみしめると苦いが植物の新鮮な水分が、口中をうるおしてくれた。彼は救われた心地で、何枚も口に運び、わずかながらも水分を得ることができた。数枚のマングローブの葉によって、勇気を回復したのである。

少尉はあらためて自分の体を見た。海水で皮膚はふやけ、そのふやけた皮膚に点々と水泡ができ始めていた。それは自分自身のものとはとても思えない。他人の、しかも水死体の皮膚のようだった。それに、どうしたわけか、波の打ち寄せ、砕ける音が全然聞こえないのだ。あのグラマン機の一団に銃撃された時の轟音で、鼓膜が左右とも破られてしまっていたのだった。聴覚の不自由さをなげく暇がなかった。海中での悪戦苦闘を脱し得た喜びと安堵が、やっとこの時になって聴覚不全をさとらせたのだ。

だがしかし、パラオまではまだ前途遼遠である。

三ツ子島から右手前方のマカラカル島の島影の西側を泳ぎ、マカラカル島北部にあるヨオ水道に出る。そのあたりがちょうどパラオまでの行程の約半分である。海中での闘いはまだ序の口であった。

〈どうあってもコロールにたどり着くのだ。しっかりせよ〉

少尉は自分自身を叱咤した。

鯨島からマカラカル島間は潮流のもっとも激しい難所であった。島民はこのあたり一帯の水道をデンギスと呼んでいた。土語の〝デンギス〟とは英語の〝デンジャー〟、つまり危険を意味した水道である。島民はこのあたりで泳ぐことを絶対に禁じていた。またカヌーでさえ渡るに困難なほどフカがおり、リーフ付近には獰猛な歯の鋭い海蛇が棲息し、島民は恐ろしがってこの白色の蛇を神様あつかいにしていた。

少尉は、潮流に押し流されて、そのあげくフカの餌食になるか、海蛇にやられるかもしれないと考えた。そうした恐怖にさらされながら、彼にはなんの対策もない。この難所の約六キロを一気に泳ぎ渡って、マカラカルの断崖に取りつく以外、方法は何もなかったのだ。

しかし、神は見捨てないであろうという確信があった。あのガラカヨ島の敵の奇襲銃撃の際も運よく生きのびることができた。試練を一度潜り抜けた彼は、何物をも恐れない気持の上に、重大任務をになっているという責任感が加わって、すでに鬼神に近い精神力と闘魂を燃えさからせていた。剣道で得た捨て身の術の奥義なのか。彼はすべての恐怖を超越して、一路マカラカル島をめざして力泳した。途中、いく度も敵の舟艇に出合った。しかし海面すれすれに顔だけ出して泳いだり、もぐったりして敵の捜索の眼を逃れた。

海のない群馬に育った彼は、学生時代に川で泳いだ経験しかなかった。糸満出身、生えぬきの海の男である山川二等兵以上の苦労があらゆる場合につきまとった。

「今度こそ間違いなく死ぬ」

そんな予感が幾十回となく起こりまた消えた。しかしそのつど、思い起こしたのは、道場で重い防具を着けて試合中、「もうだめだ」と思いながらも、残された気力をふるい起こして闘った苦しい修業中のことだった。

「なにくそっ!」

と少尉は歯をくいしばった。

こうして彼はやっとマカラカル島の西側の海岸にたどり着いた。上陸しようとしたが、ここでも遠浅の砂浜はなく、島の周囲は絶壁に囲まれて、たやすく上陸できそうもない。少尉は突起した岩につかまって休息した。はるかペリリュー島方向を振り返って眺めると、黒煙がもうもうとして島の上空をおおっている。彼の聴覚がいくらかでも残されていたとしたら、爆撃と艦砲の轟音を連続して聞くことができたであろう。

少尉はその黒煙を見て、飯田大隊長はじめ、勇敢な十五連隊、二連隊の奮戦を想像した。

〈戦友たちがあの黒煙の下で戦い、現に死んでいるのだ。それを思えば今の俺は、毎日敵と顔をあわせて血を流しているわけではない。海中の危険はあるが、まだまだ恵まれている。早く、一刻も早く泳ぎついて重要任務を果たし、もう一度、飯田少佐のいるペリリュー島に戻り、俺のもっとも信頼する大隊長の下で、俺の教え子たちのいる同じ戦場で活躍したい。〝どうせ散るなら一緒に散ろう〟と誓ったあのペリリュー

島で死ぬことが、千明大隊や水戸二連隊の戦友のためにも俺が一番望むところなのだ〉

そう思うと、彼はまた勇気百倍して、これからの難所ヨオ水道をめざした。ヨオ水道を出てガムドコ水道に向かい、早くコロール島に着かねばならない。ウルクターブル島に近づけば、敵の監視はずっと緩和されるであろう。少尉はそれを思うだけでも、安心感を得られたのである。

去り行く人々と征く人

少尉が綿のように疲れた体を、自ら叱咤してマカラカル島の西側中央の断崖から、ふたたび海中に泳ぎ出ようとしたとき、はるか南のゴロゴッタン島方面の海面に、一艘の舟艇が浮上しているのが見えた。これを発見した少尉は、敵が自分を発見し、追跡してきたと感じた。彼は腰から手榴弾をはずし、〈敵ならば舟艇のど真ん中に一発叩き込んで、舟艇をそっくり分捕ってやろう〉と戦闘準備を完了して、今や遅しと舟艇を待ちうけた。

波間に見えかくれしていた舟艇は、しだいに近づいてくる。だが発砲する様子もなく、さして武装しているとも思えない。敵舟艇ならばもっと舟足も早いはずだがと思いながら、よく見れば日本軍の舟艇である。

奈良少尉は友軍であることがわかると、飛び上がらんばかりに喜び、大声で、「オーイ、オーイ、オーイ」と力の限り叫んだ。だが不思議なことに舟艇は、彼の声に対して舟足をとめようとしないばかりか、航路も変えようとしない。断じて聞こえないはずはない。聞こえないふりをしているようだ。

敏感な少尉は、〈この舟艇の一群には、何か隠された秘密があるな〉と直感した。急いで舟艇に泳ぎ着き、やっと舟べりに手をかけた。すると速度をいくらか緩めただけである。艇内を見渡すと、約六十名の海軍将兵と一名の陸軍らしい兵が、黙然として乗り組んでいた。舟艇は折り畳み式の大発動舟艇であった。

乗り組んだ兵は、ペリリュー島の戦場から来たらしく、血まみれの負傷者や、兵器を持たぬ丸腰の兵ばかりの異様な集団であった。特殊任務も有るようには見うけられず、活気もなかった。少尉が疲れきった手を舟べりにかけていても、あえて舟艇上に引き上げようとする者もなかった。奈良少尉は大声で叫んだ。

「この舟艇の責任者は誰か。私は十五連隊二大隊の奈良少尉だ。重大な命令を持った伝令だ。パラオの司令部まで同乗を頼む」

奈良少尉の絶叫は、確かにこの舟艇の約六十名の将兵の耳に達したはずだ。しかし誰一人として「さあ乗りたまえ」と言う者もなかった。不思議である。少尉はさらに大声で、

「重要命令を至急伝達する任務があるのだ。頼む、ぜひ頼む。乗せてくれ」

もう最後の嘆願であった。しかし彼らの代表と思われる将校は、

「これは海軍の舟艇だ。もう一名でも乗せるとこの大発は故障してしまう。陸軍の将校を一名助けるために六十名の海軍の兵を危険にさらすことはできない。気の毒だが君は泳ぎたまえ！」

なんという非情きわまりない返答であろう。この連中が天皇陛下の命令で、自己の命を投げうって働く国家の干城《かんじょう》であろうとは、とうてい考えられないことであった。同乗させることができなければ一本の命綱にすがらせてくれてもよいではないか。どうして、「舟艇の中は満員だから、パラオ島に着いたら、さっそく司令部に連絡して、君を迎えに来させよう。それまでがんばってくれ」となぜ言えないのだろう。

自分たちさえ助かれば良いと思う薄情な連中ばかりであって、命令も任務も無視して、ペリリュー島の戦場から負傷者の護送を口実にひそかに脱出して来たとしか思えない。いずれは軍法会議にかかるべき連中ではなかろうかと感じた。奈良少尉は、

「もうお前らには頼まん、陸軍の軍人だって泳げるのだ」

とはっきりことわった。

しかしこれが、最後の土壇場に追い込まれたときの人間の真の姿なのであろうか。それにしても人間の心とはこのように狭いものなのか。いやこれが戦場なのだ。これが戦争の常識であるかもしれない。それにしても、すべてを非情な眼で処理していかなければならないとは。少尉は疲れきった身体ながらも、腸《はらわた》のにえくり返るような憤《いきどお》りを押さえかねた。しかしばらくして、海軍の舟艇の影が見えなくなったころ、

〈俺は他人を頼らず、自力で行かねばならない運命なのだ〉

と悟った少尉は、

〈よし、俺の生命力を、俺が確認できるときは今だ、自分の力の限界を知るのもこれからだ。彼らに頼まなくても、俺にはまだまだ精神力と判断力がある。よし、ここで一番気合を入れるべきだ〉

と、彼の闘魂はかえって燃え上がった。

「陸の猛者関東軍を代表する俺が、パラオに到着することができれば、関東軍は水にも強いと後世に語り継がれる。その栄えある歴史を創つくるのも、俺の重大任務とともに課せられた責任でもある」

彼は関東軍精鋭の名に賭けて奮い立った。

奈良少尉は、ヨオ水道に向かって泳ぎ出した。この舟艇は、海軍中佐〇〇、〇〇経理大尉、〇〇中尉の三名の将校が中心となって率いた六十名の海軍兵と、配属になった陸軍一等兵一名を含む、ペリリュー島脱出者群であって、勇戦をはばむ非情な一群であったのだ。

〇〇中佐が脱出のため、特に性能優秀な折り畳み式舟艇を使用し、パラオ島に向かった一団に、奈良少尉がマカラカル島西海岸で会ったのであった。

ペリリュー島脱出者を集めて編成された、ペリリュー島斬込隊〇〇中佐以下六十名が、パラオ海軍司令の命によって、それから数日後ふたたびここを通過した時に、彼らは考えたであろう。あの時、あの重大任務を帯びた奈良少尉を乗せてやるべきだったと。しかしそれも彼らは、ただの回想として、かすかに胸痛む気持で、ペリリュー島へ向かったのである。

それからの奈良少尉は、フカやサメの多い、潮流の激しいヨオ水道を無事に通過して、ガムドコ水道をへて、パラオのコロール島にぶじ到着した。十月一日、出発してから数えて四日後、連続力泳四十八時間という、人間の限界を越えた史上最大の決死の海中伝令は、ここに実を結んだのである。

ペリリュー島からパラオ本島までは直線距離にして四十余キロ、敵の警戒をくらますために沖合に迂回したり、珊瑚礁を潜り抜けたりすれば、優に六十キロを越える長距離である。

この決死の海中伝令をみごとにやりとげて、コロール島海岸に現われた先着の山川二等兵、少し遅れて到着した奈良少尉の姿を発見したパラオ部隊将兵一同は、どっと歓声をあげた。

やがて師団長の前に導かれた山川二等兵の手から、奈良少尉の手から重要書類が手渡された瞬間、さし出す者も、受けとる者も、ただ感激の涙にくれた。十七名のうち無事パラオ本島に到着したのはわずかに四名であった。そのなかには、じつに四日間を費やした者もあった。こうして奈良少尉以下十七名の功績によって、師団長は大本営に、敵前逆上陸詳報を作成して、急送することができたのである。

奈良少尉は、コロール海岸の司令部連絡所で報告書を提出した直後、人事不省におちた。山川二等兵は、司令部と十五連隊長あてに提出すべき二通の報告書を、全部司令部に提出してしまったことで多少問題を引き起こした。しかし、奈良少尉らの決死の伝令の効果は大きかった。

師団首脳部は、ここで初めて逆上陸の時期の遅かったのを悟り、またペリリュー奮戦の真相を確認、飯田大隊につづいて、今野義雄大隊長指揮の十五連隊第一大隊が逆上陸するための計画や、現に乗艇準備を完了した計画も、飯田少佐の意見具申により断念されたのである。また福井連隊長は、飯田少佐からの報告によって、ペリリュー島で学んだ斬込法の戦訓、その他あらゆる戦訓の詳細を知らされた。それはパラオ本島決戦に、もっとも効果的な貴重な戦訓であった。

大本営は、この詳報を教本にして、あらたな逆上陸を指導した。比島決戦で一個連隊あるいは一個師団の大部隊が、レイテ島に向かって必死の逆上陸を敢行させたのは、ペリリュー島で、飯田大隊が逆上陸の得がたい戦訓をうけてからわずか一ヵ月後の、十九年十月二十日である。大本営が、この貴重な逆上陸詳報をいかに重要視したか、いかに真剣に研究したか、現在、防衛庁戦史資料室に残る当時の戦闘詳報の冒頭の「資料経歴票」を見てもわかるように、占領米軍の没収を避けた数少ない軍事極秘書類の一部が、この逆上陸戦闘詳報であったのである。

その後、奈良少尉は、中尉に昇進、パラオ本島十五連隊旗手を命ぜられた（奈良中尉は現在川田と改姓、天職に専念するかたわら、剣道の奥義を極めるために精進しておられる）。

第六章　史上最大の洞窟戦闘

敵を洞穴に誘って全滅する

九月十五日、水際戦の火蓋を切った日を前後して、敵は無限に近い物量を、海と空からペリリュー島に叩きこんでいた。翌十六日から米軍は島の南部に橋頭堡を固め、揚陸した補給品は、三万四千トンにもおよんだ。わが精鋭第二連隊、十五連隊の守備隊はこれを迎え撃って奮戦したが、じりじりと押し返された。

千明大隊は全滅、また二連隊の反撃もむなしく、敵の砲火の猛射と戦車の威力の前につぎつぎとたおれていった。すでに戦闘は戦技・戦略の域を脱し、物量と持久戦に移行していたのである。

この状況をいち早く察した中川大佐は、かねての師団作戦命令のとおり、ペリリュー島のけわしい高地の利用法、敵を洞窟に引っぱり込み、複郭陣地戦で米軍を撃滅するという作戦を、即刻実施した。時機を失えば、守備隊は全滅の危機に立たされていたのである。

ペリリュー島中央から北部につらなる高地には、五百におよぶ大小の洞窟陣地がすでに用意されてあった。マリアナ戦域で玉砕した十数万英霊がのこした戦訓「穴に潜《もぐ》って敵をねらえ。最後は洞窟で戦え、ほかに方法はないのだ」に従ったのだ。

これは、「やたらに出て敵に攻撃をしかけると、戦車と飛行機と艦砲射撃が待ち構えている。その手に乗らず、敵が近づいて来たら狙撃せよ。たやすく死なずに、永く生きて一人でも多くの敵を殺せ」と、この必殺の戦法を教えていたのだ。

守備隊が洞窟にたてこもるのを察知した敵は、恐怖にかられ、さらに巨大な洞窟に近迫した時には、ふるえあがった。とくに敵の第一連隊は、緒戦以来五日間で千七百名の死傷者、他に無数の病人を出し、この洞窟でふたたび大損害を受けたのである。また海兵第五連隊、第七連隊でも、各一千名以上の戦死者を出し、このため敵師団の兵力は半数以下となり、大幅に戦力を低下した。

四千名の死傷者を担架でつぎつぎに運ぶ痛々しい様を見て、米軍の危機を知った第三上陸団副司令官ガイガー海兵少将は、幕僚を従えてペリリュー島南部の第一連隊戦闘指揮所に姿を現わした。疲れきった連隊長は、戦況の報告すら満足にできない始末であった。驚いたガイガーは、海兵第一師団戦闘司令部をおとずれ、ルパータス師団長に、

「第一連隊はもう使いものにならない」

とすぐに解任させ、陸軍一個連隊と交替を命じ、あらためて〝ペリリュー守備隊の強剛、関東軍の猛者のしぶとさ〟を再認識した。

ルパータス師団は不服であった。海兵隊の伝統を守って、海兵だけでこの島をとろうとした。海兵隊の歴史はじまってこのかた、陸軍の増員を求めたこともない。それにあと一両日で、ペリリュー島を占領できると信じこんでいたのだ。四日間で占領すると豪語したうちの三日間も、とうに過ぎ去ってしまっている。

その後、師団長ルパータスは苦戦に陥って、責任を感じ、毎日苦悶して、ついに心臓病をわずらってしまった。彼は「日本軍の抵抗はものすごく、彼らは死ぬことはわかっていても、最後まで戦う」と、日本軍と聞くだけでふるえあがってしまったのである。

これに対し、わがペリリュー島守備隊の勇将中川州男大佐を長とする茨城健児の二連隊にくわえて、〝上州の向こう見ず〟の高崎十五連隊の名将、飯田隊長の率いる敵

前逆上陸の二大隊増員兵力と、海軍陸戦隊、独立歩兵引野大隊を合わせて約七千名が、複郭陣地にたてこもったのである。

当初、敵が予想する日本軍の戦法は、大体サイパン、グアムと大同小異であり、彼らの経験では、十日もあれば主要陣地はつぶれて、最後に万歳突撃で〝玉砕〟であろうと判断していた。そのうえ、ペリリュー島攻撃の基幹部隊は、当時米軍が最強豪を誇った海兵隊であり、米国の対日戦の主役部隊であった。

彼らは海軍に所属する上陸戦闘専門の部隊で、その規模は強大、攻撃精神もまた旺盛で、とくに上陸作戦とそれにつづく橋頭堡確保を第一の任務とし、その激しい戦闘意欲は、日本陸軍とまったく同じであり、死傷を顧みず、強襲につぐ強襲を行なう伝統があった。

しかし、戦闘は予想に反し、海兵隊総司令官A・ヴァンデグリフト中将は、ついに米陸軍第八十一師団の応援軍を求めるほどの大損害をこうむった。

中将は、「ペリリュー島の戦闘は、海兵第一師団がもっともてこずった、まったく困難な戦闘であった」と回想しているが、その戦法は洞窟戦であり、また水際戦であったのである。

まずペリリュー島最初の洞窟戦を飾る、島の北部の戦闘からみてみよう。

北地区隊必殺の戦法

水際戦で叩かれた残余の海兵約一個連隊は、西海岸沿いに北部ガリキヨク方面に通ずる浜街道を北進した。その目的は、わが北地区隊水戸山洞窟方面の側面を背後から攻撃し、しだいに複郭陣地を北部より包囲殲滅しようと企図したのだ。これによって、敵はわが複郭陣地を、東西南北より包囲して、戦線をせばめる作戦態勢を固めるためであった。しかしこの海兵は、疲れ果てて、増援部隊と交替する直前にあった。

九月二十三日正午、ペリリュー島飛行場南西海岸に、あらたに増援上陸した一個連隊の陸軍らしい敵を発見した。これこそ、すでに大損害をうけた海兵第一連隊と交替するために、アンガウル島を攻撃した八十一師団の一部が、到着したものである。

海兵第一連隊の一大隊が七割強の死傷者を出し、二大隊は五割、合わせて千七百名を失って後退したあとを受けて、到着したこの新手の敵は、戦歴ある、山猫《ワイルドキャッツ》師団と異名を持つ陸軍であった。

彼らは、アンガウル島で勇猛宇都宮五十九連隊のわずか一個大隊、後藤丑雄少佐の指揮する血気の守備隊を北部複郭陣地に包囲して、同師団第三二二連隊に攻撃させ、同島を引きあげて、今ここに到着したのである。

その日の夕刻、この陸軍部隊は、浜街道を北進して、ガリキヨク南方三百メートル付近に進出した。彼らはルパータス将軍の命令によって、飯田大隊逆上陸の増援部隊が、北部高地にたてこもる引野大隊との合流を阻止するのが目的であった。しかしそこには、水戸山を核心とするツツジ陣地があって、引野大隊第二中隊が、機関銃二梃、速射砲一門を備え、第二線陣地は前田山陣地と呼称、またツツジ陣地の東側には、中ノ台陣地があり、水府山、大山陣地と連携していた。

敵は、緒戦以来、北地区に一兵も向けなかったのは、攻撃重点をペリリューの南海岸の千明大隊と、西海岸富田大隊に向けたためと、くわえて引野大隊の北地区の守備は堅く、敵が北地区に近迫したのは飯田大隊がパラオより逆上陸を開始した二十三日夜半の艦砲射撃、砲爆撃を実施してからであった。

北地区を率いる引野通広少佐（姫路出身、陸士二十六期）は、かつて北満牡丹江に駐屯し、その後南方進出、パラオに滞留し、独立混成旅団第三四六大隊長ペリリュー北地区隊長となった人である。

大隊はこの引野隊長以下五百六十名、召集兵が多く、混成大隊のため兵器その他の整備が悪く、現役を主体とする水戸、高崎部隊から見れば、戦力は低いように見られた。しかし、この北地区の激戦では、引野大隊長以下、めざましい奮戦を展開し、装備の悪さを闘魂でおぎなって、予想に反する頑強な抵抗を繰り広げ、ここに混成大隊の実力をみごとに発揮して、米軍を散々に苦しめたのである。武人引野大隊長が日ごろ、「私は祖国のためにペリリュー島を守り抜いて死ぬ」と願っていた、その勇壮な指揮統率力が大隊を勇戦させたのだ。

これにくわえて、引野大隊の勇戦の陰には、高崎第十五連隊の絶大なる援護のあった事実を忘れてはならない。先に飯田大隊長の逆上陸の際、ペリリュー島北埠頭付近で被害をうけ、指揮の系列隊から離れた兵員も、めざすペリリュー島へ独自に上陸、それから北地区守備隊引野大隊とともに、北上する米軍と交戦、特に飯田大隊が敵に与えた損害は甚大なるものがあった。

さて、同日午後五時三十分、新手の陸軍がツツジ陣地の正面にさしかかった。これを迎え撃つ引野大隊の緒戦は、第二中隊の重機関銃の一斉射撃によって火蓋が切られた。

「撃て、撃て、一兵も残すな！」

浜街道を陣地から見下ろして撃ちまくると、米軍は、クモの子を散らすように散開して、遮蔽物に身を隠そうとしたが、第二中隊の二梃の重機関銃を中心とする一発必中の卓越した射撃の技術によって、つぎつぎになぎ倒されていった。北地区隊を見くびった敵の三二一連隊は、とたんに大混乱を起こし、右往左往するばかりであったが、折からの夕闇の中に、敵は吸い込まれるように退却していった。

山岳地の戦闘で火焔ビンを投じる海兵隊兵士。日本軍は夜間に斬込隊を連日くり出し、最前線の米兵を恐慌に落とし入れた。

　その跡には、累《るい》々たる死体が放置されていた。それらは海兵隊の服装とはまた別の、陸軍部隊であることを証明するように、山猫のマークがついていた。この敵こそアンガウル島から増員された米軍歩兵第八十一師団の一部であったのだ。

　翌二十四日、昨日よりは慎重に同じ敵が浜街道を、昨日と同じように進んできた。

　午前十時三十分、敵は中ノ台に激しい猛射を浴びせながら攻撃を始めた。ここを占領しないと北進できないことを知って、猛然と襲いかかったのだ。しかし引野大隊の二中隊は、この敵に猛射を浴びせ、北進を許さないばかりかみごとに撃退し、大隊の意気はますます昂揚した。

その夕方、この敵約一個連隊が、電探台のあたりに接近した。これを発見した引野大隊は、飯田大隊と協力して、水戸山陣地から砲撃を浴びせかけ、敵に非常な死傷者を出させた。

その夜、引野大隊は勇敢に斬込肉攻隊を組織し、敵を三方から包囲するように斬り込みをかけたが、敵の照明弾に阻止されて戦果はあまり得られなかった。

二十三日以来三日間、引野大隊は北地区で勇戦し、敵が増員した山猫連隊を、くぎづけにしたのである。

この日から中川大佐が収集した敵状は、

「敵は昨日から短波方向測定所付近に移動中。敵砲兵陣地は、飛行場西南方面に十二門、ペリリュー公学校付近に二門、その東方、高射砲陣地付近に四門、飛行場東北方に三門あって、わが守備隊に猛射をくわえている」

しかし守備隊にはすでに火砲用弾薬は欠乏し、この敵陣地を砲撃することは不可能であった。また敵は盛んに占領した飛行場を修復し、敵機が五機、飛行場にあったが、警戒は厳重でとうてい飛行場に近づくこともできなかった。

翌二十五日早朝、島の東方海上から大型上陸用舟艇五百トン級二十隻にくわえて、タンカーらしい大型舟艇六隻が揚陸作業にうつった。わが戦線には異状ないが、敵の攻撃はしだいに西方よりくわわり、北部では引野大隊が激戦中であった。

北地区隊の落城

北地区隊長引野通広大隊長は、水戸山洞窟陣地に大隊本部を置いた。水戸山は、ペリリュー島最北端にあった。

ここの地下洞窟陣地は、当初、海軍第三隧道《ずいどう》隊および民間で鉱山、炭鉱、隧道作業関係者からなる海軍第二一四設営隊ガドブス飛行場建設要員、すなわち海軍の軍属の防空壕として、トンネル式に建設された大規模なもので、堅牢、安全を誇ったものであったが、後、北地区隊の主陣地として有効に活用された。

またこの陣地は地下道によって南興工場建物と連絡も可能であった。壕は海に面した二方に高さ二メートル半、横幅三メートルくらいの入口の横坑がいくつもあり、奥の方は碁盤目に区画されて、モグラの巣のように左右に抜け道がある。この広大な地下壕は、収容人員数千名におよんだ。引野大隊はこの地下洞窟と特火点を連接して、

北地区の洞窟陣地（米軍公刊戦史）

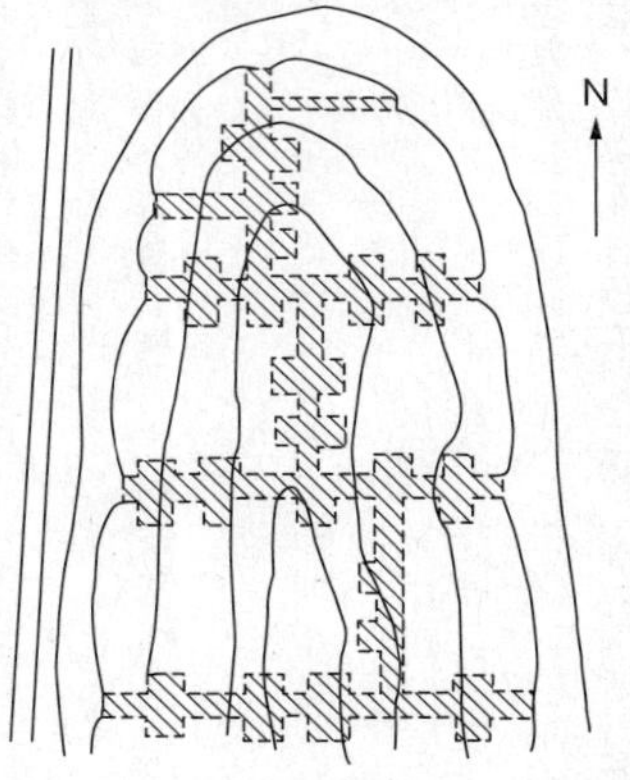

敵に莫大《ばくだい》な損害を与えた。

二十六日、午前七時以降、引野大隊正面に迫った米軍は、全面的に攻撃を再開した。

敵約一個連隊の陸軍部隊は中ノ台に、別の海兵隊一個連隊は水戸山地区を、それぞれ攻撃、一挙に北地区を占領して高地の複郭陣地を包囲するつもりで、猛烈な射撃を開始した。大隊はその機を待ちうけて反撃をくわえた。

中ノ台正面では、昨日にひき続き、同大隊の第二中隊がこの敵を阻止し、とくに水戸山北方の平坦地に敵をさそい出し、ジャングルに隠れ、また洞窟を利用してあくまで抵抗した。引野大隊は小火器の狙撃に重点を置き、群がる敵に迫撃砲を浴びせた。

「これで、ちっとは、こたえるだろう」

午後一時ごろこの敵を撃退した。わずか一個大隊で二個連隊に対抗するすさまじい激戦である。しかし、態勢を建てなおした敵は、午後四時ごろ、発煙弾を含む大砲、迫撃砲支援の下に、戦車七、水陸両用装甲車七を繰りだし、中ノ台南北からわが守備隊を挟撃した。水陸両用装甲車のなかには、敵が苦心した洞窟戦用の火焔装甲車を含んでいた。

この新兵器は、戦車の上部に大型の火焔放射器をとり付けたもので、その威力は想像を絶したものであった。

同第二中隊は決死敢闘したが、敵新兵器の出現と限りない物量に圧倒されついに力尽き、午後四時四十五分ごろ、中ノ台を奪取された。これがため夕刻以降、大山付近の複郭陣地を守備する中川連隊主力と、北地区引野大隊との地上連絡は完全に遮断されてしまった。

一方、水戸山正面では、水戸山洞窟陣地に布陣する引野大隊本部、第三中隊（中村富太郎少佐）、歩兵中隊主力等は、勇戦敢闘し、敵に多大の損害を与えたが、午後二時ごろついにその南西中央高地の一部を、敵に奪取され、同大隊の損害も急速に増大した。

さらに敵の一部は、浜街道沿いに水戸山西方を北進し、ガルコル桟橋南西約二百メートル付近まで近接したが、南興工場の建物を利用したわがベトン陣地および水戸山残存陣地からの集中砲火などによって、かろうじてこの敵を阻止した。

米軍よ、早く投降せよ

二十七日午前七時ごろ、わが中川連隊主力の位置する複郭陣地北方の水府山正面では、中戦車、水陸両用装甲車数両を有する陸軍約一個大隊弱の敵が、昨日奪取した中ノ台からしだいに、裏街道沿いに南進し、正午ごろ、水戸山北方約六百メートル付近に進出した。これを迎え撃った同地守備の原田良男大尉（陸士五十四期）の指揮する歩兵第二連隊第三大隊は、水戸歩兵の実力を発揮し、夕刻までには完全にこの敵を撃退した。

一方、水戸山正面では、約一個連隊の敵が、昨日にひき続き、強引な攻撃を繰り返した。同地守備の引野大隊は、水戸山東北端付近の地下洞窟開口部の重火器をもって、敵の背後を猛射するなど、執拗な戦闘を実施したがおよばず、ついに夕刻には電探台（水戸山南端）のほか、水戸山の大部（稜線上）を敵に奪取された。

しかし同地下洞窟は、頑強にこれを確保したが、中川連隊本部との無線通信は途絶えがちであり、水戸山地下洞窟には次第に負傷者が充満し、出血多量で動けない者が、洞窟の壁面にもたれかかり、その人数は数え切れなかった。

薄暗い重油ランプの火がゆれて、悲惨な負傷者を照らしている。どの顔にも、重油の油煙がこびりついて煤《すす》けていた。うめいている者を見れば、片脚をなくしている者、膝から下がわずかの皮でぶら下がっている者、両眼を潰《つぶ》された者たちが相当いた。数少ない衛生兵が、飛ぶように動き回って応急処置をしている姿は、戦闘員よりも勇敢に見えた。軍医が血だるまになって手術をして回っている。負傷者の傷口に綿棒をブツブツ通しては、リバノールを塗って、その上に繃帯を巻きつけた簡単なものであった。一刻も早く傷口を隠すことしか残されていなかった。それも限られたわずかの薬品と、繃帯が百人分しかなかった。負傷者は千名を越えるというのに、洞窟内は血の臭いが一番強く鼻を突き、それに大小便の臭い、重油ランプの油煙が入り乱れて、胸の中まで腐りそうな異臭が充満した生地獄の惨状であった。

この日、比島基地を発進したわが海軍第七六一航空隊の一部の数機は、薄暮ごろ北地区上空をゆうゆうと飛んだ。この友軍機の爆音を聞いて、残存守備隊は喜んだ。負傷者は苦痛を忘れてひたすら感激した。やがて敵の対空射撃はいっせいにこの数機に向けられた。対空射撃、曳光弾は、ペリリュー上空に幾十万本もの光る糸となってあたりを昼のように照らし出した。だが友軍機は敵の集中射撃を物ともせず、東方に飛び、やがてペリリュー島東方海上の敵艦船二隻を攻撃炎上させた。

まだペリリュー島裏街道、東海岸マングローブ林沿いに南下中の飯田少佐以下大隊主力と、第六中隊島崎秀夫大尉以下百八十名は連絡途絶し、合流できないまま夜を迎えたが、前述した伝令によって連絡、島崎隊は引野大隊指揮下に配属され奮戦するように指示されるにいたった。

中川大佐は用意周到であった。米軍に対する降伏文書を連隊旗手の烏丸洋一中尉に作成させた。

「勇敢な米軍兵士諸君!」と見出しを大文字で飾った。

「諸君がこの島に上陸して以来、まことに気の毒である。悲惨な戦闘の中において、わが方はただ君たちに射撃を浴びせるだけで、水も与えられず相すまないと思っている。諸君は勇敢にその任務を果たした。今や武器を棄てて、白旗またはハンカチを掲げて日本軍陣地に来たれ。喜んで諸君を迎え、できるだけの優遇をする」

と書いた降伏文である。

もちろん、これを見て白旗を掲げた米兵はなかったが、その必勝の信念はりっぱなものであった。

守備隊が米軍に投降宣伝文をプレゼントした日から数日たったある日、引野大隊の山口上等兵が斬り込みに出かけた。途中、北地区で異様な物を見た。付近一面にばらまかれた便箋紙大の印刷物である。敵のまいた物で毒でも塗ってあるのか、紙の爆発物としか考えられない。〝君子危きに近寄らず〟と彼はそれを避けて通過しようとした。しかしこれらがあたり一面にちらばり木の枝にも引っかかっている。敵は飛行機でペリリュー島全島にばらまいたのだ。恐る恐る近寄って見ると、紙面一ぱいに懐かしい日本語が印刷されていた。眼が活字を追ったとき、それが敵のデマ宣伝であることに気づいた。

守備隊が米軍に対してばらまいた投降宣伝文の返礼に、こんなたくさんの印刷物をばらまくとは、まったくもったいないことだと、彼はそのうちの数枚を拾って、一応中隊長に報告するために持ち帰った。もちろん隊長以下生まれて初めての異様な文面をのぞき込んだ。敵は守備隊が弱音を吐いて土壇場に追い込まれたと思って、心理作戦を開始したのだ。

その内容は、

「日本の軍人諸君、この戦闘は米軍の勝利であることは明らかとなった。わが米軍は君たちの勇気と戦術には驚いた。感心する。しかしわが方の武器と兵力から見て、わが勝利は疑いない。われわれは勇ましく戦った君たちが戦死することは気の毒に思う。軍人と軍人のお互いの尊敬上、君たちにこの戦闘をやめることを勧める。戦闘をやめた際は、君たちをできる限りよく取り扱ってやる。みんなに食料と休息を与える機会が十分にある。明日十二時から二十二時まで裏街道へ、この札を持って出て来れば、君たちがこの通告に応ずるものと認める。各人が戦闘を中止することを認める。わが方はこの札を持って来る兵士を、最寄りの指揮所に迎える」

と、えらく親切さをほのめかしたものであった。また他の一枚には、

「米軍はすでにこの島の大部分および飛行場を占領し、今や残った日本軍の全滅を開始しようとしているところである。しかし戦闘を勇ましく続けている模範的な諸君に感伏した。日本の将兵諸君、君たち一生の最大の判決問題である。見事に戦死するものはまことに勇ましい。しかしこの戦争が終わった後、ふたたび日本を建てなおすも、君たちの義務であり、責任ではないか。むだな戦死をするより、日本を建てなおす希望者があれば、裏街道に武器を棄て、手を挙げていらっしゃい。米軍は第一線の通過を許し、後方の飲食物や衣類の十分ある休憩所に迎える」

この宣伝ビラも、守備隊が戦闘で忘れかけた戦陣訓を思い起こさせたに過ぎなかった。

効果のないことがわかると敵は手を変えた。

「日本の兵隊さん、内南洋の島々は、全部米軍が保有しています。日本の兵隊さん、

戦争をしてもつまらないから止めようではありませんか。米国艦隊と日本艦隊と決戦をしているが、日本艦隊は全滅に陥っている。日本の兵隊さん、あなた方はこちらで戦争していて、故郷のお父さんやお母さんには会うことができないじゃないですか。お互いに話し合って戦争をやめましょう。最後の五分間、よく考えてみてください」

今度は内容を変えて、耳に訴えて実感を出そうとした。マイク放送である。

借り物の日本語のように、不自然な言葉であった。だが守備隊員は警戒心を旺盛にして、〝ヤンキーの奴、いよいよ奥の手を出したな、そんなことばにだれが乗るものか〟と笑いとばした。もちろんわが守備隊員は、重傷、人事不省などのため敵に捕獲された者、あるいは死の一歩手前に蘇生させられた者以外、一人も進んでこれに応ずるものがなかったのは言うまでもない。

だが、この日までに、日本軍負傷者など七名および中ノ台、水戸山付近で朝鮮人の軍属八十四名――海軍第二一四設営隊軍属が米軍に捕獲されていた。敵の投降宣伝があってから、守備隊はますます活気にあふれた。このころガドブスから支援して、米軍を叩いてくれていた友軍野砲の射撃は実にみごとであった。米軍はこの野砲を沈黙させようとして艦砲射撃をしたが、わが勇敢な野砲隊は、なお北地区の敵に砲撃の手をゆるめなかった。米軍はたまりかねてガドブス島に盛んに煙弾を撃ちこんで、砲兵陣地の日つぶしにとりかかった。ガドブスからの野砲の支援は、それほど有効であったのだ。

しかしこのため、ガドブス島は終日艦砲と爆撃にさらされていた。

引野大隊正面に展開した敵の大群は、ガドブス島に対して、二十八日午前八時から九時ごろまで、戦艦、巡洋艦各一、駆逐艦二、重砲数十門をもって艦砲射撃、砲爆撃をくわえ、いよいよガドブス飛行場占領を企図しつつあった。ひき続き中戦車、水陸両用装甲車各十数両を有する約二個大隊の部隊をもって、九時すぎ、同島南方海岸に上陸を開始した敵は、二十隻もの上陸用舟艇を使用して、干潮時を狙い上陸しようとした。

ガドブス島は、同島守備の歩二連第三中隊主力（鈴木清大尉、引野大隊配属）がすでに九月十六日夜間に、水戸山に転進し、一部の監視部隊（海軍航空隊および第二一四設営隊の一部を含む）が残置されていた程度で、損害は軽少であったが、敵は、最近応援に来たらしいコルセア二十機が、五百キロ爆弾をガドブスに雨のように降らせた。またその一部は、近くのアンガウル島を盛んに空襲した。

同残置部隊とは通信途絶し、夜半までにガドブス守備隊の大部は玉砕していたが、島の北部の洞窟には米軍も近寄らなかった。第二連隊の勇将鈴木大尉以下第三中隊員は、北地区激戦に協力して、敵に多大の損害をあたえ、九月二十八日、北地区で護国の鬼と化したのであった。

九月二十八日、水戸山方面陣地付近では、電探台の攻防をめぐり、彼我の死闘が繰り返された。この日の戦闘では、わが守備隊が地下洞窟にあり、その頭上の稜線上には敵がいるという特異な混戦状態であった。ここで手榴弾戦、また近接戦闘が激しく繰り広げられた。しかし、引野大隊長以下独立歩兵第三四六大隊の勇戦も限りがあり、損害が続出して、苦戦におちいった。またこのころ引野大隊はひき続き水戸山南端にある標高五十メートルの電探台と海軍の通信所付近と、わが野砲陣地からの支援射撃のもとに、守備隊は決死の出撃を敢行し白兵戦で火花を散らした。

九月二十八日、戦況はわが方に不利。小銃で米軍に猛射し続け、逆襲を反復して勇戦したが、その夜、引野通広少佐は、敵の砲弾により重傷を負い、ついに壮烈な自決をして、あっぱれ武人の最期をペリリュー島水戸山に飾った。

ここに北地区引野大隊の組織的戦闘は終わった。しかしながら負傷した生存者は、開口部を爆破閉塞された地下坑道陣地内にたてこもり、なお執拗に抵抗したが、ついに力尽き、一部は中川連隊主力に合流を図ったが果たさず、北地区守備隊の大部は十月二日ごろ玉砕した。

この時の戦闘は、米軍海兵隊公刊戦史には、次のように出ている。

「九月二十八日、海兵第五連隊第二大隊は、その戦闘指揮所を元日本海軍無線通信所に置いた。この建物は実に堅固なもので、米軍砲爆撃のため破壊されてはいたが、まだ主体は残っており、建物の中の日本兵の死体は取り片づけて、戦闘指揮所として利用したのである。だがそこは、日本軍が射程距離を熟知しているため、命中率がよく、必ずしも安全な場所とは言えなかった。迫撃砲弾がこの戦闘指揮所周辺に落下し、相当数の死傷を出した。その一例としては、ゲール少佐周辺にいた部下が全部戦死したことを見てもわかる。

ペリリュー北地区の日本軍守備隊は、燐工場を陣地として頑強に抵抗するので、海兵第五連隊ハリス大佐は装甲部隊を招致し、艦砲と砲兵に連絡し、ペリリュー北端付近およびガドブス島の日本軍砲兵の制圧を要求した。海兵第五連隊第二大隊は、敵陣地前の対戦車壕を処理しない限り前進できず、装甲部隊の支援を待たなければならなかった。そこで、ブルドーザーを使い、くわえて中型戦車を繰り出して、敵陣地前の対戦車壕を埋めてしまった。八時三十分ごろである。ついで火焔放射装甲車が前進し攻撃を開始した。数分にして一切の抵抗が終わった。陣地跡には日本軍守備隊約六十の黒こげの死体があった。驚くべきことは、日本軍守備隊は、ペリリュー北端で、あらゆる天然の洞穴を利用し、特に重火器を掩蔽《えんぺい》して頑強に戦い、米軍を悩ました。

一方、日本海軍は、民間で炭鉱や隧道作業に従事していた者だけで編成した第二一四海軍工作大隊の援助を得て、洞窟陣地を構築した。これらは海兵第五連隊の前進をはばみ相当の犠牲を出した。こうした日本軍に対して、単なる勇気や英雄的攻撃は不向きであった。高地や斜面に、モグラの巣のように縦横に洞窟ができているので、さすがの海兵隊も攻撃することができない。手榴弾、ガソリンかん、八十一ミリ曲射砲、火焔放射器、百五十五ミリ砲も使用したが、日本兵はこれらの猛攻に対しても、洞窟の中から手榴弾で応戦し、なかなか絶滅するにいたらない。丘の上を占領した海兵隊員も、洞窟に隠れた日本兵には全く無力に等しく、ただ驚くばかりであった」

昭和四十一年八月十二日、私はこの島に収骨に訪れたが、その日、島民村長の説明によれば、数名の者はゲリラ兵となり、昭和二十二年ころまで、終戦を信ぜず敵を悩ませ続けながら、地下坑道陣地に生存していたという。さらに、島の中央、西海岸にも三十四名の集団生存者がいた事実は有名である。だからペリリュー島の戦争は、昭和十九年九月十五日から三ヵ年も続いたことになるのだ。

第七章　闘魂は尽きず

岩も人も焼くナパーム弾

大山の戦闘指揮所を中心に、わが複郭陣地に対し、敵はひき続き猛烈な火力封鎖作戦を強化しつつあった。

九月二十九日、米軍はコルセア機二十機をかり出して、ナパームを充塡したタンクを各洞窟陣地の頭上に投下し、次に焼夷弾を投下して点火した。各陣地はまたたくうちに焰に包まれ、炎々と燃え出した。洞窟陣地の表面は、十五日来の砲爆撃によって、すでに禿山《はげやま》となっていた。その禿山の表面の岩が燃え出したのである。米軍は守備隊が丸こげになって苦しんでいると想像していた。

しかし日本軍将兵は、このすさまじい敵の新手の焦土作戦を察知し、洞窟の奥深くに姿を隠して、高地の中腹にある洞窟の東西の入口からしたたり落ちるナパーム・ガスの高熱を避けた。おりからの熱風は、嵐をまき起こし、あらゆる洞窟の入口から煙をからんでどおっと吹き込んだ。

「煙を入れるな！」

このとき、高木上等兵は、洞窟の入口に立って、毛布を四つに折って大きなうちわがわりに、煙と熱風をあおぎ出した。どこの洞窟も煙を入れまいと洞窟の入口に立ちはだかった者が、敵の撃ち出した砲撃によって次々にたおされていった。しかし壕内の将兵は、頭上で炸裂する焼夷弾の轟音が、岩を通して重苦しく頭の芯まで響く、その苦しみを感じるだけであった。

物量を誇る敵は、禿山が焼きつきてしまうのを待たず、つぎつぎに飛行機をくりだし、焼けただれた洞窟陣地全体に、五百キロ爆弾を雨のように降り注いだのである。五百キロ爆弾の威力は、高地をぶち割るように、洞窟をゆさぶりつづけた。そのたびに頭上の岩が激しく落ちて、頭や首すじに落ちた。今にも洞窟が真っ二つに割れて飛散しそうである。しかしいくら激しくとも、夜になれば爆撃は止む。それまで耐え忍ぶことがこの場の急を避けるただひとつの道だ。

敵はこの五百キロ爆弾を終日投下した。その日投下したのは、実に五百個以上であった。文字どおり天も地も鳴動し、凄絶の限り尽くし、わが複郭陣地の頂上はしだいに削り落ち変型してしまった。しかし縦横に走る人工の洞窟も、自然の鍾乳洞などにたてこもったまま、こらえにこらえたため守備隊の損害は意外と軽微であった。

この洞窟陣地を根こそぎ削り取らない限り、米軍がどれだけ爆撃と焦土攻撃を続けても、絶対に安全であることに、この日、わが守備隊は確信を持ったのである。守備隊は米軍がいかなる次の作戦を考えて姿を現わすのか、今やおそしと待ちかまえた。

翌九月三十日、ついに敵はナパーム弾攻撃の効果なしと判断して、火力封鎖もまた数日来の宣伝攻勢も中止してしまった。守備隊は、米軍はきょうはどんな攻撃で出るのかと、敵の動きを監視していると、同日朝、大山周辺の複郭陣地の西と北正面に一個大隊半、東正面に同じく一個大隊半、予備隊をあわせて約五個大隊の敵は、わが複郭主陣地付近を封鎖監視する新戦法を展開したのである。そのうち、この敵の戦車、火焔装甲車各一を含む約一個中隊は、十時半ごろついに水府山東北方の裏街道沿いを走る丘陵を奪取した。

敵のこの進攻を考えれば、日本軍の中央複郭陣地は、難攻不落である。たとえ陣地を奪ったとしても、縦横に通路のある洞窟は、かえって日本軍を散らばらせる結果となって、米軍に不利であるかもしれない。

いずれにしても複郭陣地の一角をくずして北方から攻め立てなければ、ペリリュー戦は進展しない、と考え抜いたあげくの作戦でもあったのだ。

この日、敵はひき続き、夕刻までに水府山北稜線に進攻してきた。

上陸付近の海岸に築かれた砲兵陣地から、米軍は山腹の日本軍に猛烈な砲撃を浴びせた。海上には米軍の支援艦船が見える。

この夜、中川連隊長は、戦勢挽回《ばんかい》をはかり、すでに地形にも、戦闘にもなれた飯田大隊を基幹とする挺身斬込決死隊、肉薄攻撃隊を数十組編成、爆弾五百発をうけて、山形の変わった高地から、眼下に見えるペリリュー飛行場に肉薄し、敵の飛行機の破壊を命じた。次に敵の重火器砲の破壊と戦車攻撃を命じた。

飯田大隊は、

「今夜こそ千明大隊の仇を報じ、逆上陸の目的をここで果たさん」

と、獅子奮迅の夜襲戦法に全力を尽くしたが、敵の陣地は意外と強固で、例の照明弾の照射に阻止され、弾薬糧秣多数を捕獲し、戦果を挙げたものの、最大の目的である飛行場突破はかなえられずに終わった。飯田大隊の受けた損害も大きかった。この夜、敵は、飛行場を照射して何やら作業を続けていた。四十四機の敵機が着陸している。

その日の十二時現在、中川連隊長は、残存の兵力を掌握した。各洞窟陣地に点在する将兵に思いをはせる連隊長の心は重かった。さらに、激減した戦力の報告に心を暗くした。

その兵力は、歩兵第二連隊第一大隊市岡大隊、同第三大隊原田大隊、歩兵第十五連隊第二大隊飯田大隊の歩兵三個大隊（一個大隊約三百）および歩兵第二連隊砲兵大隊小林大隊（火砲全壊）同五十畑工兵、岡田通信、阿部補給、安島衛生各中隊、野戦病院その他の部隊ならびに海軍航空隊の臨編、陸戦隊約三百を合わせて残存将兵は、約一千八百名である。

糧秣は多少はあるが、兵器、弾薬はだんだんと損耗し、戦況の推移は楽観を許さなくなった。

九月二十一日来、天山死守を命じた歩兵第二連隊第二大隊富田大隊とは九月二十五日来、通信連絡途絶し、中川連隊長は同大隊を掌握できなかったが、同大隊関口中尉以下約百五十名は健在し、命令どおり天山の北部を固守し、敢闘を続けていた。

主要陣地は洞窟の中

「また照明弾だ、畜生。がんばってくれ。俺たちもすぐ行くからな」

　パラオ本島にある十四師団長以下の将兵は、日夜悪戦苦闘しているペリリュー、アンガウル両島守備隊に思いをはせた。緒戦の十五日の夜間以来、連続して打ちあげられる青白く光るペリリュー方向の米軍照明弾を眺めるたびに、戦友の身を案じて躍起になっているのである。しかし、そのパラオ一帯もすでに昼夜の別なく、激しい空襲があり、食糧は欠乏しつつあった。米軍は、いつパラオに上陸するかもわからない。将兵は不安と恐怖に明け暮れていた。

　そのころパラオ地区集団司令官井上中将は、飯田大隊の逆上陸にひき続き、第二次ペリリュー島増員部隊として、歩兵第十五連隊第一大隊長今野義雄少佐以下の派遣を準備中であった。この計画を一時保留したのは、九月末にペリリュー島の戦況が激変、北地区が危険になったためでもある。

　井上中将は同じころ、小久保荘三郎大尉の指揮する海上決死遊撃隊のペリリュー派遣に待機を命じたのであった。

またペリリュー守備隊の特攻肉薄斬り込みを容易にするために、海軍航空部隊に、「夜間継続的にペリリュー島攻撃支援を頼む」

と比島方面第三南遣艦隊司令官に具申した。今考えれば、この時もしパラオの海軍が、パラオ本島の山奥アイヲイ飛行場に、二十機ばかりの戦闘機をかくしていて、ペリリュー島の複郭陣地のある高地以外を夜間銃爆撃することができたなら、安心して眠っていた米軍を、一夜にして粉砕できたのだが……。

ペリリュー島では、中川連隊長は、ここ数日の全般の戦況から判断して、黎明までに大山、水府山、東山、南征山および観測山など南北約八百メートル、東西約三百五十メートルにおよぶ複郭陣地間の態勢整理を完了し、今後は長期持久出血戦法を主眼として敵と対抗する方針に転換した。

この最後の戦法により米軍に多大の出血を強要することとなったのである。

十月一日、緒戦の日から数えて十六日目、水府山の戦況は、早朝七時半、水府山北麓を包囲した敵は、ふたたび攻撃を開始して、わが守備隊に戦闘をいどんで接近した。

水府山北麓を守るのは歩兵第二連隊の原田良男大尉の指揮する第三大隊(第七中隊欠)基幹の精鋭であった。大隊は水府山高地の洞窟陣地に大隊の重火器を連ねて、敵が至近距離に迫るのを待った。米軍は発砲しない守備隊をあなどって近接したから、ひとたまりもない。一斉射撃をまともに食って、一歩も進めない。

大隊は猛射を続けること数時間、あたりの石灰岩が銃弾で打ち砕かれ、白い砂塵をまきあげて一寸先も見えないような熾烈な戦場になった。高地から射ち下ろす守備隊の射撃にたおれる敵は、そのいずれも頭部貫通で即死である。大軍に攻撃されても、頭部を狙って発射するこの落ち着きと、射撃に対する日ごろの自信を十分発揮している水戸部隊の精強さに、敵はただ驚きうろたえて逃げ出した。

この日、激しい戦場の跡に、敵が放棄した山なす遺骸の側にあった、真ん中を射抜かれた鉄帽にはヤンキーらしく、

「ただ今米兵一名到着」

「地獄の勤務は終わりました」

と書かれていた。日本式に訳せば、

「靖国神社にてまた会おう」

でもあり、彼らにしてみれば、天国に行った時、聖ペテロに向かって言う、初対面の報告のことばであったのだ。

一方、井上中将は、パラオ司令部から大本営に、ペリリュー戦況を電文で次のように報告した。

「十月二日、ペリリューノ危機切迫ト判断、尚《なお》中央高地ニ立籠ル兵力ト守備隊本来ノ素質ニ鑑《かんが》ミ、依然トシテ最後ノ難局ヲ打開し得ルト確信ス。鋭意守備隊ヲシテ強靭《きょうじん》ナル戦意ヲ昂揚、夜間水上偵察機ノ、守備隊ヘノ協力強化ヲ万全シ、万策ヲ尽シツツアリ」

中川連隊長は十月一日午後、すでに北地区、ガドブス島が敵に奪取されたので、引野大隊残存部隊の連隊主力への合流を下令したが、二日零時以降は、引野大隊との通信連絡が途絶え、引野大隊最後の状況を把握することができなかった。

一方、午後八時から九時の間、在パラオのわが海軍第三十根拠地隊の水上偵察機二機は、すでに敵が占領し拡張作業中（九月二十四日以来、一部の戦闘機など使用開始）のペリリュー島飛行場を爆撃したが、成果を収められなかった。なおアンガウル島に飛来して、無線通信機を投下したのも、この戦闘機であった。著者が二十四発の敵弾をうけ、敵司令部斬り込みに洞窟をはい出したのも、このころである。

十月二日、わがペリリュー島中央複郭陣地の大部を包囲した敵は、朝七時三十分から、しきりに部隊交替を実施し、慎重に今後の攻撃を準備中の模様であり、この日、積極的地上攻撃はなかった。

ガドブス島は、なお銃砲声が盛んであるが、水戸山付近の戦闘は、夕刻までに終結したのか、静かとなった。

敵はここ数日来、宣伝攻勢を中止している。同夜半、わが海軍、南西方面艦隊（比島方面）の潜水艦は、ペリリュー島南西海上の敵艦船を攻撃、その一隻を撃沈した。

同じ二日、鳴りをひそめていた米軍は、夜になって、ペリリュー島中央高地の複郭陣地の守備隊を封鎖、全滅を企図し、終夜におよんでペリリュー全島の主力砲と、ペリリュー島沖合をとり囲む艦船に、艦砲射撃を命じ、連続して同陣地を砲撃した。この砲撃は、師団長ルパータス少将が、ペリリュー島作戦の行き詰まり打開作戦として、大山、南征山をのぞく日本軍複郭陣地、すなわち北から水府山、東山、観測山、中山、天山に対する総攻撃であり、攻撃重点を東山に定めた必死の作戦であった。

守備隊は、洞窟深く身を潜め、夜の明けるのを待つ以外方法もなかった。この砲撃は猛烈をきわめ、洞窟陣地は鳴動《めいどう》して傾き、島全体の位置が変わったかと思うほど激しかった。米軍の発射弾数はじつに四万発を越え、そのすべてをペリリュー島中央以北に撃ちこんだのだから想像に絶する。

敵は、この砲撃に期待をかけた。おそらく昨夜の砲撃で日本軍は全滅したであろうと……。

一方、守備隊は、

「こりもせず、定期便がおいでなすったぞ」

翌三日、時刻も同じ定期の七時三十分、敵は中央高地をめざして南北から総攻撃を開始した。昨日、原田大隊に撃退されたその恨《うら》みを抱く敵は殺意に燃えていた。敵は昨夜の四万発の砲撃は、日本軍に確実な効果を与えたものと期待して進んできたが、その期待はみごとに裏切られて、わが守備隊の重火器中心の一発必中の迎撃は、火蓋を切って落とした。

しかし、敵戦車十数両の戦車砲と、われに数十倍する優勢な敵の前に後退をよぎなくされ、敵に多数の死傷者を続出させながらも、東山の山頂の一部をついに奪取された、十月三日午後三時半、北方から攻撃してきた敵は、わが水府山の東側の台地を占領し、夕刻になって敵の南北部隊は連携をとり、ここに米軍の包囲攻撃戦は、めだって強化された。

一方、敵の一部は、同日正午、わが戦闘指揮所のある大山高地南部の四つの峰のうちの一部を奪取したが、わが守備隊は、夕闇に乗じて攻撃し、奪取された峰の敵を撃退して、ふたたびわが手中に納めた。

この日の戦闘によって、わが複郭陣地の東山高地と水府山東側丘陵の両頂境界線から東は敵の手中に落ちた。したがって敵は裏街道も守備隊から奪取してしまったことになる。

以上が東山付近の戦況であるが、わが勇猛守備隊は、迫撃砲射撃を中心に、適切、沈着、必中の狙撃の威力によって、敵に甚大な損害を与え、寡兵よく大軍に対し、関東軍の底力と、水戸歩兵の粘り強さを発揮した。

この日、米軍のハンキンス大佐が、日本軍の一発の小銃弾の狙撃によって即死している。彼はペリリュー島戦死者の中では最上位の階級であった。

東山を中心とするこの日の戦闘を米軍公刊史によって振り返ってみよう。

「米軍は水府山の北方を海兵七連隊三大隊が攻め、東山の東南から海兵七連隊の二大隊が攻撃、天山は海兵五連隊第三大隊が攻撃したのであった。また両連隊は、同じ地域の戦闘が、九月十九、二十日の二日間に守備隊から甚大な損害を受けたため、その後の戦闘には、空中偵察、地上偵察により十分調査した。その結果、日本軍に叩かれた原因は、狭い道を米軍が一列縦隊で進攻するには煙弾、煙幕を多く使用して迫撃砲の支援と臨時小銃隊の支援を頼りに、東山の頂上に達したが、守備隊の猛射に進退きわまってしまったためである。日本軍から正面はもちろん、大山と観測山の中間から猛射されて、困った。戦車の砲撃と火焔放射器、砲兵火力にたよって、やっと東山の山頂を占領した」

日本軍守備隊の猛反撃にてこずった様子が察せられる。

日本軍守備隊の各陣地の連携もみごとなものであった。しかし、東山頂点を敵に占領されたことは、その後の戦闘に重大な影響を与えかねない。もし敵が野砲などをこの東山の頂点に分解搬送しすえつけたとしたら、守備隊洞窟陣地の入口は砲撃されることになる。しかしその七十メートルにおよぶ断崖の高地頂点に、敵は野砲をすえつけることができるだろうか……。

なおこのあたりには野戦病院と衛生隊の洞窟があった。

暴風雨下の激戦

十月二日夜から天候はしだいに悪化し、三日ついに暴風雨となった。十月四日、暴風雨はなおもやまず、地上には、激しい戦闘が繰り返されていた。

しかし、この雨は、水不足に悩むわが守備隊にとっては、まさに干天の慈雨であった。

「いいおしめりだぜ」

兵隊たちは、洞窟開口部に流れこむ雨水を天幕、飯盒、水筒などにため、久しぶりにのどをうるおし、その士気は大いに高揚した。

十月五日早朝、水府山正面の敵約一個連隊は、ふたたび激しい集中砲撃の後、わが複郭陣地に対し攻撃を再開した。大山、観測山に対しても火焰放射器を交えて、約一個大隊の敵が、水府山に対するものと連携して攻撃してきた。

午後三時半ごろ、敵は水府山東北麓の三つの小さな丘を占領、ひき続き水府山東北尾根に進出、わが有効射程内に接近したので、同地守備の原田大隊は機関銃、軽機、擲弾筒、速射砲、小銃などの全銃砲をもっていっせいに射撃開始、同尾根上に進出した敵に大損害を与えた。敵はついに煙幕を展張して退却、日没ごろまでに完全にこの敵を撃退した。

米海兵隊公刊戦史によれば、「この戦闘により、水府山、東北稜《りょう》線で約一個中隊の大損害を受け、実戦力一個小隊に低下した」と述べている。

同じ日、大山、観測山正面でも狙撃と肉攻で、敵の中戦車二両を破壊し、進入してきた敵を撃退した。

米軍は十月五日、飛行場の修復を終わったもようで、着陸機は四十数機、ドラム缶も多数集積し、夜間照明下に同滑走路と誘導路などの拡張工事を実施中である。

米海兵隊公刊戦史によれば、「海兵第一師団の損害は、九月十五日のペリリュー島上陸以来、十月五日までの間、戦死千二十七名、戦傷四千三百四名、行方不明二百四十九名、合計五千五百八十名に達した」と述べている。

ペリリュー島の驚異的な死闘は、次々と大本営に報告されていた。天皇陛下もペリリュー島の守備隊将兵に思いをはせられ、度々ご嘉賞《かしょう》の言葉を賜わった。しかし、その劣勢は手の施しようもなく、いつまで守備隊がこの島を持ちこたえてくれるか、期待はそれだけにかかっていた。大本営では太平洋前線の抵抗が長引けば長引くほど、作戦の立て直しに有利であると考えていたのである。

このころ、パラオに在る井上集団司令官は、在ペリリューの敵撃滅を計画していた。

「パラオ守備兵をもって肉攻、斬り込みを強化し、敵戦力の消耗をはかりつつ、猛烈な戦闘を敢行するとともに敵の艦船転用、悪天候、悪気象、悪海流の時期を利用し、この好機に乗じ、在パラオ本島の歩兵第十五連隊残余、歩兵第五十九連隊主力、要すれば独立混成第四十九旅団の独立歩兵第三三六隊大隊長土井詮生大佐をペリリュー島に逆上陸させ、至短期間に敵撃滅をはかろう」

諸般の準備が着々と進められていった。

この一大逆上陸は実施されなかったが、もしあの時、わがパラオ海軍に潜水艦があって、これらの逆上陸部隊を隠密裡《り》にペリリュー島に運ぶことができたら、米軍を短期間に全滅できたであろう。

ペリリュー島守備隊が、これだけがんばっていたのに、逆上陸の好機を逸した井上中将はまったくボヤボヤしていた。なぜなら、米軍が九月末日から十月四日までの日本軍の反撃、豪雨、病気、疲労、日射病などで海兵隊七連隊一大隊の兵力九十名、二大隊は三十パーセント残存、三大隊は全滅、連隊としての戦力ゼロにひとしかったのだ。この連隊は十月中旬、ついに使用不能となってペリリュー島を去ってゆく直前であったのだ。それだけにパラオ本島司令部の援軍作戦のまずさにはあきれたものである。

十月六日、飯田大隊の挺身斬込隊は、昨夜来、敵陣に潜入中であったが、十月六日零時以降、その一部はペリリュー島飛行場に進出し、零時半から午前二時五十分の間、同飛行場に連続火災を発生させ、敵をあわてふためかせた。

午前八時ごろ、わが複郭陣地当面の敵は、部隊交替を完了したもようであり、午前九時ごろ攻撃を再開した。

一方、水府山方面の約一個大隊の敵は、戦車道路を構築しつつ同北側谷地に進入、その一部は水府山中央尾根北端に進出したが、原田大隊は夕刻、この敵を撃退した。

さらに十月三日来、東山に侵入した敵は、攻撃陣地を強化中であり、わが守備隊は同夜この敵に対し、肉攻と斬り込みにより、その撃滅をはかったが不成功に終わった。

十月七日、観測山周辺地区では、中戦車約六両を含む一個大隊の敵が、午前六時半ごろから約二時間半にわたり、砲兵の攻撃準備射撃（約二万五千発、五発に一発の割合で煙弾混用）の後、同九時攻撃を再開した。これがため終日視界が不良であったが、観測山北方谷地に進入した敵戦車は、わが洞窟陣地を狙撃し、火焔放射攻撃を併用した。わが方はこの敵に多大の損害を与え、夕刻これを撃退したが、守備隊もかなりの戦死傷者を出した。

この日、天皇陛下からペリリュー島守備隊に対し、四度目のご嘉賞の言葉を賜わり、また寺内南方軍総司令官から

「熾烈ナル砲爆撃下、敵ニ多大ノ損害ヲ与エテ健闘シツツアル貴軍ノ勇戦ハ、全軍ヒトシク感謝感激ニ堪《た》エザルトコロニシテ、ソノ偉績ハタダフィリピン決戦ノ先駆タルニ止マラズ、今ヤ全軍決勝意識爆発ノ導火《どうか》トナリ、モッテ戦勢逆転タラシメントシツツアリ。不幸、予ニ増援ノ手段ナク、タダ、貴軍ノ健闘ヲノミ祈念シアル次第ナルモ、乞イ願ワクバ万障ヲ克服、百難ニ堪エ、驕敵《きょうてき》ヲ撃滅シ、負托ノ重キニ応エ奉ランコトヲ切望ス」

との訓示があった。また関東軍総司令官から、

「勇戦滅敵ノ武勲ニ対シ、衷心慶賀《ちゅうしんけいが》ノ意ヲ表スルト共ニ、ワガ無敵完勝兵団タルノ実ヲ発揮セラレンコトヲ祈ル」

との激励電報などが中川守備隊長に伝えられた。これらに対し、中川大佐は、

「四度、優渥《ゆうあく》ナル御言葉ヲ拝シ、守備部隊長以下、感憤《かんぷん》勇起シ、決死スミヤカニ聖慮ヲ安ンジ奉ランコトヲ期シアリ」

と奉答した。

ペリリュー島通信隊の活躍は、当時の大本営が、「熾烈な激戦の最中によくぞ送った」と賞賛したように、パラオ司令部に無線通信で送った貴重な戦訓はじつに数百回におよんだ。

十月七日から、水府山方面の敵は、密林などの焼夷戦法を進め、戦車道路構築と併行して着々攻撃を準備中であったが、八日になると午前七時および午後一時の二回にわたって、大山南部および南征山などに対し、五百キロ爆弾約五百発とナパーム攻撃をくわえ、わが中央高地複郭陣地の焦土化を企画した。

この爆弾によって水府山洞窟陣地の開口部の大部は閉塞《へいそく》された。また敵は水府山西北尾根北端の断崖（比高十〜二十メートル）を砲撃で崩し、浜街道方面から水府山に突進する攻撃路を準備した。

このころになって、敵のペリリュー島飛行場使用は、しだいに活発化し、飛行場を拡張し、滑走路を千八百メートルも延長完成させ、使用を開始した。

十月八日、大本営は、ペリリュー島の奮闘を全国民に告げるとともに、異例の措置として、「パラオ方面の陸軍部隊指揮官は陸軍中将井上貞衛にして、海軍部隊指揮官は海軍中将伊藤賢三なり」と陸軍最高指揮官名を公表した。

この奮戦の報は、当時マリアナ戦域失陥の悲報や、各地の転進状況に、暗い思いに満ちていた国民に唯一の朗報となって、全国津々浦々に緊張と感動を与えた。

しかし戦況は刻々と悪化、ペリリュー島の要塞、水府山洞窟陣地の北部は敵に奪取され、火焰攻撃はますます激烈化して、十一日、敵はひき続き水府山南部に戦線を拡張し、その日の十五時ごろ、水府山の大部分を占領した。

わが第三大隊は残存兵力を結集し、同夜水府山奪回を企図して猛烈な逆襲を敢行したが、不成功に終わり、ここに、大山周辺複郭陣地は北部の緊要な地形を敵の手に渡すことになり、玉砕も近迫していたのである。

物量と科学力に圧迫されて

ペリリュー島守備隊は必死であった。十月十二日、大山南部における敵は、逐次部隊を整理中であった。その日摂氏四十度、島の表面から立ち昇る熱気は、火でもつきそうな暑さである。守備隊は血と汗にまみれながら洞窟にたてこもって敵の迫るのを待っていた。

敵はゆうゆうと移動しているが、攻撃をしかけなかった。だが、夜になって、闇に乗じて大山の南部に浸透して来た。守備隊は大山の洞窟の高地の八合目あたりに来て、敵の近迫するのを感じて、夜襲戦を挑む敵の作戦を察知した。敵は大山の断崖にとりついて静かに登りかけたのである。昼間近づけば狙撃され大損害を受けるため、夜をねらったのは当然である。夜間戦闘を嫌う敵にしてみれば、よくよく考えた末の作戦だったのだろう。

「夜戦なら、こっちがお手のものだ」

しかし、守備隊は闇夜のしかも眼下に迫る米軍に対し、できることといえば、手榴弾をお見舞するよりほかに何もない。手榴弾ならば、少なくとも五メートル四方の敵を殺傷する力があるのだ。守備隊は大山の洞窟という洞窟の入口で、手榴弾の安全栓を抜いて待った。

敵が崖を登り、次の敵の一波がまた崖を登り、大山の高地の麓に、なるべく大勢の敵を集めてから、思い思いに手榴弾を投げつければと身構えたのである。ところが敵もさるもの、八合目の洞窟は地上から六十数メートルもある。それを知ってか、洞窟めがけて手榴弾を投擲してきた。しかし敵の手榴弾は、大山の中腹の山肌に当たり、火を吹いては、岩を削っていた。しかし中には、洞窟の近くで炸裂して岩肌を崩すものもあったが、入口にはとうてい届かない。

一方、守備隊は、ここぞとばかり米軍の声のする方、足元の岩を崩す眼下に、思う存分手榴弾の雨を降らせた。地上近くで炸裂する火の玉が、無数に躍り上がり、米軍は次々とたおれていく。炸裂音のとどろきで、彼らの断末魔の声も悲鳴も聞こえなかったが、敵は散々に痛めつけられた。

この夜の手榴弾戦で、守備隊は勝利をおさめた。敵はほうほうのていで全員逃げ出し、大山の麓は静かに闇におおわれた。

翌十月十三日現在、中川地区隊長は、ペリリュー島の総戦力を掌握した。緒戦の朝一万名近くいた勇敢な兵員も、今は千百五十名、つまり全兵力の一割強となった。この激減も別に不思議はなかった。敵の一個師団を徹底的に打ちすえられてしまったその後の守備隊の兵力なのだ。

ときの兵器は小銃五百梃、同小銃弾二万発、軽機関銃十三梃、重機関銃六梃、弾薬一万発、擲弾筒十二筒、同弾薬百五十発、自動砲一門、弾薬五十発、歩兵砲一門、弾薬百二十発、発煙筒八十、その他米軍よりの鹵獲兵器弾薬を若干保有していた。以上がペリリュー守備隊の全兵力と装備であった。

山頂の日本軍守備隊にナパーム弾を投下するF4Uコルセア戦闘機。写真の山岳は中川大佐の指揮所のあった大山とされる。

これに対し、米軍の損害はどうであったか。公刊戦史はつぎのように書かれている。「海軍第一師団の第一、第五、第七各海兵連隊の戦力は限界に達し、特に日本軍西地区隊正面に上陸した海兵一連隊は、大損害を受けたので、十月二日、すでにペリリュー島を去った。また第五、第七連隊も九月二十三日来、増員された山猫歩兵八十一師団のアンガウル島から来た三二一連隊と、ウルシー攻略後、十月十六日にこの島に増員された同師団の三二三連隊とそれぞれ第一線を交替し、戦闘指揮もすでに三二一連隊に転移されていた」

詳しく言うと、十月二十日には米軍山猫第八十一師団の指揮所がペリリュー島に開設され、戦闘部隊の指揮権を発動し、同じ日に第一海兵師団および第三上陸軍団の両指揮機関は、空路ペリリュー島を去って行ったのである。やがて十月三十日には、第一海兵師団は全員ソロモンのラッセル島基地に帰投を完了した。なお隣接したアンガウル島には、八十一師団の三二一歩兵連隊が残置されていた。

十月十四日、敵は〝定期便〟の時間を間違えたように、馬鹿に早く攻撃を開始した。戦闘爆撃機二十数機が、大山、南征山に対してナパーム攻撃を始めた。ペリリュー飛行場から飛来する敵のコルセア機の一隊は、飛行機の脚を引っこめる暇もない。高射砲も対空機関砲一梃ない複郭陣地の上空スレスレに、幾回も旋回を繰り返して、ナパーム・ガスの充満した容器を投下しては、焼夷弾で火をつけ、陣地一帯をめらめらと焼き尽くした。六時から八時までの二時間、大山付近と洞窟付近は、炎々として燃えつづけた。

守備隊は早朝のこの火焰攻撃に対して、敵は大山に総攻撃を開始したのだと思った。しかし、八時から飛行機がパッタリと来なくなった。代わりに南征山の西北と大山の西方、すなわち天山の北部に敵の攻撃は激しくくわえられた。十四、十五、十六日の三日連続の攻撃であった。

守備隊は洞窟陣地にたてこもって、この大軍に猛射を与えて勇戦をつづけたが、三日連続の戦闘によって、北部天山の一部を敵に奪われ、水府山、東山はついに敵に占領されてしまった。このため、守備隊の陣地はしだいに狭められ、大山戦闘司令部を含めて南北に四百五十メートル、東西約百五十メートルの範囲に圧縮された。この戦闘後、天山の北部を死守していた第二大隊は、なお健在であったが、うち続く激戦のため通信連絡は途絶してしまった。

「敵もなかなかやるぜ、負けるもんか」

守備隊は、夜を待って連隊本部直轄の有力な斬込隊を組織し、大山を包囲する敵に挺進させ、拠点占領部隊と連携し敵の撃退を目的として特攻をくわえた。しかしけわしい地形のため十分敵を撃つこともできず、大した戦果をあげることはできなかった。敵がこんなに頑強な攻撃をくわえたのには、わけがあった。十五日朝以来、海兵が陸軍の新鋭兵力と第一線の交替を実施しつつあったために、戦線は全般に活気づいていたのである。

ひき続き翌十月十六日、新手の敵は、砲撃に続いて、煙弾と煙幕を用いて守備隊を煙に巻き、なお砲撃の猛射をくわえた。敵は南征山の南北から攻撃を開始した。その日、激戦の末、翌十七日南征山北部では、この敵を撃退した。

水源地を敵に渡すな

十月十七日、約一個大隊の米軍が、南征山東南側、ペリリュー島でただひとつしかない、また守備隊が生命の綱とした水源地のある池の谷間に進出してきた。

ちょうどこのころ、アンガウル島の洞窟では、一滴の水もなく、史上最悪の戦闘を繰り返していた。しかしここペリリュー島の洞窟戦は、最初からの計画であったため、この池が、水を蓄えるのに非常に役に立っていた。池を敵に渡すことはできない。それだけに池をめぐっての戦闘はすさまじかった。

わが軍は高地の洞窟から池に接近する敵をなぎ倒した。かつてはジャングルに囲まれた池に、今はもう何一つ残されていなかった。弾になぎ倒され、火焔を放射されて、障害物一つない戦場に敵が出てくると、守備隊の格好の的になって、米軍は死人の山を築かねばならなかった。

一方、日本軍はこれと逆に、洞窟陣地には何の障害物もなく、大きな洞窟の入口には、岩をいっぱい詰めたドラム缶を一列に並べて楯《たて》として、洞窟を狙い撃ちする敵の弾を食い止めていた。しかし、そのドラム缶の楯も今では、満足に原型を留めているものは少なかった。

敵は、あまりにも犠牲者が続出するので、困り抜いたあげく、考えついた方法は、砂を袋に入れて土のうを作って身をかくす戦法であった。しかしペリリュー島では、土のうは簡単にできない。第一、島には土がないし、砂は海岸まで行かなければ手に入らない。地面を掘って作ろうとしてもコンクリートのような岩肌は、シャベルも、つるはしも受けつけないほど堅いものだった。しかし敵は守備隊に近づくためには、絶対に必要な土のう代用の砂のうを使って、この池を奪取しようとしていたのであった。

翌十八日、約一個連隊弱の敵は、火焔放射器を伴って北方から南征山に向かって攻撃してきた。

この時また、戦車数両を伴う約一個大隊の数は、東山北方の鞍部から南征山東側の谷間に進出して来た。さらに南征山北方でも一個大隊の敵が押し寄せた。しかし、高地陣地はいずれもそそり立つ二、三十メートルの断崖の上にあった。敵は断崖までは攻め寄ったものの、手も足も出せない。そこで敵が考えたのは、二十メートルの梯子《はしご》であった。この梯子を登り、その一部は南征山北部の三つのコブ山のあるその山頂を奪取、ひき続き戦果を拡張し、午後一時には南征山北部にある三つのコブ高地を占領した。

わが守備隊はこの山頂に対し、三方向から歩兵火器で集中射撃をくわえるとともに、南征山南部からただちに反撃を開始して、同日五時ごろまでには、この敵を南征山から完全に撃退した。

その夜、在パラオ第三十根拠地隊の水偵機が、ペリリュー上空に飛来し、物資投下をはかったが、味方の陣地が不明確のため、不成功に終わり、水偵はパラオに引き返した。

一方、この日アンガウル島後藤丑雄少佐以下の守備隊は、最後の反撃を実施して不成功に終わり、翌十月十九日玉砕するにいたったのである。

水が闘志を支える

十月二十六日から数日間、濃霧のため視界不良となり、大山周辺複郭陣地での戦闘は、制限されてしまった。

洞窟の奥深くためてあるドラムかんの水は、将兵の命の綱であった。長期持久戦目的で作られた自然の洞窟や、燐礦石廃坑を利用した人工洞窟とさまざまな洞窟が大小五百個もあったが、そのいずれも最悪の場合、敵は水源地に罠を張り、給水妨害をするだろうと予想して、水を蓄えるために、何十個ものブリキ缶、空びんに水を入れ、スコールがあれば岩の割れ目から洩《も》れる雨水に樋をつけて流し、ドラム缶に蓄えた。準備は周到であった。

しかし緒戦以来、スコールは皆無に近く、異常気象がつづいていた。この島の気候は常夏の地で海洋性である。スコールは一般に恒風または季節風に乗じて発生し、一日の降雨量は時として内地の一ヵ月分の降雨量に相当することがしばしばあった。それが米軍上陸以来急変してしまった。考えれば、自然が日本軍に味方したのであるとも言えた。スコールのない島の温度は見る間に上昇し、午前中であっても百度を越えた。気温は四十五度にもなると、洞窟外の敵は、重装備をしてサウナ風呂にはいっているのと同じであった。

敵は暑さのため日射病になり、たおれては入院した。水を飲んでは丸薬状の塩をなめ、一日中灼けつくリーフの大地にへばりついている敵の苦しみに反し、洞窟内は米軍ほどの苦しみはなかった。

しかし、火焔に襲われた洞窟ではすさまじい洞窟戦を展開し、ある者は投げこまれる地雷と爆雷の導火線を銃剣で叩き切った。舞いこんだダイナマイトの不発弾に手榴弾を縛りつけて、逆に米軍に投げ返した者、米軍が投げこんで、今まさに爆発しようとするその手榴弾を拾うより早く投げ返す者もいる。米軍に届かぬ空間で炸裂した黒煙があたりに立ちこめ、米兵が吹き飛ぶ姿、戦友が負傷にうずくまる姿が相つぐ。ごうごうと噴射音をたてて火焔放射器の、熱流をあびせかけられ、全身火だるまとなりながらも倒れず、黒焦げになって敵兵に体当たりした者もあった。しかし動くことのできない重傷者は、洞窟内で、

「水、水、水、末期の水をくれ……」

とうめいていた。この島の唯一の井戸は爆撃されてすでになく、川もなかった。貯水されたタンクも、桶も、樽も底をついていた。しかも十月にはいってからも極地的な暴風雨はあったものの、その場かぎりののどをうるおすだけで、頼みとする降雨はほとんどなく、将兵は苦しみ出した。

「水、水、水」とうめく重傷の戦友に、

「待ってろ、水をとってきてやるからな」

と決死の夜間水汲隊が何組も出ていった。中山西南方の凹部にある池である。敵はこの池をグリントン池と呼んで、重機を備え、わが決死隊をねらい撃ちにした。このため池にのめり込んで果てた守備隊員の遺体は、百数十名にも達した。池には死体が

浮き、水は血と泥とウジが混って、腐敗した水ではあったが、夜間決死の水汲隊は後を断たず、隊員は少しずつ減っていった。

敵はこれに眼をつけ、重機の数を増して、警戒に当たった。しかし生命の水はだれもがほしい。

亀田上等兵は、最後の水を求めて、匍匐《ほふく》しつつ前進し、池に達した。池に顔を突っ込んで水を飲もうとしたが、何か目前に異様な物が浮いている。取りのぞこうとして手を伸ばすと、それは友軍の遺体であった。「目をつむってくれ。仇は討ってやるからな」と彼は水を飲み始めた。水が異臭を放とうが、濁っていようが、水分さえあれば満足なのだ。

飲む水には戦友の血が半ば含まれていたであろう。念願の水を飲み終わって顔を上げたとたん、重機に射たれて、戦友と同じように池にのめり込んだ。血は、またも池に融け込むように流れ出した。

敵が本格的に水源地を遮断したのは、十月二十七日である。池の周囲に蛇腹型鉄条網を張りめぐらした。これによって水はもう守備隊とはまったく縁が切られてしまった。

アンガウル島の洞窟と同じように、重傷者は、「水、水、水」とうめき続けている。

出血後、とくに水を求める重傷者にとって、一滴の水は高貴薬と同じであった。同日、敵は夜間の斬り込みを兼ねた水汲隊の給水妨害を企図して、池の端に電柱を立て、自家用発電器による照明を設置し、付近を昼のように明るくしてしまった。完全に水を断たれた守備隊の意気は消沈した。

しかし、翌二十八日、「雨だ!」と、将兵ひとしく叫んだ。待ちに待った雨。朝からの雨は、しばしば豪雨となった。水欠乏に悩んだ将兵は、まず十分にのどをうるおした。まさに天の恵みの慈雨である。

各自水筒に詰め、予備水を蓄えることもできた。失われかかった士気は再びとり戻され、日本軍は活気づいた。しばらくは、グリントン池に決死隊を派遣しなくてもすむだろう。

その夜は、幾組もの斬込隊が編成され、将兵は重軽傷者も含む動ける者はすべて斬り込みを決行したが、敵の土のう陣地は堅固で、わが斬り込みを受けつけず、苦戦は続いた。

一方、敵は雨中にあって、防衛陣地を改良し、土のう陣地を拡大して、次期戦闘攻撃を支援するための七十五ミリ組立式榴弾砲でかこみ始めた。

十月末、中川地区隊の戦闘人員は、軽傷者を含め五百名であった。なお三十一日中川隊と飯田大隊および海軍を含め、大隊から報告された兵器弾薬糧秣の現況は、小銃百九十梃、軽機関銃八梃、擲弾筒一、手榴弾五百、火焔びん十、戦車地雷二十、弾薬若干と、糧秣は三百三十人分あり、一日の定量を半減すれば、十一月二十日までは優にがんばれる分量であった。

しかし、もっとも必要とした無線用乾電池と手榴弾が欠乏していたので、たえずパラオ本島に補給を依頼していた。この日、本島から無線連絡があった。

「師団が派遣した通信資材手榴弾等の隠密搬入の陸軍決死遊泳隊が、ペリリュー島に到着するはずであるが、途中敵の艦船に発見されたのか、まだ何の連絡もないまま今日にいたった。十中八九まで遊泳中、敵弾を受けて水漬くかばねとなってその目的を果たせなかったのであろう」と。

なお、十月三十一日、南征山陣地では、依然として敵は同高地に接近して、南征山北端からわが陣地近くに砂のう陣地を進め、執拗に手榴弾戦闘を挑んでいた。これに対し、守備隊は毎夜、斬り込みを繰り返し、必死の抵抗を続けた。守備隊のだれもが、〈ペリリュー島を米軍に渡すな。ここを渡せば米軍は祖国に一歩近づくのだ。われわれ第一線が、この島を死守しなければ、銃後の同胞に何と言ってわびるのだ。死んでも、ここは守り抜かねばならない〉という決意のもと闘った。

火焰に攻めたてられる恐怖

南征山を奪い返した守備隊は、南征山の頂上に、日章旗をひるがえした。敵は十月十八日ここを強襲したが、撃退された腹いせに、十九日朝より南征山に猛烈な砲撃を繰り返した。守備隊を目つぶししようとして、四発に一発は煙弾を混用した。南征山付近から大山にかけて、日本軍守備隊はすべて洞窟に身を隠して艦砲を避けた。砲撃は、少しずつ山を削りはじめた。

十分間も艦砲が続くと、今度は入れ替わり航空機の爆撃が始まった。五百キロ爆弾が洞窟の入口に炸裂する。しかし敵機が南側の洞窟を爆撃すれば、洞窟内の守備隊は、北の方の洞窟に素早く移動してしまう。ちょうどモグラが一方の口を突つけば、反対側に姿を隠すように、守備隊は敵の攻撃対策に慣れきっていた。また洞窟内には多少の水もあり、夜間斬り込みの土産である米軍の食糧も、日本軍が準備した焼米もあり、食糧のために窮することもなかった。

この日、頑強な洞窟内の守備隊に手を焼いた敵は、朝から散々に艦砲射撃、および銃爆撃を行なって、守備隊を洞窟内に追いこみ、何両ものタンク車を南征山山麓に並べはじめた。

「敵さん、水タンクを持ってきたな」

炎熱は、気も狂うほどに激しい。珊瑚礁の島であるから、その炎熱は直射され、反射熱もひどいのだ。米軍では、毎日のように炎暑で倒れる兵が続出し、入院患者は緒戦以来何千名となく出て、手当てがしきれず、悲鳴をあげてしまっていた。それに反し守備隊は、直射光線を避けた涼しい洞窟でがんばっていたのである。

そのうえ彼らは、ドラム缶および五ガロン缶入りの水を、池の島から運び入れて使用していたのである。日本兵は夜間斬り込みで、敵がドラム缶から小出しにした五ガロン缶の水をとき折り分捕ってきたので、敵の水不足もわかっていた。だから山麓に引いてきたこのタンクも水タンクであろうと思っていた。

しかし予想ははずれた。そのタンクから長いホースを付けて、南征山山麓の、すでに空になった元守備隊陣地の洞窟にガソリンを注入しはじめたのだ。あたりが強いガソリンのにおいにおおわれた。その時になって初めて敵の意図が火焔攻撃であることがわかった。火焔放射器では効果がなかったからである。敵は活発に、洞窟から洞窟へ、ガソリンを注入して回った。まるで消防手が、消火のために水を噴射するのに似ていた。

彼らの姿は付近の高地陣地の洞窟からは死角になっていて、日本軍守備隊からは容易に発見されない個所をとくに選んでいた。もし発見されたら、一発の小銃弾の狙撃によっても、その企図した計画がすべて吹っ飛んでしまうからなのだ。

敵の火焔攻撃の対象となった洞窟は、いずれも山麓の洞窟であって、そこには重傷のためにすでにたおれ、護国の英霊となった遺体のみであった。小さな洞窟には三、四十体、大きなものでも百体近くの遺体が、変わり果てた姿で横たえられてあった。米軍はそれを知らず、ただ遺体にガソリンや火焔を浴びせて焼きはじめた。そして必ず日本兵の数十名が、洞窟から飛び出してくると信じ、重機や小銃をかまえて待機した。しかし、無人の洞窟から飛び出す者のあるはずもない。守備隊は、昨夜のうちに南征山北辺の山頂洞窟に移動していたのである。

その日一日、南征山山麓の洞窟からは、真っ黒い煙が吹き出し、つぎつぎと焼き尽くされ、守備隊の遺体は、痛ましくも、何時間も燃えつづけていた。

米軍を救った戦法

十月二十一日、気温は最高。焼けたフライパンの中を米軍は動いているようだ。焼けつく珊瑚礁の大地に伏せた敵兵たちの腹は、焼けただれたことだったろう。

南征山高地で、守備隊が敵の近迫するのを発見したのは、その日の朝である。

「約一個連隊の敵の大軍近づく」

洞窟陣地にこもる日本軍に手を焼いた米軍は、強力な火焔放射器を装備した水陸両用車を使用して、しらみ潰しに攻略した。

との報に、南征山にたてこもっていた二連隊、十五連隊の一部は、この時とばかり、狙撃の効果を発揮しようと、洞窟の入口と、洞窟から通じる山頂陣地に、戦闘準備を完了し、一発必中、必ず敵をたおさんものと待ちかまえた。敵が接近さえすれば、敵の艦砲も爆撃もまったくないから、前面にのみ集中できる。

だが、この日は、敵は新たな戦法で攻撃をしかけてきたのである。敵は砂のうを楯にしてじりじりと迫ってきた。大地をはい、山をよじ、岩かげにひそみながら、自動小銃、火焔放射器、手榴弾をかざして接近してきた。山頂から見下ろすと、敵の姿はなく、ただ砂のうが少しずつ動いて近づいて来るとしか思われないのだ。守備隊は、敵がよく狙撃から逃れる手を考えたものだと驚いた。同時に匍匐したままどのようにして「砂のう陣地」を前進させているのか、首をかしげた。

無気味な疑問はやがて解けた。守備隊が、砂のうからわずかに発見した敵兵の鉄帽を射抜いたとき、その兵は棒を持ったままのけぞって倒れた。敵は棒を使用して砂のうをおし進めながら、匍匐前進していたことがわかったのである。守備隊は、少しでも敵兵の姿を発見すると、すぐに狙撃してたおした。だが、一個連隊もの敵は、わずかずつ小刻みに砂のうをおして、南征山のふもとに到達した。

守備隊は死角にはいった敵の頭上に、手榴弾の雨を注いだ。敵は山麓に到着してもほっとする間もなく、あわてふためき、夢中で断崖に駆け上がる者、左右の安全地帯に身を隠す者など入り乱れる中を、手榴弾や擲弾筒弾がつぎつぎに轟然と炸裂し、珊瑚礁の砂塵が巻き上がった。

洞窟内の兵士は、大きな岩石を敵の頭上に押しころがし、千早城の楠正成の戦法を再現した。またこのとき、このことあるを予期して山麓に仕掛けた飛行機用爆弾を地雷として埋没して置いたその一弾が、米軍を吹き上げ、一挙に三十数名を殺傷した。

こうした激戦は早朝から午後三時までつづけられた。

だが、きょうの敵は一向に退却しようとしない。それどころか、その日の夕刻、山麓から勇敢にはい上がったその敵の一群は、南征山の北端山頂に攻め登ってきた。山頂に攻撃するにも砂のうをかかえて来て、陣地を構築した。砂のうをあくまでも手離さなかったのが、彼らの勝因を作ったのである。

守備隊は狙撃の効果も少なく、南征山中腹の洞窟を拠点として、退却せざるを得なかった。敵は南征山北端山頂を奪取し、二十三日夕刻までに、南征山中腹の一部である守備隊洞窟陣地拠点を除いたほかは、その大部分を占領したのである。

十月二十一日夕刻、天皇陛下から、六度目のご嘉賞を受け、大山戦闘司令部は感激の夜を迎えた。その夜のうちに、大山周辺の日本軍陣地には、その吉報が矢のように飛んだ。ここ南征山洞窟陣地にも小型無線があり、わずかな乾電池が残っていた。六度目のご嘉賞を知り、勇躍した守備隊は、その夜、南征山山頂の敵に斬り込み攻撃を敢行して、洞山頂の奪回をはかった。

「斬れ。斬って、斬って、斬りまくれ」

決死の鉢巻をした守備隊は、闇を走って山腹の陣地から山頂にはい上がった。一組三名からなる決死隊は、猛然と敵陣を求めて斬り込んだ。しかし意外、敵は一面に砂のうを積み上げ、重機、軽機を主体とする銃口ばかりが見えるだけだった。

わが守備隊側にも砂のうがあって、それを楯に敵に接近することができたら、敵を完全に撃滅することができたであろうに。悲しいことに、守備隊には、砂のうがなかった。静かに忍び寄るわが斬込隊に対して、敵は手当たりしだいに重軽火器の猛射を浴びせた。斬込隊は前進をはばまれ、山頂の遮蔽物を求めたがそれさえもなく、ただ手榴弾を敵の砂のう陣地に叩き込むよりほかに方法がなかった。

守備隊のこれまでの経験によれば、手榴弾の投擲は、敵の方がはるかに優勢であった。あの長い手で投擲されると、日本軍の倍近くも弾道が延び、くわえて彼らの手榴弾は、日本軍よりも大型で、殺傷力もあった。なお最も不利なことは、敵側の打ち上げる照明弾によって、あたりは昼間のように明るい。動けば猛射の的になり、斬り込もうとすれば、彼らは連発の自動小銃を降り回して掃射した。

斬込隊は、堅い珊瑚礁の山頂に、へばり付くように身を低くし、敵砂のう陣地に手榴弾や黄色火薬を叩き込んだ。しかし大した損害も与えられず、終夜、夜戦を繰り返したに過ぎなかった。時の経つにつれて決死隊員がぞくぞくとたおされて行く。たおれていった戦友の遺体を砂のうの代わりにしたが、それも続かなかった。その夜の戦いもまた、まったく敵の砂のうに阻止されて、守備隊最後の頼みとする斬り込み夜襲の戦果は納められず、ついに夜明けを待たず、大山と観測山に向かって退却し、次期作戦に期待するほかは、何の戦法もなかった。守備隊は、勇敢死守した南征山を、砂のうのために、涙を呑んでむざむざ敵の手に委ねたのである。

同夜の守備隊が斬り込み勇戦の最中に、友軍機、水偵一機がペリリュー飛行場を襲撃した。在パラオの海軍三十根拠地司令の発したものである。ペリリュー島南部の上空はすさまじい対空射撃によって黄金色の無数の曳光弾の線で編み上げた壁を作った。

十月二十三日、その夜、中川地区隊長が掌握したペリリュー島守備隊の総戦闘兵力は、緒戦の日の九月十五日から数えて三十八日目、軽傷者を含めて実戦可能の者七百名であり、緒戦時の一割弱、正確にいえば十四分の一に激減していたのである。なお敵兵力は八十一師団三二一連隊にくわえて、同師団三二三連隊第一大隊以上の歩兵と戦車第七一〇大隊、工兵一五四大隊の計六個大隊であった。

この日、連合艦隊司令長官より、十四師団陸海軍部隊に感状が授与され、ペリリュー島守備隊一同感激して、「死の瞬間まで戦う」と誓ったのである。

感　状

陸軍部隊　海軍部隊（編成表に記載したる陸海軍各部隊・以下原文のまま）

右ハ陸軍大佐中川州男指揮ノ下「ペリリュー」ノ守備ニ任ジ、昭和十九年九月六日敵航空母艦約十隻ヲ含ム敵艦隊ノ連日熾烈ナル砲爆撃ニ堪エ同月十五日敵上陸ヲ企図スルヤ敵舟艇群ヲ数次海岸ニ邀撃シテ潰走セシメ爾後優勢ナル敵軍遂ニ同島ノ一角ニ地歩ヲ占シ十七日以後熾烈ナル砲爆撃竝ニ多数戦車ノ支援ノ下ニ連日反覆攻撃シ来レルモ主トシテ肉迫攻撃ニ依リ之ヲ反覆撃退シツツ同島飛行場ヲ制スル要域ヲ確保シテ九月末ニ及ビ而モ此ノ間敵二ケ師団戦車約二〇〇輛及多数艦船艇ニ対シテ甚大ナル損害ヲ与ヘ以テ既ニ旬日余ニ亘リ敵作戦企図ヲ破砕セルハ全作戦ニ寄与スルトコロ頗ル大ナリ

「ペリリュー」守備部隊ガ敵物的威力ヲ凌駕シ克ク右戦績ヲ収メ得タルハ陸海軍一体予テ鋭意戦備ヲ整ヘ創意ヲ凝ラシ至難ナル戦況裡将兵一致尽忠ノ至誠ニ徹シテ勇奮挺進敵ニ当レル結果ニシテソノ武功抜群全軍ノ範ト為スニ足ルモノト認ム仍ッテ茲ニ感状ヲ授与ス

昭和十九年九月二十九日

連合艦隊司令長官　豊田副武

逼迫する日本軍の戦闘拠点

ペリリュー戦場には、夜も昼もなく、暦さえもなかった。それでもいつの間にか十一月にはいっていた。守備隊は初め、米軍はあまり戦闘に慣れていず、弱い敵と見ていたが、その敵も、ここ十日間ばかりで見違えるほどに強くなった。敵は連日、砂のう推進をして接近し、守備隊の狙撃は、しだいに効果が薄くなってきた。しかし、守備隊と比較すれば、まだまだ大きな開きがあった。勇気にくわえて、正義の戦闘を信じて疑わない青年の集団であったからだ。だがそれさえもしだいに物量に押され、日本軍が固守していた複郭陣地は、日を追うにつれ苦戦となり、大山、天山、観測山の三拠点に限定されてしまった。

終日、迫撃砲の時間射撃があり、くわえて二回にわたり火焔弾攻撃があった。敵機の行動も活発化し、編隊の離着陸も多くなった。しかし、守備軍もひるまず、夜二十時過ぎ、天山に向かい日本軍一隊は逆襲を謀った。結果は失敗に終わり、三十八人が戦死。

二日の早朝、敵歩兵二個連隊は、観測山と天山を南より攻撃する気配があった。例によって敵の近迫行動開始を予告するかのように、ものすごい砲撃が開始された。

「まだ洞窟がある。ここで最後の一戦だ」

将兵の闘志は衰えなかった。天山と観測山は、すでに連日の砲爆撃によって、両高地の山肌は幾重にもむしり取られ、草木はすべて焼きつくされた。残るのは、山頂と山腹にある洞窟だけである。その洞窟のわずか三百名足らずの日本軍を、どうすることもできず、彼らは、きょうもまた火力に頼って攻撃をしかけてきたのだ。

突起したそれぞれの山頂や山腹に砲弾を叩き込むことは、どれほど上手な砲兵の射撃であっても、最短発射距離は四百から六百メートルを必要とした。米軍が包囲している現在、もし弾着を誤まったなら同士討ちになりかねない。だから敵の砲撃はまったくむずかしく危険であった。それと同時に、敵の爆撃にしても、砲撃とまったく同じことが言える。わずかの範囲にせばめられた戦線であるだけに、敵はそれらを考慮に入れて砲撃を中止した。

そこで敵はペリリュー飛行場からコルセアF4U機の編隊を飛び立たせ、ナパーム弾を主とする爆撃をはじめた。敵歩兵はこの爆撃支援のもとに、攻撃を開始してきた。これに対し守備隊の兵器は、重機、軽機、擲弾筒と小銃、手榴弾だけであるが、追いつめられた者の必死の抵抗と、士気は敵に数倍した。

敵は観測山と天山の南部、四つの高地の山麓にぞくぞく押し寄せてくる。敵が近づけば、守備隊を最も悩ませた砲撃も忘れたように中断されて、目標はただ、眼下の敵歩兵だけである。敵は戦車砲の猛射をはじめたが、それも、いたずらに山肌を射撃する轟音と、山肌を削り取る真っ白いリーフの砕かれた煙を、まき散らすばかりであった。

米兵は山麓にへばりついて梯子をかけ、ロープを張り、山頂になんとか登ろうとあせっている。また死角以外の敵は、守備隊から丸見えだ。しかしこの敵は、砂のうの陰に隠れて推進しながら、尺取虫のように少しずつ迫って来るのだ。この日、山川一等兵は、重傷の身体に爆薬をしばりつけ、敵の頭上に飛び下りて、砕け散った。

守備隊は砂のうの一団に、一斉射撃を浴びせかけた。砂のうが切れて役に立たず、前にのめる敵、逃げ回る敵、その敵にわが兵は乱射を浴びせかける。死角にはいった敵には、手榴弾を投げ下ろし、火焰びんを叩きつけた。また洞窟内にあった棒切れを三本結びつけ、その上に擲弾筒の弾をのせ、勾配を作って敵の頭上に滑り落とした。ちょうど、千早城の楠戦法を思わせるような地形であり、戦法もとっさの奇知で考え出さなければ、敵はよじ登りつつ洞窟に刻々と迫ってくる。いまや必死の知脳戦である。火薬を石油かんに入れて手榴弾を結びつけて発火し、敵のまっただ中に投げ下ろす。敵のナパーム弾の不発弾にも、友軍砲兵の弾丸も、ありとあらゆるものをすべて敵に叩きつける。

観測山と大山南部を敵に奪取されるか、されないかの、せっぱつまった攻防戦なのだ。だが守備隊将兵の顔に、絶望の色がだんだん濃くなっていた。洞窟内の弾薬はまったく尽きてしまったのだ。

戦闘は、朝から夕刻まで続けられた。しかし守備隊の勇戦はついに及ばず、両陣地は敵に奪取されてしまった。両陣地の日本軍戦死者数百名、守備隊の残存兵力は約三百五十名となった。

第八章　「サクラ・サクラ」

大山戦闘指揮本部危うし

荒きざみの洞窟の壁面の、比較的平らな面に日付が刻みつけられている。日付のはじめは九月十五日。米軍ペリリュー上陸の日である。その右の四十九本の縦筋は、薬莢の撃ち殻で刻み込んだものなのだ。その一本一本は、将兵たちが、きょうまで生き永らえてこられた生命の証《あかし》でもあり、この日までに、血肉を分け合った戦友を失った悲しみの印《しるし》でもある。

この日は十一月三日、記念すべき明治節である。また守備隊が西浜水際に敵を撃破してから、ちょうど五十日目である。

将兵は考えた。

「一日平均二百人の敵をたおしたとしても五十日で約一万人、守備隊の総員が一万人だったから、もう一対一、五分五分の勝負はしてきた。しかし守備隊の目標は一対二だ。まだまだ目標に達していない」

大山から見渡すと、堅塁を誇った東山も、観測山もすでに敵の手中に落ちてしまって、観測山はいうまでもなく、この大山拠点付近にも敵の一部が進入してきた現在、いよいよ決戦は間近に迫っているのだ。

この日、各洞窟に命令は下達された。

「明治の佳節を迎え、この意義ある日に、夜間斬り込みを敢行し、敵に大打撃を与える。斬り込みの詳細は夕刻に指示する」

この日、戦車をともなう敵が、大山の東側谷地に進入してきた。一方、大山の南部に進出した敵は、砂のうを一寸刻みにおして進み始めた。守備隊は大山の洞窟から猛烈に射撃を浴びせかけてこの敵を阻止したが、敵は中川地区隊本部の位置する大山洞窟戦闘指揮所に近迫した。守備隊もいよいよ最後の時が迫りつつあるのを感ぜずにはいられなかった。

一方、一部の敵は、北部天山の西方からも大山拠点に攻撃近迫し、この敵の一部は観測山、大山南部の高地に、敵が四十八日以前から念願してきた七十五ミリパック・ハウザー砲を分解搬送し、あるいは綱で砲身を引きあげ、言語に絶する苦労を重ねて、ついに同砲を山頂にかまえたのである。

後日、大山洞窟陣地を破壊し、残存の守備隊員を悩ましたのが、この小型砲であるとは、この時だれが予想したであろうか。七十五ミリパック・ハウザーとは、最も小型な大砲で、日本陸軍の山砲と瓜二つである。重量六百五十キロ、毎分六発を発射可能、とくに山地戦で威力を発する砲である。

思えばきょうまで、どんな爆撃にも、一日中ナパーム弾投下にも耐え、ビクともしなかった洞窟であった。しかし山頂の七十五ミリ砲は、そのいずれの攻撃よりも威力があったのである。敵は砲弾に瞬発信管をつけて、大山中腹のあらゆる洞窟の入口に直接照準を定め発射したからたまらない。大山戦闘指揮所の洞窟の入口は、わずか二メートル四方であったが、この日から少しずつ削り取られていった。敵は早くから、この砲を山頂へ上げれば、かならず洞窟を破壊できると考えていたが、日本軍の狙撃にあって、きょうまで

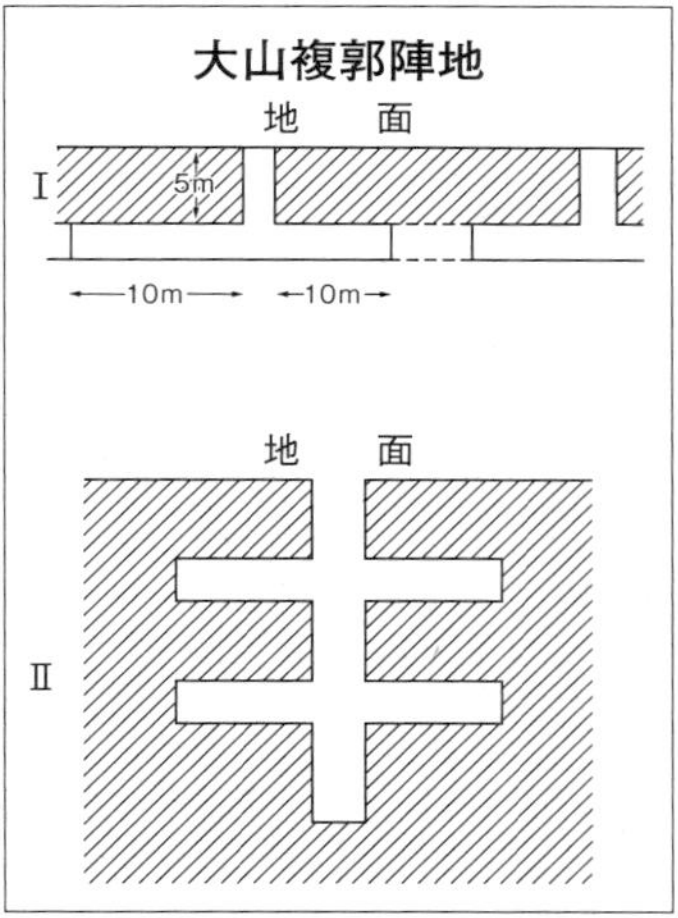

のびてしまったのである。

敵はこの日から大山に対し、七十五ミリ砲を一日中発射しつづけた。また眼下の大山の谷間に鉄条網を張り巡らして、付近に砂のうを積み、陣地を強化中でもあった。

この夜、決定的な斬り込みをするため、将兵は洞窟内に保存していた夜襲偽装用のヤシの枯葉、タコの木の葉などで偽装をこらし、各自手榴弾を携行して大山洞窟から三々五々隠密裡に出撃していった。しかし大山は完全に包囲されており、谷に出れば鉄条網に阻まれ、断崖を渡れば敵の火力の的となり、また敵の作った池の端をへて大山に通じる新道には戦車が砲列を敷いて待機していた。そのほか八方に砂のうを重ねて、わが軍の斬り込む余地すらない状況であった。その夜の斬り込みは日本軍の意のままにならず、大山付近は終夜、照明弾に照射されて、敵味方ともに戦々兢々として対陣し続けた。

無気味な一夜は明けて十一月四日、しばらくぶりで降り出した雨は、将兵に欠乏した水を与えた。しかし、しだいに豪雨となり、戦場の血は残らず洗い流された。狂うような炎熱は急変して涼風を呼んだ。豪雨にたたかれたままの敵は、石のように動かず、翌五日も、豪雨に見舞われたが戦況は小康を保った。六日から八日にいたる三日間は台風であった。マリアナは台風の発生地である。

最後の決戦に備え、中川大佐は十一月五日夕刻に、ペリリュー守備隊の戦闘人員を掌握した。軽傷者を含む三百五十名、ほかに重傷者百三十名計四百八十名。その主力は、第二連隊および第十五連隊と同配属部隊を含む少数の海軍陸戦隊である。

敵はこの間にもわが陣地に近接して砂のう陣地を作り、彼我の至近距離は二十メートル間隔となり、その攻撃準備は、逐次完了しつつあった。

豪雨の最中、パラオ司令部より連絡電信が届いた。ペリリュー守備隊に対し、八度目のご嘉賞のお言葉である。将兵ともに感激した。

翌八日、村井少将は、パラオ司令部に戦況を送るため、暗号士に電文を組ませた。洞窟の外は荒れくるう嵐であった。だがそこには五十日ぶりに砲撃も攻撃も受けない、死の静寂が漂っていた。電文は守備隊のこの最悪の時をいかにすべきかの問に対して、井上中将に答を求めたものだった。

「重ナル御嘉賞ト感状ニ将兵一同ヒタスラ感激シアリ。マタ集団司令官ノ心カラナル配慮ヲ感謝シアリ。敵ハ十月三日以来、力攻ニ努メ、新タニ海兵師団ト替レル新陸軍部隊ハ、十月十七日以降更ニ熾烈ナル砲爆撃或ハ慎重ナル幾多ノ攻撃手段ヲ尽シテ攻撃シ、最新式戦法ハ無キモ深刻苛烈軽視ヲ許サズ。新道路ノ構築、残存戦車ニ依ル制圧特ニ狙撃、飲料水々源妨害ノ為ノ照明、鉄条網及ビ機関銃ヲ準備シアル等其ノ例ナリ。

中川地区隊長以下壕内ニ於テ陣頭指揮ニ徹シ、将兵ノ士気旺盛ニシテ全員敵飛行場ニ斬リ込マントスル状況ナリ。水筒ハ二日ヨリ五日迄制限、糧食ハ食イ延バシ炒米、塩ト粉味噌トヲ以テスル忍苦ノ生活ヲ送ル事既ニ幾十日、コノ間、進ンデ難局ヲ克服セントスル意気ト闘魂ノ沸ルトコロ、ケダシ集団ノ意気ニシテ生命ナルベシ。地区隊ハ既定ノ方針ニ基ヅキ、敵撃滅ヲ達セント邁進シアリテ、固ク天佑神助ヲ信ズルモ、状況最悪ノ場合ニ於テハ、軍旗ヲ処置シタル後、オオムネ三隊トナリ、全員飛行場ニ斬リ込ム覚悟ナリ。将来ノタメ、集団ニ於テ地区隊ノ集結ヲ命ズル企図ナキヤ承リタシ」

至急電は発信された。

パラオ本島の通信所は、暗号を解読して井上中将に提出した。

井上中将は、この長い電文をくい入るように見つめた。一度読んでペリリュー島に最大の危機迫ると知った。

「この際、武人の最期を飾るため総攻撃を実施したいが、許可して頂きたい」

と訴えるペリリュー島守備隊全員の気持が伝わってくる。

洞窟内の中川大佐の苦境、村井少将の決意、将兵の苦衷をしのんで、井上中将は涙にくれた。多田参謀長をはじめ各師団の首脳部に集合を命じた井上中将は、ペリリュー島の苦戦を告げると同時に、ペリリュー島守備隊に、いかなる返電を発すべきかを苦慮した。

比島方面の決戦の朗報、八度目のご嘉賞の直後と、銃後国民の士気高揚の時でもある。しかしまた考えれば、サイパン戦の万歳突撃の欠陥などを考慮して、斬り込ませるべきか、後退させるべきか、井上中将は迷いに迷った末、ついに結論を出した。

直ちにそれは暗号に組まれた。命ずる者の苦衷、それを察して暗号に組む者の心中、ただあるのは国家の危機打開のために、滅私奉公だけが残されていたのである。

ペリリュー島大山洞窟では、中川、村井両指揮官は返電をじりじりと待ちつづけた。

「直チニパラオニ撤退（転進）スベシ」

「永イ勇戦ニ感泣、感激ス。心置キナク全員斬リ込ムベシ、武運ヲ祈ル」

返電はおそらくそのうちの一つであろう。どちらにしても敵に包囲された現在、ただあるは玉砕のみ。

中川大佐はサイパン戦の持久を考えた。あの島には、第四十三師団基幹の三万一千名が六月十五日に敵を迎撃して以来、七月七日の玉砕にいたるまで、その持久は二十三日間であった。つぎにテニアンの第五十連隊基幹の五千名はわずか七日間、グアム島は第二十九師団基幹の一万八千名で、二十日間。これらを比べて考えても、ペリリュー島一万余人で約二ヵ月余の持久に耐えたのだ。一万余りで二ヵ月余ならば、サイパンの三倍の持久に耐えたことになる。敵に与えた損害も莫大であった筈《はず》だ。

待ちに待った返電は、その日のうちに受信された。

中川大佐と村井少将は、一言一句を脳裡に刻み込んだ。この電文によってペリリュー島は運命が決定されるのである。

「ペリリュー地区隊ガ忍苦ヲ重ネ、難局ニ堪エ、寡兵良ク衆ニ対シ健闘ヲ続ケツツアル事ハ、全軍讃仰ノ的ニシテ、特ニ昨七日畏クモ八度ニ亘ル御嘉賞ノ御言葉ヲ拝シタル、一ニコレガタメ他ナラズ。比島方面ノ主決戦モヨウヤク我ニ有利ニ展開セントシツツアリ。又我ガ航空兵力ニヨル在ペリリュー敵機ノ徹底的撃滅戦敢行ノ日モ近ズキツツアルヤニ判断セラル。地区隊ノ損害逐次累積シ、弾薬、糧食、飲料水等マタ逐次窮迫スルノ実情察セザルニアラザルモ、地区隊ガイカホド小兵力トナルモ、軍旗ヲ奉ジテペリリューノ中央ニ厳乎健在シアルコトノミニヨリ、イカホド我ガ作戦ノ全局ニ貢献シ、全軍ヲ奮起セシメ、一億ノ敢闘精神ヲ鼓舞シタルカ、コレ何人モ疑ウノ余地ナシ。スナワチ灼熱ノ闘魂ニ更ニ拍車シ、アクマデ持久ニ徹シ、万策ヲ尽シテ神機到ルヲ待ツベシ。全員斬リ込ミハ易ク、忍苦健在健闘スルハ難カルベキモ、宜シク村井少将、中川大佐心ヲ一ニシ全戦局ヲ想イ、右苦難ヲ突破センコトヲ期スベシ」

村井少将と中川大佐の総攻撃の希望はかなえられなかった。しかし持久徹底はかなえられた。しかし、パラオにおける首脳部には、熾烈凄惨な戦闘の実態が、想像できるわけがなかった。現実にペリリュー島の戦闘の経験では、だれが考えても、敵弾に当たって死ぬ方がたやすく、この重囲の大軍を突破して、あるいはこのまま陣地を死守して生きることの方が、はるかに困難なことであったのだ。

今このような状況下で生き続けることは不可能であり、残存する部下の心情を察すればこそ、至急電で斬り込んで死か、後退して生かのどちらかを指示されるよう要望したのであるが、答は、

「生キテ持久セヨ」

であった。命令は絶対である。従わねばならない。それにもまして、一億同胞から託された唯一の願い、

「兵隊さん、前線をたのみますよ」

と旗を振って叫んだあの声に応えねばならない。持久戦に徹しようと、守備隊全員覚悟を堅く定めた。戦局の大勢からもペリリュー島持久は必要なのである。

昭和十九年の春、

「われ太平洋の防波堤とならん」

と玉砕を予言した新設第三十一軍は、優勢な米軍に叩きつぶされて、東京の表玄関であるサイパン、続いてグアムは失陥した。

サイパンのつぎに米軍はどこを攻めるであろうか？　比島か台湾であろうと予想した大本営は、第一予想地点として比島の戦略的重大性とその危険性を考慮して、五月末、比島の作戦準備を十月末に完了するように命令した。

このとき、マリアナ占領後の米軍は、比島戦の援護基地として、適当な位置にあり、かつ立派な飛行場をもつヤップとペリリューに求める計画であった。まず最初に、米軍が攻略のための常套手段である「水中爆破作業班《フロッグメン》」を、ヤップ島に派遣し、上陸地点の調査にあてた。ところが、ヤップ守備隊（ヤップ派遣隊長江藤大佐）の監視隊は、敵のフロッグメンを捕らえてしまった。米軍はヤップの防備が堅固であると予想して、攻撃の鉾先をペリリュー島に転じたのであった。

ここはやがて日米戦争の天王山ともいうべき比島作戦の前門である。すなわちペリリューに、一日米軍をクギ付けすることは、比島の防備が一日堅くなる、その意義を知った将兵の責任は重大であった。将兵は死を目前に見ながら、玉砕の時を待ったのである。

灼熱の闘志と米軍総攻撃

十一月十一日、米軍はペリリュー島北方のゴロゴッタン島を占領、同月十五日、ふたたびガラゴン島を占領し、敵舟艇はしだいにパラオ本島近くの海上に現われて脅威を与えつつあった。

一方、大山陣地守備隊の持久洞窟戦線は、大山を中心として南北三百メートル、東西百メートル、つまり中央最高高地、大山北角——南征山北側——南征山南側——北部天山の地域を確保していた。戦闘人員は軽傷者を含み三百名、弾薬や糧秣はしだいに欠乏し、飲料水を得ることもすでに困難になっていた。とくにパラオ本島との連絡に使用していた無線用電池はついに消耗し、十一月十五日以降の受信は不能となる見込みが多くなって、今やほとんど孤立の状態となった。

死を決した守備隊に対し、米軍は「一に砂のう、二に迫撃砲、三に手榴弾」を合言葉に、じりじりと攻めよせてきた。ペリリュー島は珊瑚礁のため大地は堅く、土地はシャベルでは掘れず、海岸で砂を詰め、海岸から大山まで、必死になって運びあげた砂のうである。これを楯《たて》にして進まなければ、狙撃のうまい守備隊に手も足も出なかったのだ。残るは戦車と火砲の近接だけである。これが成功すれば、守備隊は完全に手も足も出なくなるだろう。

その日の夕刻から、敵戦車三両、歩兵一個小隊は、大山南側に侵入、戦車道を構築し始めた。敵の攻撃は、大山東方より開始するように思われた。

十三日朝、日本軍最後の拠点である大山に、米軍は総攻撃を開始し、全面的に包囲線を絞り始めた。とくに戦車をともなう一部は南部と西部から、いずれも彼らが数日前からブルドーザーで急造した戦車道を通って接近した。

敵主力は、東方凹地から攻撃前進を開始した。迎え撃つ守備隊は必死の狙撃、手榴弾戦を展開した。午後になって、敵は大山の断崖上にはい上がろうとしていた。守備隊はこの敵を大山に近づけまいと、勇敢に狙撃したが、ついに数ヵ所でわが主防御線は突破された。敵は引きつづきわが陣地内部の待機壕に対し、火焔放射器の攻撃に加えて、銃砲撃をまじえ、守備隊を一歩も近づけさせない、寸土を争う激しい攻防戦となった。狙撃が効果なしと見た勇敢な将兵は、この敵の肉薄攻撃で激しく抵抗し、戦闘は夜になっても継続された。

翌十四日、敵は進出線の強化をはかり、一部兵力を移動していった。夜にはいって敵の迫撃砲は黒こげになった洞窟の壁に炸裂し、無気味に轟音を立てた。終夜打ちあげられる照明弾は青白く死の戦場を照らし出し、守備隊の斬り込み行動を妨害し続けた。

翌十五日は、敵が上陸してからちょうど二ヵ月目であった。将兵の士気は盛んであるが、しかしだれも彼も、その目はおちくぼみ、軍服はボロ布のように穴だらけとなり、髭は延び、すさまじい姿に変貌していた。

大破した日本軍トラックの陰に隠れながら、山腹の洞窟陣地にせまる米兵。山頂を占拠された後も日本軍は果敢に抵抗した。

この日、敵は、大山陣地を南北に分断すれば、守備隊の攻撃は容易であると考え、そのためさらに東、南から構築している戦車道路を延長しながら攻撃を続行した。その他の正面では、つぎつぎと砂のう、鉄条網陣地を強化拡大しつつ砲撃を続け、飛行機の銃撃を反復して、守備隊を悩ました。

翌十六日、敵の攻撃はいよいよ大山周

辺に近迫した。各陣地正面とも激戦を交えたが、守備隊の奮戦によって戦線にさして動きはなく、間近に敵と対陣して奮戦を続けた。

大山北部から攻撃した敵は、さらに火砲を推進して、守備隊戦闘指揮所待機壕付近に対し、砲撃を繰り返した。

翌十七日朝、敵の攻撃はさらに激しさをくわえた。

各正面とも激戦が展開され、大山東側谷地に、敵戦車三両が侵入、守備隊指揮所を中心に高地中腹の洞窟に対し、砲撃を浴びせかけ、続いて火焔放射を反復した。

このころ守備隊は、火焔放射器攻撃に備えて、濡れむしろで火焔を巧みに避けて、その被害を極力避けていたが、これを見た敵工兵は山頂から爆薬をひもに付けて洞窟の入口付近に下げ、時計の振子のように弾薬の重みを利用して結んだひもを振りながら、反動をつけて洞窟内に爆薬を投入した。将兵はいち早くこれを発見しては、帯剣でこのひもを切り落とした。

このころ敵の火焔攻撃のうちで最も日本軍に脅威を与えたのは、ガソリンをホースで洞窟に放射し、工兵の破壊班が近づいてきて、火焔放射器で発火させるガソリン戦法であった。敵に包囲されるとだれでも洞窟内にはいりたがる。これは人間である以上当然である。守備隊が洞窟の奥深く逃げ込むのを待ち受けて敵はガソリン攻撃を集中、このためあちこちの洞窟で、一気に五十名、百名と焼き殺され、それらの洞窟は一日中じりじりと音を立てて燃えあがった。中川大佐は、その夜、主力を大山周辺地区に集結させ、あくまで健闘し、血戦を継続することを誓いあった。

一方、パラオ地区集団は、飯田大隊の逆上陸後も、中川大佐の電報要請による通信用電池その他手榴弾、重要資材補給の目的で、数回にわたって小部隊の決死潜入襲撃を敢行させたが、敵の海上監視や包囲が厳重で、ついに不成功に終わってしまった。

十八日、米軍は攻撃をゆるめなかった。

大山北部の敵は、攻撃陣地である砂のうをさらに推進し、砲兵をくわえた敵は、必死の攻撃をつづけた。守備隊はしだいに損害続出し、洞窟はつぎつぎと破壊され、山麓部分の洞窟はガソリン攻撃にあって、重傷者は生きながら焼き尽くされた。この戦況に対し、中川大佐と村井少将は、いよいよペリリュー島最期の時が切迫したことを痛切に感じ、十八日早朝、パラオの井上中将に対し、つぎのような電文を発信した。

「大命ヲ拝シ、軍旗ヲ奉ジテペリリュー島守備ノ任ニツキ、戦闘開始以来ココニ二カ月余、コノ間忝ケナクモ十度ノ御嘉賞ノ御言葉ヲ拝シ、誠ニ恐懼《きょうく》感激措ク能ワズ。且ツ感状ヲ授与セラレ、将兵ト共ニ数々ノ君恩聖慮ト光栄トニ感奮、任務ノ達成ヲ期セシニ、今ソノ大任ヲ完遂シ得ズ。光輝アル軍旗ト幾多ノ股肱《ここう》トヲ失イ奉リ、誠ニ申訳ナシ。全員護国ノ鬼ト化スルモ、七度生レテ米奴ヲ鏖殺《おうさつ》セン。ココニ皇恩ノ益々御降昌ヲ祈念スルト共ニ、皇軍ノ必勝ヲ確信、益々発展ヲ祈ル。コノ間ニアタリ、上司、集団、各隊各位カラノ絶エザル御指導ト御激励トニ対シ、満腔《まんこう》ノ謝意ヲ表スルト共ニ、愈々御発展ヲ祈ル。最後ニ集団司令官閣下ノ御武運ト長久ト集団ノ御発展ヲ祈ル。本電報ハ最期ニ発信スベキモノナルモ、通信ノ断絶保シ難キ現況ニアルヲモッテ発信スルニツキ、ソノママ保管セラレ、最後ニ公開相成度。

中川聯隊長」

また他の一通は、

「重任ヲ拝シ正ニ二ヵ月、地区隊長以下将兵ノ奮闘ヲ重ネタルモ、ツイニ任務ノ完遂ヲ果シ得ズ申訳ナシ。七生報国アルノミ。重ナル御嘉賞ニ感激シ、従来ノ御指導ヲ拝謝スルト共ニ、主トシテ地区隊長以下ノ健闘ヲ嘆賞ス。塚田中尉ハ最期迄奮闘セリ。

村井少将」

十八日、大山洞窟戦に目立った変化はなかった。敵包囲軍は、さらに最後の攻撃準備を強化していたのである。

夕刻、中川大佐は、守備隊の戦闘人員を掌握した。わが方、軽傷者を含め残るは精鋭百五十名。

十九日十二時、井上集団司令官は、村井少将、中川地区隊長に対し、ペリリュー島守備隊の輝く武勲を讃え、最後の激励を伝えてきた。

「驕敵《きょうてき》ヲ眼前ニ邀《むか》エテ以来、激戦ヲ続クルコト正ニ七旬ニ及ブ。コノ間、村井少将指導・中川大佐指揮ノモトニ、地区隊全将兵、純忠ノ赤誠ニ死生ヲ忘レ、ヨク皇軍ノ神威ヲ発揮セリ。台湾沖、比島方面神鷲《かみわし》ガ必死必殺ノ体当リモ、レイテ島上精強陸兵ガ肉弾決死ノ力攻モ、トモニ貴地区将兵ガ先駆トシテ垂レタル範ニ随《したが》ウモノニホカナラズ。今ヤ大東亜戦争ノ第三段階ハ、正ニ貴地区全員ノ尽忠殉国ノ至誠ヲ先駆トシ、万死報国ノ実践ヲ最初ノ礎石トシテ輝ヤカシク眼前ニ展開セラレントス。予マタ集団全将兵ト共ニ必死モッテ国難ヲ救イ、欣然《きんぜん》モッテ貴地区ノ誠忠ニ続カントス。タダ願ワクバ七生報国、タダ祈ルハ皇国ノ弥栄《いやさか》、タダ誓フハ靖国ノ社ニオケル再会ノミ。最期マデ神明ノ加護、ワレラ皇軍ノ上ニアリ。戦争窮極ノ勝利、必ズ皇国ノ手中ニ帰スルヲ確信シツツ、純忠ノ至誠ニ生キントス。マタ通信ノ断絶ニ対処シテ最期ノ誓イヲ贈ル

パラオ集団司令官　井上中将」

十九日、大山西方の敵の戦車道構築の模様を察知した中川大佐は、

「敵は十一月二十二日以降、再び本格的な総攻撃を開始する」

と判断して、地区隊長以下、いよいよ闘志を振り絞り、「光輝ある第二連隊軍旗の下に、最後の一兵になるとも大山洞窟陣地を死守せん」と、決死の覚悟もあらたに玉砕をもって祖国を守らんと誓いあった。

こえて二十一日の朝、中川地区隊長が予想したとおり、敵の行動は活発で、西方から大山を攻撃するために構築中の戦車道路が完成し、戦車は、主陣地の中核近くにジワジワと押し寄せてきた。キャタピラを連ねて押し寄せる戦車の大軍に、さすがの守備隊も恐怖におののいた。

戦車は手はじめに南征山傾斜面に点在している守備隊洞窟陣地の入口を爆破、閉鎖した。わが軍の頼みとするこれら洞窟の使用を完全に妨害されたのは、非常な痛手であった。

十一月二十二日、午前七時。

戦車の大群を先頭に、二個連隊以上の米軍は、包囲封鎖圏全域にわたって、猛烈な砲撃を開始、火焰放射器を連ねて、総攻撃を開始してきた。

一時間後の八時、優勢な敵の一部は、大山拠点のけわしい断崖をよじ登り、主陣地中核に肉薄して来た。これを発見した拠点守備隊は、時を与えず猛烈に反撃し、この敵を必死に撃退したが、敵の大軍にじりじりと包囲されていった。

同じころ、中川地区隊長は、戦況の急変を憂慮し、また電池も底をついたので、パラオ集団高級副官橋本津軽少佐にあて、つぎのような至急電報を発信した。

ペリリュー、七時四十分。

「通信断絶ノ顧慮大トナレルヲ以ッテ、最期ノ電文ハ左ノ如クイタシタク、承知相成リタシ。

一、軍旗ヲ完全ニ処置シタテマツレリ。

一、機秘密書類ハ異常ナク処理セリ。

右ノ場合サクラヲ連送スルニツキ報告相成リタシ」

壮烈な玉砕

二十四日、敵は、大山拠点、とくに中川大佐の指揮所洞窟に対し、戦車の砲撃と、火焔攻撃を集中、観測山、東山山頂からは七十五ミリパック・ハウザー砲を猛射して、戦況はますます近迫した。

十時三十分、中川大佐は、パラオ集団参謀長多田大佐あて至急電報を打電した。

「敵ハ二十二日以来、我ガ大山主陣地中枢ニ侵入、昨二十三日、各陣地に於テ激戦シツツアリ。本二十四日以降、特ニ状況カラ見テ陣地保持ハ困難ニ至ル。地区隊現有兵力、健在者約五十名、重軽傷者七十名、計百二十名。兵器ハ小銃ノミ、同弾薬約二十発、手榴弾、糧秣オオムネ二十日以降皆無。地区隊ハ本二十四日以降、統一セル戦闘ヲウチキリ、残ル健在者約五十名ヲ以テ、遊撃戦闘ニ移行、飽クマデ持久ニ徹シ、米奴撃滅ニ邁進セシム。重軽傷者中、戦闘行動不能ナル者ハ自決セシム。重傷者中約四十名ハ、目下戦闘中ニシテ依然主陣地ノ一部ヲ死守セシム。将兵一同、聖寿ノ万歳ヲ三唱、皇運ノ弥栄ヲ祈願シタテマツリ祖国ノ益々発展ヲ祈ル」

この時の生存者の多くは、第二連隊、第十五連隊の屈強の者ばかりであったという。

十一月二十四日、午後四時。

大山戦闘指揮所洞窟で、軍旗をはじめ秘密書類を焼却した大佐は、続いてパラオあてに打電した。玉砕の電文は、

「サクラ、サクラ」

十一月二十四日、午後五時。

「遊撃隊ノ編成ヲ完了、断固徹底セル攻撃戦闘ニ移ルニ決ス。爾今主トシテ敵幹部及ビ敵ヲ随所ニ奇襲シ、以ッテ中川地区隊長ノ意志ヲ敬重シ、持久ニ徹セヨトノ集団司

令官ノ意図ニ沿ワン。遊撃隊ハ一同志気旺盛、闘魂ニ燃エ、神出鬼没、敵ノ心胆ヲ寒カラシメン。必ラズヤ夜鬼トナリテモコレガ粉砕ヲ期ス。通信断絶ノタメ、本日ヲ以ッテ連絡期シ難ク、御了承乞フ」

ほかの島嶼戦と同じく、ペリリュー島でもまた日本軍守備隊のほとんど全員が玉砕した。少数の者は生き残り捕虜となった。

これが、中川守備隊長の名でパラオ集団に送られた最後の電文となって、ペリリュー島との連絡は以後まったく断たれた。米軍上陸以来二ヵ月と五日であった。

いよいよ玉砕の時は迫った。戦闘指揮所洞窟は、無残にも崩れかかり、折から、血のように燃える夕日が、地平線に没しかかったころ、ようやく敵の攻撃は下火になって、守備隊はやっとわれに返った。洞窟の大きさよりさらに大きく崩れ落ちた入口には、落日寸前の死の静寂が漂っている。将兵の顔には、ふしぎと澄みきった安らぎが感ぜられた。中川大佐は静かに洞窟の中を見回した。わずかに開けられていた入口も、今はすでに幾十倍にも拡大されており、明日は全滅され、おそらく大山の山腹は原形をとどめないであろう。

村井少将、飯田少佐、根本大尉、塚田中尉、烏丸中尉、そして血と砂と硝煙にまみれた下士官、兵士を含め六十名。ともに戦い生き続けた。親子兄弟にもまさる戦友たちである。

ペリリュー島守備隊最後の日にふさわしい、硝煙たちこめる中での残照はしだいに薄れていった。

中川大佐は静かに目をとじた。脳裏を去来するものは、壮烈な戦死をとげた将兵のことである。大佐の顔には、すべてを賭けて戦いつくした武人の安らぎがあった。

重傷を負った将校六名は、大佐のかたわらに集まってきた。静寂の中に、一同ははるかな祖国、肉親に最後の別れを告げ、お互いに手をとりあって労苦をねぎらい、靖国の社での再会を約した。

中川大佐の側には連隊旗手烏丸中尉、村井少将の側には塚田中尉が、飯田少佐には根本大尉が、それぞれ古式に則《のっと》って割腹自決を行なうための介添役に立った。

三人は従容として、最後の総攻撃のはなむけとして、愛刀を腹にあてた。刃こぼれした刀身に、涙をこらえて、烏丸中尉は軍刀を振りかぶった。瞬間、弧を描いて風を切る白光一閃、そしてそれと同時にきらめく二線は鋭くあたりの空気を切った……。
村井少将、中川大佐、飯田少佐の見事な最期を見届けた将兵は、嗚咽《おえつ》をこらえかね、やがてその声は暗い洞窟の隅から慟哭《どうこく》となって返ってきた。重傷者たちはもはやこれまでと、大佐に習って従容と自決した。
村井少将、中川大佐、飯田少佐の、あっぱれな最期につづけと、最後の決死隊が組織された。根本大尉、塚田中尉、烏丸中尉以下兵を含めた傷だらけの五十名は、同日パラオ本島へ打電。
「本二十四日以降、生存者ニシテ遊撃戦闘ヲ続ケル准尉以上左ノ如シ
大尉　根本、坂本、阿部
中尉　中須、村堀、塚田、岡田、関根、烏丸
少尉　細田、糸部、田村（田中カ不明）
軍医中尉　分田、繁田、元山
准尉　佃田、石田、カタバミ、カタミ
主計准尉　大下　衛生准尉　床井
当隊及ビ配属部隊ノ准尉以上ニシテ、本報告者ハ各地区ノ戦闘ニ於テ戦死セルコト確実ナルモノノゴトシ」

つづいて二十四日午後六時、パラオ本島へ打電。

「十八時ヨリ遊撃戦ニ移行ス　遊撃隊長　根本大尉ヨリ

根本大尉以下五六名一七組、二十四日一七〇〇、編成完了。主トシテ敵幹部及ビ兵員ヲ随所ニ奇襲シ、以テ地区隊長ノ遺志ヲ継承シ持久ニ徹シ、集団司令官閣下ノ御意図ニ副ワン。

遊撃隊員ハ一同、士気旺盛、闘魂ヲ燃シ、神出鬼没、敵ノ心胆ヲ寒カラシム。

夜鬼トナリ、之ガ粉殺ヲ期セントス。

通信断絶ノ為本日以降連絡期シ難キモ、御諒解ヲ乞ウ。

最後ハ何等カノ方法ヲ以テ報告致度」

遊撃隊はこの電文を最後に、その夜、大山をあとにした。

マカラカル島看視所からパラオ集団に報告されたその夜の照明弾は、三百三十発におよび、ペリリュー島上空は真昼のように輝いた。

米軍公刊史は、このときの状況をつぎのように述べている。

「米歩兵第八十一師団（第三二三連隊欠）は十一月二十五日、包囲圏を圧縮し、同二十七日七時、大山全地区の掃討戦攻撃を開始、同日十一時、第三二三連隊長ワトソン大佐は第八十一師団長ミューラー少将に作戦終了を報告した」

なお、米海兵隊公刊戦史によれば、遊撃隊根本甲子郎大尉以下五十六名十七組を指し、「日本軍の斬込隊の一団は」と記録し、「米軍の包囲圏を突破できず、二十四日の夜から二十七日七時ごろまでの間に、米軍と激しく交戦、全員玉砕した」とある。

十一月二十四日、パラオ第十四師団司令部午前八時受電。
「一、軍旗ヲ完全ニ処置シ奉レリ
二、機秘密書類ハ異状ナク処理セリ」
十一月二十四日、パラオ、午後四時受電。
「サクラ　サクラ」

あとがきにかえて

ペリリュー島占領を主眼としたパラオ諸島攻撃軍の主将、ニミッツ元帥は、終戦後に『太平洋海戦史』を、キング元帥、ハルゼー、ミッチャー、シャーマンの各提督も同時期に同じ内容の戦記を出版。また、モリソンの『米海軍作戦史』十四巻などが出版されている。モリソン戦史は、戦闘場面を主体とした一歴史家の私見にすぎないという。ここにあげた各書に比べると、ニミッツの戦史のように戦略的な視野から、正確公平に著述した内容は、他の類書には見られない貴重な価値がある、とはその道の専門家の書評である。

ニミッツはその戦史の中で数多い戦場の要点を回想しているが、彼が難攻不落の激戦場と最初に断定しているのは、ペリリュー島の攻防戦だけである。この戦闘が米軍にとって、いかに不利であり悲惨であったか知ることができる。それだけに日本軍守備隊の必死の抗戦が予想できる。それらを時の太平洋方面最高指揮官としての立場と、責任において、ニミッツは次のような戦闘経過を記録している。「ペリリューの複雑極まる防備に打ち勝つには、米国の歴史における他のどんな上陸戦にも見られない最高の損害比率（約四十パーセントの損害＝米海兵師団の第一連隊を全滅させた）を出した。すでに制空制海権をとっていた米軍が、死傷者あわせて一万人を超える犠牲者を出して、この島を占領したことは、今もって疑問である」と。

味方の甚大な損害を率直に述べ、認めている。彼は〝勝利者の強がりを抑え〟〝勝って兜の緒をしめよ〟を知るまれに見る名将である。また、その数行あとには、この損害の原因について次のように記録している。それを要約してみる。彼はこれまでに数多くの島を占領してきたが、そのいずれの場合でも、日本軍は、水際で米軍を全滅しようとする戦法に重点を置いていた。そのため水際陣地が米軍に突破されると、その後、バンザイ突撃（最後の斬込戦）があり、玉砕するまでにあまり長い日数はかからなかった。だが、この島では水際戦は米軍の上陸を遅らせて、時間をかせいだにすぎなかった。日本軍守備隊の本格的戦闘陣地は、水際のはるか奥に、深く長い陣地が用意されていたのに驚かされた。しかも、水際線では単に足どめをされただけではなかった。隠されていた高地から米軍は狙い撃ちされ、砲兵隊の猛射の的にされて莫大な損害を受けねばならなかった。このように回想している。さらに、「この島の日本軍守備隊には、五百個をこえる人工または自然の洞穴があり、その中に立て籠っていた。その洞窟陣地のいずれも内部に交通路があり、中には入口に鉄扉をつけていた」と簡潔に、洞窟陣地の個数と特殊構造を記録している。（傍点は著者）

案ずるに、これは米軍が洞窟戦闘で、悪戦苦闘し、洞窟攻撃に対する研究不足を反省し、また戦訓として戒めているのであろう。なにせわずかな地域にあった洞窟攻略に、二ヵ月余も費やしたことと、米軍の進攻を遅らせた損害は、あまりにも大きすぎたためである。

これは私感であるが、中性子爆弾開発の動機を与えたのは、この島の洞窟かも知れない。

さらに、米国の高級軍人のほとんどが回想録を書くことを義務づけられているようだ。だが、当時の日本軍側の高級指揮官たちは、なぜそれを書かなかったのか。敗北史こそ貴重なのだが……。やはり、威張ることと潔ぎよいことのみを本領としていたのだろうか。国際的に見ても、当時の日本軍の上層部の能力は、米軍より数段劣っていたことは確かであろう。

私がニミッツ戦史のペリリュー攻略で傍点を付したいくつかの要点に注目したことを契機に、この島の戦闘詳細を調査すべく決心し、その戦記を遺すべく発心したのは、二十年も前の遠い日のことであった。それ以来、ペリリュー島戦記としては、『サクラ・サクラ　ペリリュー島洞窟戦』『玉砕電文で綴る　玉砕』『玉砕の孤島に大義はなかった』『石の勲章』『聖書と刀』を世に出すことができたのも彼の戦史の影響によるものである。おかげでペリリュー島の特別住民として認められ、歳と共に島との交流は多忙を極めている。日本では私のことはあまり知られていないが、米国ではこれらのペリリュー戦記はある程度評価されている。そのため、米国の市民徽章を綬与されている。だがその反面、私はニミッツの戦史により大変難しい宿題を与えられていた。それが彼の戦史を読んだときを契機に以来久しく悩みの種となっている。それは前述した傍点をつけた「五百の洞窟」の所在なのである。その所在探求は懸命に調査し努力を重ねているが、それが今もって解明されぬままでいるからである。

ニミッツ元帥の記録が刊行されて間もなく、日本でも『大東亜（太平洋）戦争公刊・戦史叢書』（防衛庁防衛研修所戦史室編・朝雲新聞社刊）が発刊された、その十三巻の「中部太平洋陸軍作戦(2)ペリリュー・アンガウル・硫黄島編」にはペリリュー洞窟戦闘の性質や特殊な構造図が詳しく発表されてはいるが、米軍側の認めている個数には触れていないし、また否定もしていない点に疑問を抱いた。

もっとも戦勝国の米軍にはかなりの資料はあるが、玉砕したこの島の資料は皆無に等しい。また前記したように、パラオ戦域の高級指揮官たちの大部分は生還していたが何も書き残していない。したがって、公刊戦史は米軍の戦史を基にし、くわえて、生存者の証言を取材して編纂せざるを得ない苦労があったと聞く。この証言者にとっては、私を含めて然りであるが、予想もしなかった科学兵器と物量での猛攻に攻めたてられ、己の身の置きどころもない阿修羅の戦闘の中では、洞窟の数や個所など記憶の中にとどめる程の余裕などまったくあるはずはないのが実状なのである。

私は最初に五百の洞窟と記載されているのを知って内心驚いた。これは、あるいはアンガウル戦場まで含んだ数ではなかろうか。しかし、ペリリュー島守備隊併せて一万余名の将兵が、個人壕、俗にいうタコツボを準備したはずである。そう仮定すれば、五百は納得のできる数でもある。しかし、それらは米軍の三日間連続の上陸準備砲撃ですべてが潰滅してしまったのが事実である。その後の水際戦闘と上陸戦では、地表が削りとられて、標高が変貌した島の現状を推測しても、個人壕は対照にしていない。したがって島の高地と高地の周辺に点在していた五百の洞窟を指しているのであろうか。確かにあるかも知れない。私はその所在を確かめる必要を感じたのであった。

高地といえば、この島の南北に連なるそれを指す。まず南部にある水戸二連隊本部の置かれた大山高地を中心に、その南西に富山《トミ》、さらにその南方に天山、中山、その東に、観測山、大山の東方に南征山、南征山の東側の池をはさんで東山、その北に水府山がある。島の南部の八つの高地のほかに、中の台、電探台、水戸山と最北端の大洞窟、など併せて十二の高地。その一つの高地の嶺と山腹とその周辺に、仮りに三十個の洞窟があったとしても三百六十個。それらがトンネル方式で結ばれていたとすれば、トンネルの両脇に分岐した小洞窟をくわえれば相当数の洞窟陣地があったはずである。こう推理すればニミッツのいう五百個は確実に存在していたのである。

そこで、私はどうしても、何年費やしてもそれを探しあてる固い決意を抱いたのである。

それは単なる好奇心ではない。五百の洞窟の中には、多くの重傷者の将兵が戦没者と共にとじ込められている。その霊魂が昇天する出口もなく、今もって洞窟内を彷徨していることを思えば一日も早く成仏させてあげねば……と。

絶望の戦いに勝とうとして。国民のための楯《たて》となって。現在の平和の礎となった英霊をいつまでも洞窟内に放置している、という現代の平和の中の大きな矛盾に、激しい噴りを感じる。思えば同じ師団とその配属諸隊の将兵たち、英霊の洞窟内未収骨は国家的責任問題である。また個人的には、今は亡き戦友たちとの仏縁、つまりは因縁、あるいは業を受けているともいえよう。

洞窟内の収骨――これは至難の業である。といってこの願望は捨てられない。戦場を共にした戦友の思いがある。われわれ戦中派には、彼らの骨を拾う義務がある。それには洞窟の所在の確認が必要である。私は毎年のように収骨、慰霊、墓参のため現地を訪ね、その折、必ず洞窟位置を確認することを続けてきた。

私の最初の訪島については本書の初めに書いた。その時を契機に、すでに通算二十数度の訪島のつど、これら高地のほか併せて十二の高地をできる限り巡廻し、五百のその所在を探し求めている。

だがしかし、今までに判明したものは三十余個所である。なぜ、私の悲願は達成されないのか、訪島のたびに悲観していた。じつは私の願いを妨害するものがいる。それが何と自然の驚異的な変化なのである。

高温多湿のこの島の気候は、驚くべき早さで草と樹木を発育させている。年々歳々繁茂する異状な現実は想像もつかない。たとえば洞窟を探すためにジャングルに一本の道を造ってもらった。つぎの年には、その道は雑木が天を突き、とうてい歩行はできない。わずか一年で道がジャングルに戻ってしまう現実には、ただあきれ果てるのである。

かつての玉砕の直後は、砲爆の猛射によってすべての地上のものは破壊され、草一本生えていなかった島の四方がはっきり見渡せた。裸の島には、しだいに緑が息づいて、緑は輪を島中に拡げ、二年目には戦前のジャングルが甦った。十二の高地も洞窟もすべてが雑木で覆い隠されてしまったという。あたかもこの島に平和が甦った証のように。島中に残る痛ましい戦禍の傷跡はすっかり消されてしまった。幸い最近私の依頼を実現してくれた住民たちは、大山山頂に行く道路は新造したが、その他の高地は人を寄せつけない現状なのである。

だが、たとえ全島未踏の茨の垣となっても、私の悲願を固く支えるある決定的な事実は終生消えない。それが消えないかぎり、私は洞窟を探すことを続ける。その日は三十六年以前に逆のぼる。守備隊は意を決し痛恨の最期をサクラ・サクラの六文字の電文に託した。桜花の落下する美しくも潔ぎよしとするその心を、武士の心として、命をかけて敵と対峙した守備隊の残存将兵たち、わずか二十四名は、玉砕電報打電を確かめると、敢然と敵陣に斬り込んだ。文字どおり見事に守備隊の終焉の日の幕を引いた。

その日から間もなく、不思議な、私が決定的というその日の訪れがあった。私を含む在ペリリュー島捕虜収容所に収容中の日本兵と韓国軍属約二十名は、米軍に命ぜられるまま日本軍の遺体処理にあたった。

大山とその周辺に散乱する戦友の遺体運搬を始めた……。それに関しては拙書『聖書と刀』（文藝春秋）『滅尽争のなかの兵士たち』（講談社文庫）に忌憚なく発表した。そのとき比較的重かった遺体こそ、根本大尉以下二十四名の遺体だったはずである。私は遺体を運ぶ途中で驚くべきことを目撃してしまった。

米軍施設隊の一団がブルドーザーを使って大山の麓にある洞窟の入口に土砂を押し込んでいた。さらに驚いたのは、その山腹に点在する洞口を閉ざすために大型の機械ショベルとレッカーを駆使して、地上の土砂をつりあげていた。当時はそれらの機材など日本では見られなかっただけに、そのような大規模な洞窟密閉工事を異様怪奇に感じたが、米国の発達したメカニズムをまのあたりに見せつけられた。日本よりは三十年は進歩していた、強大な先進国の力に舌を巻いた。冷静を取り戻した私は、何故、玉砕してしまった陣地の入口を、これまでして密閉する必要があるのか、まったく奇態なことをする、と唖然としたのである。

この作業はしばらく続いていた。米軍は十二の高地のすべての洞窟をつぎつぎに埋没、あるいは密閉したのである。もちろん、彼らの作戦用地図に示されている洞窟陣地所在によってなされたであろう。

米軍の胸中には、火焔攻め、油攻め、爆薬攻めなど本文のいくつもの章に分けて書いたように、洞内の日本兵を全滅させ勝利は完璧だと信じ込んでいた。しかし、洞内では戦友の折り重なった遺体の下にもぐり込んで、生命長らえた何名かが夜間になると必ず敵陣に斬り込みをかけていた。そのつど、彼らは震えあがってしまった。こんなことが毎晩続いたら、在ペリリュー米軍たちはノイローゼになってしまう。ではこれを予防するには……、米軍は苦慮した。結論は、洞窟密閉作戦しか他に手段はないことに気づいた。つまり、徹底抗戦者に対しては徹底防御より他に方法がなかったのである。

このことはニミッツの回想どおりである。「今もって不思議である」というほどに、守備隊の勇猛振りには限度がなかった。一人になっても抗戦する闘魂。死を前提にしてまで国を守ろうとする日本人の精神力を理解できなかったとは、彼の率直な表現にほかならない。だから彼はその回想に、「日本守備隊の一人一人がその生命をできるだけ有効に高く相手に買わせることになっていた」と書いている。

島のすべての洞窟は密封された。だが、洞内の英霊たちの慟哭は洞内にこもるばかりである。彼らの声なき声はまったく閉ざされてしまった。彼らはいつの日に心おきなく成仏できるのであろうか？　彼ら英霊を思うと進退きわまり、焦燥がつのる。

私は、将兵に対する憐憫の情が高まると、心のやり場を失って、偽政者に対して怒りをぶつけるしかなかった。

「無辜《むこ》の民を利用して戦争を計画したのは誰だ。いったん利用してしまえば戦死者を忘却し、英霊を放置したままでよいのか。こんなことでは国を守るための義務を心ある人々から奪ってしまうことではないか。国はわずかの軍事費で平和を守り、日本を守ろうとしている。だが、金では国は守れない。平和憲法だけでは平和は守れない。ペリリュー島将兵英霊たちのような勇気と闘魂が国を守るのだ」と心の中で叫んでしまう。結局は、彼らの声なき声を代弁してしまうのである。過年、私は大山山麓の一個の新たな洞窟の所在を確認した。その山麓を廻って頭上の岩肌に確かに残る火焔放射したときの黒い油焔の跡を見つけた。

〈この下に入口がある〉

私は確信を抱いたのである。こうして発見できたのである。ジャングルに包囲されてしまった現今では、かつての油焔の跡が一番正確なのである。洞口に充満した火焔が確かに洞口の上に吹きあげた跡なのである。私の足もとには、かつてブルドーザーで土砂を積みあげた勾配が残っていた。その勾配の下に洞口が確かにあると確信した。

私はこれまでに数人の知り合った米軍のペリリュー参戦者に、日本軍洞窟の所在を書いた資料を探してほしいと手紙を書いた。だが、誰一人知る者はいなかった。だが、私の親友であるクレンショー氏から返事があった。

彼はこの島の参戦者であり、捕虜を引率して大山の遺体処理に参加した。この人は当時の事情を知っていた。なお彼は私の命の恩人でもある。数年前のこと「洞窟の所在位置図面は、当時、あったと思いますが、それは軍の機密に関する書類ですから、入手は困難でしょう。いずれにしても私の友人がそれらを扱う情報センターにおりますので調査を依頼しました」という吉報が入った。

それから数年後、私は渡米する機会に恵まれた。彼は私を同伴してワシントンの情報センターを訪ねてくれた。しかし、莫大な資料の中からそれを探すことは大変な作業であることを見せられただけで、とうてい入手はできなかった。それから数年へた五十五年正月にクレンショー氏から洞窟に関するたくさんの資料が送られてきた。それは私が長年探し求めた洞窟の所在図面を作成するのに必要なものばかりなのである。

私は雀躍して喜んだ。これまでに私が探し出したものをくわえて、ついに幻影の地図を作成できた。謎の所在が確認できるという気持は、鬼の首をとったような思いであった。それまで内心に抱えていた、確かに何かの形で所在位置があるであろう、という予想が的中した私の喜びは、洞内に永眠する英霊たちにも通じたであろう。

　待望久しい図面が完成した頃、ある偶然が訪れた。前述した火焔跡によって新しく発見した洞窟を発掘してみたい、実際に遺骨がどんな状態であるのかを確認してみたいと願っていた矢先に、こんな話が飛び込んだのである。

　それは、私にしてみれば千載一遇に値する日であった。

「終戦後、パラオへ日本人がくる道を開いたのはフナサカだ――」という現地での評判を耳にした、テレビ朝日制作担当の加藤秀之氏が私のもとを訪れた。加藤氏の目的というのは、パラオ諸島の珍獣、珍魚とパラオ民族の旧風習をカメラに納め、特集を組みたいという意向であった。

　東急の五島昇氏が絶讃しているように、大小二百二十の島々で構成されたパラオは、まれにみる絶景、美観の連続であるといってよい。太平洋の黒潮をさえぎる環礁でとり囲まれている海は、すべてエメラルドグリーンで鏡のように澄み、この世の楽園かと思う。猛魚や珍魚が海底に敷きつめたサンゴの上に棲息していて興味深い。加藤氏の企画は面白いが、さてそれを撮影するとなると、島は貧しくろくな船さえない現状だから、容易なことではないと私は考えた。また、アンガウル島には戦後どういうわけか猿が繁殖し、かつての戦跡である洞窟に六千匹あまりが棲みついているが、これがなかなかの利口者で生態がつかめず、島民が議会をひらき猿の処分をフナサカに、と依頼してきたことがあったりしたが、まあ撮れるのはペリリュー島のワニとか鮫などに限られてしまうのではないか……等。私は加藤氏に話しながら、かねてより抱いていた腹案を、好機とばかり提案してみた。それは、ペリリュー島を主にしてパラオ戦跡を撮影してみないか、という、悲願の一端として常時《いつ》も心の隅にあった洞窟発掘だった。テレビのマスコミの影響はすごい。

加藤氏は鋭敏な人物だった。当初の計画を変更し、自ら戦跡シリーズの制作にとりかかった。私はあらゆる協力を惜しまず、現地での指導と制作の監修を引き受けたのだった。

その翌年の正月、番組担当者一行はペリリュー、アンガウル両島の玉砕拠点の洞窟発掘班と、パラオ本島に日本兵の生存者を求める班との三手に分かれて、行動を開始した。一行はいずれも戦争を知らない世代の人ばかりだった。

ペリリュー島の発掘班の隊長は、俳優の川口浩氏、アンガウル島の隊長は磯野洋子さんだった。彼ら一行は両島のジャングルの奥の私の発見した洞窟の火焔の跡の残る入口を、炎天下の苦労の末発見！　発掘。五百体遺骨発見の大ドキュメントを見事フイルムに収めることに成功した。

三十余年前、最後の一兵まで米軍に反撃をくりかえし、日本本土へいそぐ米軍の足を数ヵ月もこの地に釘づけにした日本兵の姿が、生々しく甦ったのであった。

二月十四日夕、テレビ朝日水曜スペシャル番組は、一時間半にわたってそれを放映した。約四十度という酷暑の下で隊員たちは水をかぶったように汗を流し、繁茂しているジャングルの雑木をナタで切りはらいながら、洞窟の入口を掘る。やがて閉ざされた入口の土に鍬が当たる。小さくあいた穴。ライトに照らされ、洞窟が赤黒く視聴者の前に姿を現わした。洞窟は広く奥深く、また上下左右とつながっている。ニミッツの証言そのままであった。遺骨は何処？　と発掘隊員の相貌が、刻一刻と鬼気迫っていくのが、生々しくライトに浮かび上がる。そして、ついに骨が……骸骨が……累々として折り重なって、発掘班の前に、屍臭とともに現われた。遺骨の数々はつぎからつぎに収骨された。

番組の終わり近く、戦争を知らない若い隊員たちが、慰霊碑を前に深々と合掌する姿に、死者たちとの間に、同胞としての血の絆を見た。

反響は担当者の予想を上まわった。人々は痛憤にかられ、はげしい衝撃をうけた。玉砕のむごさ、非情、戦争の実体の一面を、それぞれ如何に受けとめたか……。

だが、遺族には悲惨無情すぎて、悼む想いを一層深めたかもしれない。申し訳ないと思うが、私にとって十三年間抱きつづけている悲願のアピールの一端であり『英霊の絶叫』のこのような視覚化が必ずや英霊の成仏であると信じているので、この番組は神仏のご加護によって作成されたと思っている。

番組は要望に応え、十日後、アンコールアワーとして再放送された。

戦争はまだ終わっていない。英霊の絶叫が消えるまで、私は彼らのため何をすべきか、つねに心をくだき、ペリリュー島の五百の洞窟についてもこの貴重な体験が必ず役立つ。私は何らかの方法と手段をこれからも模索しつづけるだろう。

昭和五十六年正月、独立を宣言して間もないパラオ新政府から一通の公文書が届いた。その年の一月三十一日の大統領の就任式の参加招待状であった。

私はこの国の独立を喜んだ。ペリリュー島はじめパラオの島々や近海諸島を死守した英霊は米国の公刊史では約四万人とあるが、その英霊たちはこの独立をどのように喜んでいるか。それぞれの島を守った意義は、そもそも島の平和と独立を願ったからである。その思想が今現実となったからである。私はパラオ諸島の貢献者としての招待なのだが、私自身は島々の英霊たちを代表して参加する気持で招待に応じることにした。日本を出発するとき、一枚の図面を大切に抱えていた。念願籠るペリリュー島の洞窟所在図面である。

独立式は四十ヵ国の来賓併せて百四十人の貴族や高官が参加。初日の三十日は盛況な催事があり、翌日は盛大な就任式が行なわれた。二月一日は来賓全員を近くの離島、猪木アイランドに招待し昼食会、いずれも早朝より夜間までの催しで、パラオ島開闢以来の歴史的行事であった。国賓としての私の連日の感激は筆舌での表現は困難である。それは各島の亡き、英霊たち全部の霊魂と同伴しての参加と信じていたため当然のことであった。

パラオ、コロール島滞在中は沖山トヨミさん宅を選んだ。彼女はペリリュー島の酋長《チーフ》の母親であり、ペリリュー島最大の権力者である。初代の大統領がペリリュー島出身のハルオ・レメリック氏なので彼女は気をよくしていた。副大統領が私の守備したアンガウル島と深い関係がある友人なので、私が気をよくしたように、私は持参した地図を示し、独立を契機にペリリュー島全域を第二次大戦の戦跡公園にするように改めて申し入れた。

このことは渡島ごとに数年前から彼女に依頼してきたことで、前出した大山高地山頂への道路造りや、すでに発見して発掘ずみの多くの洞窟を巡回参拝できるように依頼し続けている。そのことも逐次実現する目的なのである。したがって、将来は持参した地図上のすべての洞窟も発掘して、島を訪れる何人にも参拝可能なように実現するように申し入れをしたのである。

こうして全島を戦跡公園にすることによって、ペリリュー島は世界的な観光地としての戦跡公園となる。また、英霊たちの慰霊は高まり、そこを訪れる人は、平和とは何かを学ぶであろう。そのためにも、全洞窟はことごとく開口しなければならない。したがって、現在未収骨洞窟については、約三千の収骨は可能であろう。それらの英霊がはじめて成仏できる日が訪れるのである。

ジャングルの中の洞窟入口の開口は大変な仕事である。もっとも、これという産業のないこの島の住民が独立後に繁栄するには、観光しかないため、住民の願うところでもある。さらに、島の習慣は死者に対してはこれを尊敬し、大切にする伝統を守ることになる。この島は全地域とも日本の兵隊さんのお墓です、と主張する沖山さんの同意を得ることができたのは何よりも重要な意義のあることである。

また、テレビ朝日局で発掘した試掘はあの時成功しているのだから、あとは心ある人々の善意をつのり、浄財を集め、「ペリリュー島戦跡公園後援会」の設立が必要であろう。いずれにしても、この島の住民とゆかりのある人々の合作でこれを実現しなければならない。島の同意と資料と試掘成功もすんだ今、より早く実現することが最大の慰霊である。

この計画は、英霊の加護を信じて必ずや達成できるであろう。願わくば、賢明なる読者各位のご意見もぜひ拝聴し、御協力を乞うものである。

昭和五十六年二月吉日　パラオ諸島にて

船坂　弘

解説

軍事史研究家　宮永忠将

蘇るペリリュー島の激戦

かつて光人社より刊行されていた『ペリリュー島玉砕戦―南海の小島 七十日の血戦』（船坂弘著）が、このたび新装解説版として蘇った。タイトルの通り、本書は大東亜戦争における屈指の激戦地、ペリリュー島の戦いを扱った戦記書である。著者の船坂弘氏は、このペリリュー島攻防戦において隣接のアンガウル島にて戦い、幾たびも瀕死の重傷を負いながら奇跡の生還を果たした、この戦いの数少ない生き証人である。

本書の執筆に際して、船坂氏は自身の体験を軸としつつ、執筆当時に入手可能な内外の部隊記録や公開戦史を整理、研究し、あるいは生存者からの聞き取りを重ねて、完成させた。当事者としての生々しい記憶と熱い思いを刻みつけるような、簡潔ながら鋭い語り口と、資料によって裏付けられた日米両軍の動きの中に、当事者である自らの体験を合致させつつペリリューの戦いを描く本書は、数多ある戦記書の中でも出色と評価すべき一冊だ。

このペリリューの戦いについては、本書中でも様々な角度や視点で説明されているが、敢えて令和に生きる我々の目からこの戦いを解説、評価しつつ、本書が読まれるべき現代的意義について解説を試みたい。

ペリリュー・アンガウルの戦いとは

フィリピン、ミンダナオ島の東方九百キロメートルの洋上にパラオ諸島がある。第一次大戦後の一九一九年、戦後処理を定めたパリ講和会議において、日本の委任統治領となった後、コロールに南洋庁を開庁したことで、パラオは周辺諸島の中核的存在となった。その結果、多くの日本人が移住して発展に尽くし、現在も親日的と言われるパラオの基礎を作り上げたのであった。

　ペリリュー島はこのパラオの主要諸島の南西に位置している。東西三キロメートル、南北九キロメートル、面積はおよそ十三平方キロメートルの小島で、東京ドームに換算すると二百八十個分の広さ。東京都東久留米市とほぼ同じ面積となる。さらにペリリューの南西十キロほど沖合には、面積にして六割ほどのアンガウル島がある。この二島は、太平洋戦争の末期にアメリカ軍の上陸作戦を受け、後に無数の米兵から恐怖を以て語られる激戦地となった。なぜ、この島が両軍の攻防戦の焦点になったのであろうか。

　昭和十九年七月七日、まだサイパン島の戦いが続いている最中、米海軍首脳部は次の攻略目標としてペリリュー島に狙いを定めた。米軍の戦略目標であるフィリピン、レイテ島への足がかりとして、この島が適切であると判断されたのである。

　一方、日本軍もパラオへの敵軍侵攻の可能性に早くから気付き、昭和十九年三月、関東軍から抽出した精鋭第十四師団のパラオ派遣を決定。隷下の歩兵第二連隊がペリリュー島守備隊として部署された。飛行場があるペリリュー、アンガウルに守備隊を置き、パラオ本島に予備部隊を配置して、必要なら海軍との連携による防衛を考えたのである。

この初期構想は、マリアナ沖海戦敗北により画餅となった。しかし絶対国防圏の要としてパラオに大量の物資を集積しておいたことや、マリアナ諸島の攻略が先に始まり、パラオ防衛に半年近い準備期間が与えられたことが、ペリリュー島とアンガウル島の粘り強い戦いを可能にしたのである。

ペリリュー島守備隊長となった歩兵第二連隊長の中川州男大佐は、全周囲が上陸可能で守りにくい島であるも、島中央の山地帯を後退陣地となる副郭に見立てることで、長期持久可能と考えた。この基本方針の下で、飛行場付近を重点防御地に設定しつつ、守備隊を島の全周に配置して米軍の来寇に備えたのである。ペリリュー島には確認できるだけでも五百を超える自然洞窟や採石坑道があり、これが日本軍の洞窟陣地として機能した。九月六日に始まり十五日まで続いた米海軍艦艇の艦砲射撃や空襲を受けても、陣地内の守備隊兵士にはほとんど損害は見られなかった。

船坂弘という人物

ペリリュー島攻略にかかる米軍は、古強者の第一海兵師団を投入、九月十五日にペリリュー島に上陸を開始した。また二日遅れの九月十七日にはアンガウル島に第八十一歩兵師団が上陸。アンガウルの守備隊は歩兵第五十九連隊第一大隊であったが、この宇都宮の郷土連隊の中に、本書の著者、船坂氏がいたのである。

　船坂氏は大正九年、栃木県上都賀郡西方村（現在は栃木市に編入合併）の農家に生まれる。公民学校卒業後、独学で大検に相当する専門学校入学者検定試験に合格して満蒙学校専門部で学び、昭和十六年に陸軍入隊後、歩兵第五十九連隊で編成された斉《チ》斉哈爾《チハル》の守備隊に配属され、アンガウルの戦いでは擲弾筒分隊長を務めていた。

　剣道と銃剣術の猛者にして、射撃の名手としても知られ、銃剣術と射撃のそれぞれで徽章を授与された希有な兵士であった船坂氏。特にアンガウル島で見せた奮闘については『戦史叢書　中部太平洋陸軍作戦〈2〉ペリリュー・アンガウル・硫黄島』に、個別事例として掲載されている。それを引用すると、

〈私（船坂氏のこと）は石原中隊擲弾筒分隊長として、九月十八日南拓工場北東方約五〇〇米の沼沢地中央大地付近の戦闘で、腿、腹、腕の三箇所に重傷を負い、衛生兵から自決するように言われ、手榴弾をもらい同地に残置された――〉とある。

　しかし船坂氏は自力で陣地まで戻ると、携行武器をかき集め、単身、数夜をかけた匍匐前進による隠密行動で敵陣地に潜入。米軍指揮所に自爆攻撃を仕掛けた刹那、銃弾を受けて昏倒し、捕虜になってしまったという。

本書はペリリュー島の戦記が中心なので、船坂氏の戦歴の細部までは踏み込まれていない。もしアンガウル島での船坂氏の戦いを知りたければ、NF文庫にもなっている船坂氏の回想録、『英霊の絶叫―玉砕島アンガウル戦記』をお勧めしたい。

船坂氏は「不死身の日本軍兵士」として著名人であったが、それはあくまで昭和の記憶であり、軍事ファンに限ってのこと。しかし最近では、インターネット空間で掘り起こされる各国の戦場の傑物という文脈の中で、ドイツ空軍のハンス＝ウルリッヒ・ルーデルや、フィンランド軍のスナイパー、シモ・ヘイヘに並ぶ日本の異能の戦士として船坂弘が「再発見」されて、広く知られるようになった。

私としては、戦争の反省から産業、文化、教育の再建に尽くそうと書店経営を思い立ち、後に「本のデパート・大盛堂書店」を渋谷に興す船坂氏の行動力に胸を打たれるばかり。今はだいぶ業態が変わっているとは言え、軍事関係の書籍も充実していた大盛堂は、大学生時代の私にとって楽園であった。同様の思い出を抱く読者も少なくないだろう。

いずれにしても、船坂氏には思いもよらぬ形で、現代の若者に広くその自績が知られるようになっていること。これもまた、船坂氏が戦場で幾たびも見せた異常な生命力が、この時代にあっても健在であると言うことか。

ペリリューに映し出される戦後日本

大東亜戦争に激戦地を求めれば、リスト化するだけでも膨大な紙幅を要する。しかしその中でも、ペリリューへの関心は現代になって特筆すべき意味を持っている。

一つは平成二十七年四月、戦後七十年の節目に当時の天皇皇后両陛下が慰霊の旅の地としてパラオを選ばれたこと。沖合にアンガウルを臨むペリリューの西太平洋戦没者の碑にご供花され、また両軍兵士の血に染まったことから「オレンジ・ビーチ」と名を変えた米軍上陸海岸を視察されたこと。

もう一つは漫画作品『ペリリュー 楽園のゲルニカ』のヒットであろう。漫画雑誌「ヤングアニマル」にて連載が始まった本作は、その名の通り、ペリリュー島の戦いをフィクションにより描いている。戦争モノ、それも孤立した陸軍の島嶼持久戦というテーマにもかかわらず、五年もの長期連載を果たしたのは驚きであった。作者の武田一義氏自身が戦争を詳しく知らないという出発点から、いかに現代の読者に読んでもらい、理解してもらうかという苦心を重ねての本作は、非常に幅広い読者を獲得して、ペリリューという戦場の存在を現代に蘇らせることに成功した。

無論、旧日本軍約一万一千人のほとんどが戦死、生き残った兵の一部は終戦を知らずに洞窟で潜伏した状態で放置されたという悲劇を娯楽漫画として扱うことの賛否はあった。しかし、それはまず作品を読んだ上で降すべき評価であろう。漫画＝軽薄な文化という文脈で片付けられる作品ではない。

大東亜戦争の光と影のみならず、戦争という時代と、平和を享受する現代という価値観までもが交錯する戦場、それがペリリューではないだろうか。

単行本　昭和五十六年七月「血風ペリリュー島」叢文社刊
文庫本　平成十二年十一月「ペリリュー島玉砕戦」（改題）光人社刊
新装版　平成二十二年十一月　光人社刊

ＮＦ文庫

ペリリュー島玉砕戦　新装解説版

二〇二四年九月二十四日　第一刷発行

著　者　舩坂　弘

発行者　赤堀正卓

発行所　株式会社　潮書房光人新社

〒100-8077　東京都千代田区大手町一-七-二

電話／〇三-六二八一-九八九一代

印刷・製本　中央精版印刷株式会社

定価はカバーに表示してあります
乱丁・落丁のものはお取りかえ
致します。本文は中性紙を使用

ISBN978-4-7698-3375-8　C0195

http://www.kojinsha.co.jp

NF文庫

刊行のことば

第二次世界大戦の戦火が熄《や》んで五〇年――その間、小社は夥しい数の戦争の記録を渉猟し、発掘し、常に公正なる立場を貫いて書誌とし、大方の絶讃を博して今日に及ぶが、その源は、散華された世代への熱き思い入れであり、同時に、その記録を誌して平和の礎とし、後世に伝えんとするにある。

小社の出版物は、戦記、伝記、文学、エッセイ、写真集、その他、すでに一、〇〇〇点を越え、加えて戦後五〇年になんなんとするを契機として、「光人社NF（ノンフィクション）文庫」を創刊して、読者諸賢の熱烈要望におこたえする次第である。人生のバイブルとして、心弱きときの活性の糧《かて》として、散華の世代からの感動の肉声に、あなたもぜひ、耳を傾けて下さい。